Kurz und kürzer

Detlef Brettschneider

Kurz und kürzer

Siebtes Buch Kurzgeschichten

„Man sollte immer nur Bücher lesen, die
sich gut auf dem Nachttisch machen, falls
man unerwartet stirbt."

Julian Barnes,
*englischer Schriftsteller, * 19. Januar 1946*

Saalfeld, 25.10.2021

Bibliografische Information der Deutschen Nationalbibliothek:

Die Deutsche Nationalbibliothek verzeichnet diese Publikation
In der Deutschen Nationalbibliografie; detaillierte bibliografische
Daten sind im Internet über http://dnb.dnb.de abrufbar.

Herstellung und Verlag:
BoD – Books on Demand, Norderstedt

ISBN 9783755733720

Inhaltsverzeichnis

So etwas wie ein Vorwort

Dieses siebente Buch mit Kurzgeschichten entstand, um Missverständnisse aus der Welt zu räumen. Wenn man mich bisher fragte, was ich denn wohl bisher geschrieben hätte, antwortete ich stets: „Sechs Bücher". Das führte meist zu dem phonetischem Irrtum: „Sexbücher". Man möge mir verzeihen, aber ich weiß nicht, was ich sonst in diese sogenannte Vorrede schreiben sollte. Nun könnte man ja mit Fug und Recht sagen, ich solle das Vorwort einfach weglassen. Aber nach den sechs vorangegangenen Machwerken ist es für mich so etwas wie eine Tradition, dem Ganzen ein paar Bemerkungen voranzustellen. Womit ich bei dem Begriff „Tradition" wäre. Im Duden findet man dazu die Formulierung: „Tradition ist etwas, was im Hinblick auf Verhaltensweisen, Ideen, Kultur o. Ä. in der Geschichte, von Generation zu Generation [innerhalb einer bestimmten Gruppe] entwickelt und weitergegeben wurde [und weiterhin Bestand hat]". Das bringt mich in die verzwickte Lage, meine Kurzgeschichten in Verbindung mit Generationen zu bringen. Vielleicht kann ich mich damit herausreden, dass meine Bücher nicht nur von meinen Kindern, sondern hoffentlich auch mal von meinen Enkeln und Enkelinnen gelesen werden. Falls die Menschen in Zukunft überhaupt noch in Büchern blättern.

Bourbon im Regen

Vielleicht ist Ihnen das auch schon begegnet: Die Augen sind noch gut, nur die Arme sind zu kurz. Zurzeit reichen die meinigen gerade noch so aus, um die Morgenzeitung mit reichlichem Abstand zu lesen. Aber wenn ich die Veränderung dieses Abstandes in den letzten Wochen mal laienhaft statistisch auswerte, dann wird die Länge meiner oberen Extremitäten in etwa zwei Monaten eben nicht mehr hinkommen. Aber ein Privatdetektiv mit Brille? Der sieht doch aus, als hätte er keinen Durchblick. Außerdem stört so ein Guckeisen, wenn man mal durch ein Fernglas blicken will. Und beim Herabspringen von einer Mauer kann das Ding möglicherweise von der Nase hopsen. Einen ähnlichen Hüpfer können wohl aber auch Kontaktlinsen vollführen. Außerdem haben die noch weitere Nachteile. Morgens muss man die Dinger, meines Wissens nach, einsetzen und vor dem Zubettgehen herausnehmen. Ich mag mir aber nicht täglich mit meinen ungeschickten Fingern im Auge herumfuchteln. Tageslinsen sind zudem auf Dauer ziemlich teuer, bei Monatslinsen ist die Sauerstoffdurchlässigkeit nicht so gut, und sie sind überdies auch noch ziemlich hart. Die Augen lasern lassen kommt bei mir nicht in Frage. Erstens weil mit 40 Jahren die sogenannte Presbyopie auftritt, und da wird vom Lasern abgeraten. Ich bin dieses Jahr nämlich gerade vierzig geworden. Und zweitens weil mein Bankkonto ganz energisch dagegen protestiert hat. Meine Krankenkasse sieht nämlich gutes Sehen als nicht medizinisch notwendig an. Komischerweise werden aber

Kosten für Hörgeräte bis zu einer bestimmten Höhe übernommen. Wenn ich nun aber mal folgende Sprüche vergleiche: „Herr Ober, in meiner Suppe schwimmt ein Hörgerät!" – „Wie bitte?" Und: Der Augenarzt nach der Untersuchung: „Wie haben sie eigentlich hierher gefunden?", dann sehe ich doch das Letztere viel bedrohlicher für die menschliche Gesundheit an. Aber Spaß beiseite. Ich werde nicht umhin kommen, mir so ein Nasenfahrrad anpassen zu lassen.

Keine Ahnung wie Sie das sehen, aber ich bin mit Leib und Seele ein Kleinstädter. Auch wenn ich in einer größeren Stadt mehr Aufträge erhaschen würde, bin ich doch nicht gewillt, von hier wegzuziehen. Warum auch? Hier gibt es alles; Theater, Kino, Supermarkt, Arztpraxen, Discounter, Frisörläden, einen Friedhof, eine Nachtbar, unverschämt viele Apotheken, und gelegentlich auch mal einen Parkplatz. Außerdem beherbergt unser kleines Städtchen sogar zwei Augenoptiker. Einen, der bescheiden in der Fußgängerzone verharrt, und einen, der zu einer großen Optikerkette gehört, welche meine Nerven tagtäglich massenweise mit Werbung strapaziert. Wenn ich König von Deutschland wäre, würde ich als Erstes die Fernsehwerbung verbieten. Davon mal abgesehen, musste ich nun einem der beiden Optikergeschäfte meine Augen anvertrauen, da ein Termin beim Augenarzt in diesem Jahrhundert nicht mehr zu ergattern gewesen war. Mithin war ich in der misslichen Lage abwägen zu müssen, ob ich dafür nervige Reklame über mich ergehen lassen wollte, oder eben gezwungen war, etwas mehr Geld auf den Tresen zu ballern. Es wurde einer dieser denkwürdigen Momente, an denen ich mutig meinem Bankkonto widersprach. Ich kann Werbung nun mal nicht leiden.

Es war Montag. Ein Montag nach einem langweiligen Wochenende. Wenn ich ehrlich sein sollte, dann muss ich zugeben, dass auch die Woche davor ziemlich langweilig gewesen war. Ich hatte wieder einmal nicht einen einzigen Auftrag hereinbekommen. Langsam reute mich mein vorgefasster Entschluss, den teuren Optiker aufzusuchen. Wer weiß, wie viel mich so eine Brille kosten würde. Aber wenn ich erstmal etwas gesagt habe, dann bleibt es auch dabei. Genau wie damals, als ich mit dem Rauchen aufgehört habe. Da protzte ich auch vor jedem, dass ich ab sofort keinen Tabak mehr anrühren würde. Ich hätte mich damals nicht mehr im Spiegel betrachten können, falls ich rückfällig geworden wäre. Ich blamiere mich halt nicht gern. Deshalb würde ich auch nie im Leben als Kandidat zu einer Quizshow gehen. Aber zu einem Optiker musste ich nun mal pilgern, denn wie sollte ich meine Arbeit machen, wenn ich blind wie ein Maulwurf wäre. Es bimmelte eine Ladenglocke, als ich eintrat. Hinter einem Glastresen blickte ein junger Mann auf: „Was kann ich für Sie tun?" Ich druckste etwas herum, dann bekannte ich meine Sehschwäche. Er nickte: „Haben Sie ein Rezept vom Augenarzt?" Die Frage ärgerte mich ein klein wenig: „Das hätte ich wohl, wenn es in diesem Lande möglich wäre, einen Termin innerhalb eines Jahres zu bekommen!" Er nickte erneut: „Dann müssen wir jetzt ihre Augen überprüfen. Aber das mache nicht ich, sondern meine Schwester". Er drehte seinen Kopf in Richtung eines kleinen Vorhangs, der wohl als Raumtrenner zu einem anderen Zimmer diente: „Andrea! Kommst du mal bitte?" Daraufhin bewegte sich dieser wunderbare Vorhang und eine Frau trat heraus. Was heißt hier Frau. Eine Königin. Ach was, eine Göttin. In meinem Gehirn gab es einen Laut, als wäre dort ein riesiger Luftballon geplatzt. Schwarzgewelltes, schulterlanges Haar umspielte ein ebenmäßiges Gesicht mit verführerischen Lippen. Ihr Körper hätte selbst das Herz eines männlichen Steins zum Schmelzen gebracht. Mit ihrer feingliederigen Hand deutete sie in die hintere Ecke des Raumes, wo sich ein Stuhl und einige optische Gerätschaften tummelten. Ich setzte mich, nein, ich schwebte in das Sitzmöbel, bekam ein seltsames Gerät auf die Nase gesetzt, und musste verschiedene Buchstaben bzw. Muster an der Wand erkennen. Dabei wechselte diese anbetungswürdige Fee immer wieder einige optische Gläser in meinem Nasengestell aus. Ich konnte kaum einen Blick von ihr lassen, und wurde mehrmals ermahnt, nach vorn zu schauen. Nachdem die Dioptrien meiner zukünftigen Brille ermittelt waren, schickte sich die Schönheit an, wieder hinter ihrem Vorhang zu verschwinden. Jeder normale Mann hätte jetzt die Gelegenheit ergriffen, und sie zum Essen eingeladen. Ich Trottel nicht. Der junge Mann, ihr Bruder, grinste unverschämt über das ganze Gesicht, als er meinen Blick auffing: „Sie ist noch frei. Vielleicht sollten Sie es bei ihr mal versuchen. Aber ich warne Sie, sie ist sehr wählerisch. Strengen Sie sich also etwas an! Ehrlich gesagt, ich würde sie gern loshaben, damit ich meine Frau hier in dem Laden unterbringen kann. Mein Schwesterherz macht mir außerdem das Leben mit ihrem Dickkopf ziemlich schwer. Hier meine Geschäftskarte. Hinten habe ich schon mal für alle Fälle die Privatadresse meiner Schwester aufgeschrieben. Vielleicht können Sie ihr auch nur eine besser bezahlte Stellung anbieten. Wer weiß? Hauptsache sie verschwindet aus meinem Geschäft. Übrigens gebe ich allen Männern, die hier hereinschneien, die Adresse. Bloß, dass Sie's wissen!"

Der nächste Tag begann fast so, wie alle anderen. Die einzige Ausnahme war, dass ich beim Frühstück nicht nur mit der Marmelade kleckerte, sondern diesmal auch noch aus Versehen mit dem Kaffee die Tischdecke besprenkelte. Beim Saubermachen des Teppichs stieß ich mit dem Hinterkopf derart arg an der Tischkante an, dass ich das Gefühl hatte, aus meinen Augen würden jede Menge Sterne sprühen. Auf der anschließenden Fahrt zum Büro wurde ich von einem dieser mobilen „Vitronic-PoliScan speed" auf Fotopapier gebannt. Oder machen die das jetzt digital? Ist ja auch egal. Kein Geld für Läusesalbe, aber Blitzer anschaffen. Wie auch immer, jedenfalls würde ich wohl erneut etwas Geld für den Erwerb einer neuen Radarfalle spenden müssen. Ich überlegte wieder einmal, ob ich nicht meinen Namen „Levin Baer" in „Levin Speed Baer" ändern sollte. Das würde sich vielleicht gut auf meiner Bürotür machen.

Meine Laune war nicht besonders gut, als ich mein Büro wie immer um 10:00 Uhr aufschloss. Selbst der Schluck Bourbon kurz vorher hatte als Stimmungsaufheller komplett versagt. Möglicherweise war also meine derzeitige Reizbarkeit daran schuld, dass ich die eintretende Frau von Anfang an nicht leiden konnte. Sie gehörte zu den Menschen, deren Alter ich einfach nicht einzuschätzen vermochte, deren Hochnäsigkeit aber auf einen Kilometer Entfernung deutlich wahrnehmbar war. Ohne eine Begrüßung und ohne die Tür zu schließen ließ sie ihren schweren Körper auf den Besucherstuhl plumpsen. Ich stand wortlos auf, ging zur Tür, schloss diese, trabte zurück hinter meinen Schreibtisch und sagte kurz angebunden: „Und?" Sie holte eine Fotografie aus ihrer geschmacklosen Handtasche und knallte mir das Bild auf die Schreibtischplatte: „Mein Mann. Seit drei Tagen weg. Sie sollen ihn finden. Das können Sie doch, oder?" Ich antwortete in dem gleichen Tonfall: „Das kostet Sie aber eine Stange Geld. Das haben Sie doch, oder? Vielleicht wäre es besser, ihren Gatten bei der Polizei als vermisst zu melden?" Sie senkte den Kopf und blickte mich an, als wolle sie mich in der nächsten Sekunde erdolchen: „Halten Sie mich für blöd? Der Mensch wird nicht vermisst, sondern er hat sich verpisst. Er ist mir weggelaufen. Und nun sollen Sie ihn wiederfinden, damit ich ihn an den Haaren zurückzerren kann, den Mistkerl! Schließlich hatte er mir versprochen, dass wir zusammenbleiben, bis der Tod uns scheidet". Ich unterbrach ihren Redeschwall: „Vielleicht gibt es ja einen Scheidungsrichter, der mit Nachnamen Tod heißt!" Entweder hatte sie mein

Wortspiel nicht verstanden, oder es war ihr egal. Sie redete einfach ungerührt weiter: „Der hat mich nämlich wegen meines Geldes geheiratet, und nachdem ich ihn jahrelang durchgefüttert habe, will er sich jetzt vor den ehelichen Pflichten drücken. Also, was kostet mich die ganze Chose?" Das Geldzentrum in meinem Hirn verführte mich dazu, meinen Standardtagessatz in diesem speziellen Fall ein ganz klein wenig zu erhöhen: „Zweihundertfünfzig am Tag plus Spesen". Sie zuckte nicht einmal mit der Wimper: „Alles klar. Hier ist meine Visitenkarte. Telefonnummer steht drauf. Ich erwarte umgehend ein Ergebnis!" Dann verschwand sie genauso gruß-los, wie sie gekommen war. Ich steckte das Foto in die Brusttasche meiner Jacke, und gab mich den restlichen Tag den Gedanken an meine schöne Optikerin hin. Je weniger ich in dem Fall des geflüchteten Ehegatten unternehmen würde, umso mehr Tage würde ich bei diesem ungenießbaren Weib abrechnen können. Außerdem war mir sowieso nicht klar, wo ich bei diesem neckischen Auftrag ohne jegliche Informationen eigentlich ansetzen sollte.

Am Abend saß ich vor meinem Essen und bekam keinen Bissen hinunter. Meine Gedanken kreisten stets und ständig nur um die verflixt hübsche Frau. Verdammt, war ich gestandene vierzig oder etwa ein verliebter Teenager? Ich beschloss, diese unhaltbare Situation mit einer Flasche Bourbon zu erörtern. Die Diskussion dauerte ziemlich lange, und führte in meinem benebelten Kopf zu dem Entschluss, die Adresse meiner Ersehnten aufzusuchen, um sie zum Essen einzuladen. Kaum hatte ich mir mit Mühe die Schuhe angezogen, als es an meiner Tür bimmelte. Es war Hartmut. Hartmut mein Hassfreund, der schuld daran war, dass ich mich damals von Moni scheiden ließ. Immer wenn ich etwas von ihm brauchte, rieb ich ihm diesen Fakt unter die Nase. Und ich brauchte häufig etwas von ihm, denn Hartmut hatte Beziehungen in die allerhöchsten Kreise. Er blickte mich an, als hätte ihm jemand eine Ladung Schrot in den Hintern geschossen: „Hast du einen Moment Zeit? Ich muss mit jemandem reden. Meine Frau hat mich verlassen!" Wer könnte da schon nein sagen und einen weidwunden Geschlechtsgenossen auf die kalte Straße jagen. Ich nicht. Vielleicht war aber auch die mitgebrachte Flasche „Elijah Craig Barrel Proof" daran schuld, dass ich ihn in meine Wohnung bat. Nachdem unsere Gläser gefüllt waren, begann mir Hartmut sein Leid zu klagen, während er unruhig im Zimmer auf und ab ging. Ich hörte kaum zu. Meine Gedanken waren ganz wo anders. Irgendwann legte mir dann Hartmut die Hand auf die Schulter: „Mit dir kann man wenigstens reden. Aber du siehst auch nicht gerade fröhlich aus. Was hast du denn für ein Problem?" Ich hatte inzwischen genügend enthemmender Flüssigkeit in mich hineingeschüttet, um ebenfalls brühwarm von meiner Angehimmelten zu berichten. Daraufhin meinte Hartmut mit schwerer Zunge, ich müsse ihr ein Gedicht schreiben. Da aber weder ich noch Hartmut in der Verfassung waren, etwas Vernünftiges zu Papier zu bringen, suchten wir in meinem Computer nach einem entsprechend gereimten Machwerk und druckten es aus. Ich kann mich bis heute noch nicht erinnern, was das eigentlich gewesen war. Jedenfalls stopfte ich den Ausdruck in meine Jacke, und machte mich, gestützt von einem ebenfalls schwankenden Hartmut, auf den Weg zur Adresse meiner Begierde. Allerdings stabilisierte mich mein Freund nur mit einem Arm, da er in der anderen Hand munter eine halbvolle Buddel schwenkte. Am Ziel angekommen, konnte mein Helfer gerade noch klingeln, dann fiel er um. Zum Glück landete der Bourbon sanft auf dem weichen Rasen. Als die hübscheste Frau der Welt aus der Tür trat, nestelte ich umständlich mein Gedichtspapier aus der Tasche. Dabei zog ich versehentlich das Foto vom Mann meiner Klienten mit heraus, welches gut sichtbar auf dem Boden landete. Meine Angebetete stutzte: „Was machen Sie denn mit dem Foto meines Cousins? Er hat gesagt, solange er hier wohnt, darf ich keinen zu ihm lassen. Also machen Sie, dass Sie wegkommen!" Dann schlug sie mir die Tür vor der Nase zu. Es war ein schweres Stück Arbeit, Hartmut auf meine Schulter zu hieven. Ich musste ihn aber noch einmal kurz ablegen, da ich die Bourbon-Flasche retten wollte. Unterwegs wäre dann meine Last beinahe auf der Straße gelandet. Ich war wohl im Gehen eingeschlafen. Zuhause ließ ich Hartmut von der Schulter gleiten und suchte meinen Schlüssel. In allen Taschen. Sehr lange. Der Schlüssel war nicht da. Keine Ahnung, ob ich ihn vergessen oder verloren hatte. Entmutigt ließ ich mich neben dem schnarchenden Hartmut auf die Treppenstufen sinken und zog die trostspendende Flasche hervor. Zu allem Unglück öffnete Petrus in dem Moment auch noch seine

Himmelsschleusen. Patschnass ergab ich mich meinem regnerischen Schicksal, und leerte Schluck für Schluck die Buddel. Wie zum Hohn ertönte aus einem geöffneten Fenster des gegenüberliegenden Gebäudes der Song „Whiskey And Rain" von Michael Ray. Wenn ich den Text richtig verstanden hatte, dann sang der Interpret davon, dass der Whisky einen Honky-Tonk aus dem Wohnzimmer macht. Über der Grübelei, was wohl genau ein Honky-Tonk sei, fielen mir langsam die Augenlieder zu. Ich kam durch ein Rütteln an meiner Schulter wieder zurück ins Land der Wachen. Vor mir stand schwankend mein Hartmut mit einem Schlüssel in der Hand: „Ich hab deinen Schlüsselbund vorsichtshalber mitgenommen. Du hattest ihn im Schloss stecken lassen. Das sollte man heutzutage lieber nicht machen!"

Am nächsten Tag hatte ich das, was man im Volksmund einen Kater nennt. Das Wort ist wohl eine Verballhornung des ähnlich klingenden Wortes Katarrh. Allerdings traf dieses allgemein gebräuchliche Wort Kater im vorliegenden Fall bei mir nicht völlig den Kern der Sache. Ich hatte keinen Kater, ich hatte eine komplette Katzenpension in meinem Kopf. Diesem Umstand, respektive Zustand, hatte ich es wohl zu verdanken, dass ich meiner Klientin, gleich nach dem Verschlingen eines sauren Herings, die Adresse der Cousine ihres Mannes, und damit den derzeitigen Aufenthalt ihres Göttergatten mitteilte. Eigentlich hatte ich die Suchende noch ein paar Tage hinhalten wollen. Von wegen Abrechnung und so. Aber mein Gehirn spielt mir gelegentlich schon mal einen

Streich. Andererseits brachte mich das Denkorgan an diesem Tag auf die grandiose Idee, nicht zu meinem Büro zu fahren, sondern den Tag wimmernd im Bett zu verbringen.

Eine Woche später erreichte mich im Büro der Anruf des Optikers. Meine Brille war abholbereit. Ich machte mich gleich auf den Weg, nahm aber sicherheitshalber mein Fernglas mit. Schließlich musste ich aus gebührender Entfernung abchecken, ob nicht etwa die hübsche Andrea im Verkaufsraum war. Ich blamiere mich halt nicht gern.

Nur zwei Worte

Unruhiger Schlaf. Klingelnder Wecker. Erschrockenes Erwachen. Grauer Morgen. Schläfriges Aufstehen. Schmerzender Kopf. Schwankender Gang. Kühles Badezimmer. Ausgiebiges Zähneputzen. Fester Stuhlgang. Heiße Dusche. Kratziges Handtuch. Mühsames Ankleiden. Nervige Essenszubereitung. Dünner Kaffee. Altes Brötchen. Stunpfes Messer. Harte Butter. Schmackhafte Marmelade. Aktentasche packen. Jackett anziehen. Wohnung verlassen. Tür abschließen. Schnell rennen. Bus verpassen. Genervt warten. Bus besteigen. Fast einschlafen. Rasch aussteigen. Büro aufsuchen. Akten sichten. Computer bedienen. Mittagspause ersehnen. Schnell essen. Eine Rauchen. Kollegen volltexten. Büro betreten. Daten eintippen. Danach langweilen. Tasche schnappen.

Feierabend abwarten. Bushaltestelle erlaufen. Bus besteigen. Fast einschlafen. Schnell aussteigen. Wohnung aufschließen. Aktentasche wegschleudern. Wohnung verlassen. Kneipe aufsuchen. Bockbier trinken. Schnitzel essen. Schnaps kippen. Zeche bezahlen. Heimwärts wanken. Schlüsselloch verfehlen. Fast hinfallen. Mühevoll ausziehen. Bett erklimmen. Langes Wälzen. Unruhiger Schlaf. Klingelnder Wecker. Erschrockenes Erwachen. Grauer Morgen. Schläfriges Aufstehen. Schmerzender Kopf……

Eine kleine Lüge

Kommissarin Frauke Wiegand stand mit je einer Tasse in den Händen vor dem Wohnzimmertisch, und blickte ihren Werner vorwurfsvoll an: „Du weißt doch ganz genau, dass wir jetzt Kaffee trinken wollen. Wieso belegst du dann den kompletten Tisch mit Büchern? Und seit wann interessierst du dich für Medizin?" Kommissar Riemer legte die Bücher übereinander und hob den Stapel neben sich auf das Sofa: „Wusstest du, dass erst in diesem Jahr die Tubarius-Drüse von niederländischen Forschern entdeckt worden ist? Das ist ein bisher völlig unbekanntes, vier Zentimeter langes Organ im menschlichen Körper". Frauke stellte die Tassen auf die freigeräumte Stelle des Tisches: „Versuchst du mich abzulenken? Warum liest du diese medizinischen Dinger da wirklich?" Riemer druckste deutlich bemerkbar herum:

„Weil … nun ja, weil ich zurzeit einen Fall mit einem Arzt habe. Da wollte ich mich bei den Verhören nicht mit Fachausdrücken übertölpeln lassen". Frauke machte sich auf den Weg in die Küche, um die Kaffeekanne zu holen: „Mit einem Arzt? Davon weiß ich ja gar nichts. Das hätte sich doch garantiert in unserer Dienststelle herumgesprochen". Werner Riemer tat so, als hätte er das nicht gehört: „Soll ich kommen, und den Kuchen aufschneiden?" Seine Frauke rief zurück: „Komm nur! Du schneidest ja sonst auch immer auf".

„Sie hatten die absolut richtige Idee, als Sie sich entschlossen haben, eine zweite Meinung einzuholen". Der Arzt schlug Riemers Patientenakte auf: „Hier, schauen Sie! Wir haben ihre Blutprobe zweimal unabhängig voneinander testen lassen. Alles normal. Von Blutkrebs kann hier in keinem Fall die Rede sein, nur Ihre Blutfettwerte, also Cholesterin und Triglyzeride, die sind etwas hoch. Schon mal was von Abnehmen gehört?" Der Kommissar grinste: „Ja. Meine Lebensgefährtin nimmt beim Stricken immer Maschen ab. Aber trotzdem vielen Dank für Ihre Mühe! Ich werde mir jetzt gleich mal meinen Hausarzt an die dicke Brust nehmen!"

Irene Wolter, die Sprechstundenhilfe, machte große Augen: „Sie sind aber schnell. Ich habe doch gerade mal vor drei Minuten die Polizei verständigt. Können Sie fliegen? Der Doktor liegt im Sprechzimmer. Irgendwann musste das ja mal so kommen. Ich habe nichts angerührt". Der Kommissar schob seinen Kopf etwas nach vorn: „Wie

21

meinen Sie das?" Die Arzthelferin entgegnete eifrig: „Das weiß ich aus dem Fernsehen. Eine Leiche darf nicht bewegt werden". Riemer holte tief Luft: „Ich meine doch, dass Sie gesagt haben, es würde irgendwann mal so kommen". Die Frau stützte sich auf einer Stuhllehne ab: „Weil er sich öfters mit falschen Diagnosen ein paar Feinde geschaffen hat. Mir hat er gestern gekündigt, weil ich ihn wiederholt darauf aufmerksam gemacht habe. Ich bin nur noch hier, weil ich bemüht bin die Kündigungsfrist einzuhalten. Er hat auch Laborleistungen abgerechnet, obwohl er nie etwas an ein Labor geschickt hat. Ich habe bisher nichts gesagt, weil ich meinen Arbeitsplatz nicht verlieren wollte. Aber gestern habe ich alles an die Ärztekammer geschrieben". Riemer murmelte etwas in seinen nicht vorhandenen Bart, und betrat vorsichtig das Sprechzimmer. Der Doktor lag neben seinem Schreibtisch auf dem Rücken. Rings um ihn herum hatte der Teppich das Blut aufgesaugt, das aus seiner Brustwunde gesickert war. Kommissar Riemer zog sein Smartphon aus der Tasche, und verständigte die Spurensicherung.

„Sage mal, bist du Hellseher?" Frauke Wiegand hatte beide Arme in die Hüften gestemmt und blickte ihren Werner fragend an: „Du beschäftigst dich mit medizinischen Unterlagen, und zwei Tage später ist dein Hausarzt tot. Da steckt doch mehr dahinter. Hat das vielleicht mit deinem Aufenthalt im Schlaflabor zu tun? Also fang an zu beichten, aber plötzlich!" Werner Riemer antwortete etwas gereizt: „In das Schlaflabor hat mich damals eine Internistin geschickt, zu der mich der Tote überwiesen hatte. Das hat nun wirklich nichts miteinander zu tun. Und die Medizinbücher habe ich gewälzt, weil der Verblichene eine Fehldiagnose gestellt hat. So, und nun will ich nichts mehr davon hören!" Frauke setzte sich neben ihn: „Das könnte dir so passen. Also gib dir keine Mühe, ich erfahre ja doch alles morgen in der Dienststelle". Riemer seufzte: „Männer und Frauen sollten eben nicht zusammenarbeiten".

Als der Kommissar eintrat, drehte sich Dr. Mertens, die wohl schlankste Gerichtsmedizinerin der Welt, mit genervtem Blick um: „Ich habe Ihnen schon tausendmal gesagt, es geht auch nicht schneller, wenn Sie mit Ihren dicken Füßen in meine Pathologie getrampelt kommen. Ich hätte Sie nachher schon angerufen". Der Kommissar schien an diesem Tag beleidigungsresistent zu sein, und überhörte beflissentlich die spitze Bemerkung über seine körperliche Verfassung: „Aber wenn ich nun schon mal hier bin, dann können Sie mir doch auch gleich etwas über den Todeszeitpunkt und über die Tatwaffe verraten! Bitte, bitte! Ich habe doch bald Geburtstag". Die Frau drehte ihren superschlanken Körper wieder zurück zu dem Toten: „Na dann herzlichen Glückwunsch! Rechnen Sie übrigens nach Jahren oder nach Kilos?" Auch das überhörte der Kommissar: „Und wie steht es nun mit den Fakten?" Etwas brummig, weil ihre Provokationen nicht gezündet hatten, antwortete die Pathologin: „Der Todeszeitpunkt liegt am gestrigen Tag zwischen sechs und neun Uhr morgens. Zur Tatwaffe kann ich nur vage Angaben machen. Es handelt sich um einen dünnen, länglichen Gegenstand, der dem Opfer mit großer Kraft in die Brust gestoßen wurde. Zufrieden?" Riemer drehte sich zur Tür: „Das werde ich erst sein, wenn ich den Täter geschnappt habe".

„Schatz, möchtest du zum Abendbrot lieber belegte Brote, oder das Aufgewärmte von heut Mittag? Werner? Hallo! Bist du noch da?" Frauke Wiegand kam ungehalten ins Wohnzimmer: „Du könntest ruhig mal antworten! Oder sprichst du neuerdings nicht mehr mit mir?" Kommissar Riemer schreckte aus seinen Gedanken hoch: „Entschuldige bitte! Das ist nur wegen dieses blöden Falles. Ich weiß nicht, wo ich ansetzen soll. Der Kerl hat so viele Fehldiagnosen gestellt, dass so gut wie jeder seiner Patienten einen Grund hatte, ihm den Tod zu wünschen. Ich eingeschlossen". Frauke setzte sich neben ihn und strich ihm über's Haar: „Heute ist Sonntag. Morgen kannst du dann wieder über den Fall nachdenken! Sprich doch nochmal mit dieser Sprechstundenhilfe. Und jetzt sagst du mir endlich, was du zum Abendbrot magst!"

Vor der Arztpraxis wies ein Schild darauf hin, dass die Einrichtung wegen eines Todesfalles bis auf Weiteres geschlossen sei. Also fuhr Kommissar Riemer zur Wohnung von Irene Wolter. Die Frau schien zunächst überrascht zu sein, als sie dem Kommissar die Tür öffnete. Doch dann bat sie ihn freundlich herein, und bot ihm auf der Wohnzimmercouch Platz an: „Möchten Sie einen Kaffee?" Riemer lehnte ab: „Ich habe nur noch eine oder zwei Fragen. Hat Ihr Chef irgendwelche Drohbriefe erhalten, oder hat ihn in der Praxis mal ein Patient direkt bedroht?" Die Arzthelferin verneinte: „Eigentlich haben alle unseren Doktor gemocht. Sie doch auch, oder?" Der Kommissar stand auf: „Das steht hier nicht zur Debatte. Aber sagen Sie mal, was sind denn das für Urkunden und Medaillen dort an der Wand?" Die Frau zierte sich etwas: „Nun ja, ich bin in meiner Freizeit Bogenschützin. Aber zu Auszeichnungen über die Kreisklasse hinaus habe ich es nie gebracht". Riemer zog die Stirn kraus. Sollte es so einfach sein? Ein Pfeil ist nun mal ein dünner, länglicher Gegenstand, der mit großer Kraft in einen Körper eindringen kann. Aber die beste Theorie taugt nichts ohne Beweise. Um das Gespräch nicht abreißen zu lassen, fragte Werner Riemer ganz beiläufig: „Wo kann man denn eigentlich so einen Sportbogen kaufen?" Irene Wolter hob die Schultern: „Ach Gott, halt in dem Sportartikelladen in der Johann-Sebastian-Bach-Straße. Da habe ich damals meinen ersten Bogen und meine ersten Pfeile gekauft. Und aus alter Gewohnheit kaufe ich immer noch dort". Mehr Fragen fielen dem Kommissar im Moment nicht ein. Also verabschiedete er sich höflich, und fuhr zur Dienststelle.

Frauke Wiegand klopfte ungeduldig an die Badezimmertür: „Wie lange brauchst du denn noch? Wir kommen bestimmt zu spät zum Dienst. Oder wir müssen das Frühstück ausfallen lassen". Kommissar Riemer antwortete von drinnen: „Du wolltest doch, dass ich mir endlich die Fußnägel schneide. Von wegen kratzig und so. Aber ich bin schon beim rechten Bein". Frauke wandte sich grummelnd ab: „Dann werde ich wohl erst mal den Kaffee aufsetzen. Bei dem Kerl kann es ja noch eine ganze Weile dauern". Doch kaum war sie in der Küche angekommen, als Werner Riemer schon hinter ihr stand: „Fertig!" Die Kommissarin drehte sich verwundert um: „Was, schon fertig? Aber du warst doch erst beim rechten Bein". „Nicht ‚erst' sondern ‚schon'. Ich fange immer mit dem linken Fuß an. Du nicht?" Frauke schüttelte den Kopf: „Ich nehme immer zuerst den rechten Fuß. Schon seit meiner Kindheit. Der Mensch ist halt ein Gewohnheitstier". Riemer nickte: „Stimmt. Und … Halt! Na klar! Ich habe endlich einen Ansatzpunkt für meinen Fall gefunden. Schatz, du bist ein Genie. Aber du musst trotzdem alleine zur Dienststelle fahren. Ich habe noch eine wichtige Erledigung zu machen". Frauke Wiegand war leicht entsetzt: „Aber wir wollten doch zusammen mit deinem Auto fahren. Hast du vergessen, dass mein Wagen wegen der blöden Rückrufaktion in der Werkstatt ist?" Werner Riemer kratzte sich mit verkniffenem Gesicht am Hinterkopf: „Na gut, dann nimmst du eben meine Karre, und ich rufe mir ein Taxi".

Der Kommissar war wegen eines früheren Falles schon einmal in dem Laden gewesen. Er musste noch etwas warten, bis der Ladenbesitzer die Eingangstür aufschloss. Wie damals begrüßte ihn ein sogenannter singender Fisch am Eingang, und nach wie vor gab es von Schlauchboten, über Sportpistolen, bis hin zu Einmannzelten alles, was das Freizeit-Herz begehrte. Der Ladenbesitzer schien lange keinen Umsatz mehr gemacht zu haben, denn er strahlte den Kommissar überfreundlich an. Seine Freude wurde aber sichtlich gedämpft, als Riemer seinen Dienstausweis vorzeigte, und erklärte, dass er nur ein paar Fragen hätte. „Kennen Sie eine Irene Wolter? Die müsste bei Ihnen Stammkundin sein". Der Mann klimperte ein wenig auf seinem Computer herum: „Ja, die hat hier schon zwei Sportbögen gekauft, und sie holt sich auch regelmäßig Pfeile". Der Kommissar nickte wissend: „Kauft sie die Dinger einzeln, oder immer gleich mehrere?" Der Verkäufer befragte erneut seinen Computer: „Bisher hat sie dreimal einen 12er Pack Pfeile aus Holz, 29 Zoll mit Stahlspitze gekauft. Insgesamt also 36 Pfeile. Kann ich sonst noch was für die Polizei tun?" Riemer schüttelte den Kopf, bedankte sich, und bestieg das wartende Taxi.

Hauptkommissar Hohlbach zog spöttisch seine Mundwinkel nach unten: „Riemer, Riemer, was Sie sich da wieder einmal ausgedacht haben. Wir bekommen doch nie einen richterlichen Beschluss, um ein paar Pfeile durchzuzählen. Außerdem kann so ein Ding schnell mal im Gelände verschwinden, und wird dann nie wieder gefunden. Das wäre doch niemals ein Beweis". Kommissar Riemer atmete hörbar aus: „Chef, Sie haben wieder nichts begriffen. Ich will doch die Frau nur nervös machen. Der Todespfeil steckte nicht mehr in der Leiche. Ergo muss sie ihn noch irgendwo haben. Und mit der Durchsuchung können wir die Frau vielleicht aufscheuchen. Wir beschatten sie rund um die Uhr, und möglicherweise führt sie uns dann zu dem Versteck". Hohlbach setzte sich kopfschüttelnd: „Nein, Riemer, nein. Ein ‚vielleicht' oder ‚möglicherweise' reichen nicht, um Personal dafür zu binden. Sie müssen sich schon etwas Besseres einfallen lassen!"

Kommissar Riemer betrat abgespannt seine Wohnung, warf wie üblich die Schlüssel auf das Tischchen der Flurgeraderobe, und hängte ohne hinzusehen seinen Mantel an den Garderobenhaken. Das widerspenstige Kleidungsstück war aber nicht damit einverstanden, und landete auf dem Boden. Der Kommissar grunzte: „Glaubst du, ich habe Lust mich mit meinem Prachtbauch nach dir zu bücken? Bleib mal schön liegen!" Dann betrat er das Wohnzimmer und erschrak: „Frauke, was machst du denn hier? Wollten wir uns heute bei mir treffen? Ich habe gedacht, ich sollte eigentlich nachher zu dir kommen. Oder?" Die Angesprochene antwortete leicht gereizt: „Vielleicht habe ich dir auch nur den Wagen zurückgebracht? Schon vergessen? Ich habe zurzeit kein Auto, weil mein Wagen wegen dieser Rückrufaktion noch in der Werkstatt ist. Und wir könnten vielleicht morgen gemeinsam mit deinem Gefährt zur Dienststelle kutschieren, oder? Überfordert das den Herrn Kommissario?" Riemer ließ sich aufs Sofa plumpsen, welches das Gewicht des Kommissars mit deutlichem Stöhnen kommentierte. „Komm her Schatz! Setz dich auf meinen Schoß, sei wieder gut und gib mir einen Kuss. Den kann ich heute besonders gut gebrauchen. Die Affenfresse Hohlbach hat mich wieder einmal rund gemacht". Kommissarin Wiegand setzte sich schmunzelnd auf den

Schoß von ihrem Werner: „Der kann dich gar nicht rund gemacht haben, weil du immer schon ausgesprochen rund gewesen bist. Also, wir fahren morgen zusammen zur Arbeit. Am Nachmittag bekomme ich dann sowieso mein Auto …" Sie konnte den Satz nicht beenden, weil Riemer aufsprang. Um ein Haar wäre Frauke auf dem Boden gelandet. Der Kommissar schlug sich mit der flachen Hand an die Stirn: „Das ist es! Mensch, das ist es! Schatz, du bist ein Genie!" Das Gesicht der Kommissarin drückte Unverständnis aus: „Das hast du nun schon zum zweiten Mal gesagt. Langsam glaube ich es selber".

Der Besitzer des Sportgeschäftes war zunächst nicht so recht einverstanden: „Aber Herr Kommissar, das wäre doch eine Lüge. Und ich habe auch noch nie im Leben gehört, dass es Rückrufaktionen für schadhafte Sportpfeile gibt. Das klappt doch nie und nimmer". Riemer grinste: „Im Gegenteil, mein Freund, im Gegenteil. Das ist die beste Gelegenheit unerwünschte Pfeile auf einfache Art und Weise loszuwerden. Sie haben doch bestimmt Briefpapier mit Ihrem offiziellen Logo? Also schreiben Sie!"

Hauptkommissar Hohlbach thronte wie üblich in Feldherrenpose hinter seinem antiken Schreibtisch: „Also Riemer, für die Lüge mit dem Rückruf werde ich mir später noch etwas einfallen lassen. Aber dass Sie die Kollegen vom Kriminallabor in das Hinterzimmer eines Sportgeschäftes verfrachtet haben, ist nahezu unverzeihlich. Das ist eine eindeutige Kompetenzüberschreitung. Ich warte also auf Ihren schriftlichen Bericht. Übrigens, was war eigentlich das Motiv dieser Frau?" Werner Riemer antwortete nicht gerade freundlich: „Also, die Sprechstundenhilfe war dafür verantwortlich, Blut- und Urinproben sowie Abstriche zu etikettieren und an die entsprechenden Labore zu verschicken. Sie hat aber alles im Müll entsorgt und mit gefälschten Briefbögen Laborrechnungen dafür fingiert, auf denen ihre eigene Kontonummer aufgedruckt war. Den tödlichen Pfeil hatte sie zunächst versteckt, hat ihn aber für die angebliche Rückrufaktion wieder hervorgeholt und freiwillig in das Sportgeschäft getragen. Unsere Kriminaltechniker konnten an Ort und Stelle die DNA des Toten an einem der Pfeile nachweisen, und ich konnte daraufhin die Verhaftung vornehmen. Und jetzt gehe ich nach Hause, auch wenn es noch zehn Minuten bis zum Feierabend sind. Sie können mich ja wegen schlechter Dienstauffassung verhaften! Aber ich denke mal, unsere beider Lieblingskriminalistin Frauke Wiegand wird mich dann im Rahmen einer Rückrufaktion gleich wieder aus dem Knast holen".

Die Straße

„Entschuldigen Sie bitte! Hallo! Hallo Sie! Entschuldigung, sind Sie von da?"

„Nein, ich bin von hier".

„Das meine ich doch. Ist doch das gleiche".

„Nein. Ich bin nur hier. Wäre ich da, dann wäre ich nämlich dort".

„Entschuldigung, aber ich wollte doch nur wissen, ob Sie sich hier auskennen".

„Hier und da schon. Warum?"

„Weil ich Sie nach einer Straße fragen wollte".

„Wieso? Wollen Sie eine kaufen?"

„Äh … nein, ich wollte nur fragen, ob Sie wissen, wo die Heinrich-Beck-Straße liegt".

„Weiß ich".

„Ja gut, und wo befindet sich die nun?"

„Da, wo man sie angelegt hat".

„Wollen Sie mich ärgern?"

„Warum? Ich kenne Sie doch gar nicht".

„Können Sie mir also bitte sagen, wie ich da hinkomme? Und kommen Sie mir bitte nicht wieder so blöd, und antworten so etwas, wie: »Ich kann das sagen«, sondern sagen Sie es einfach!"

„Sind Sie Choleriker?"

„Nein, zum Teufel, ich will lediglich wissen, wie ich zur Heinrich-Beck-Straße kommen kann!"

„Am besten laufen".

„Mensch, dass weiß ich auch. Aber wo lang muss ich denn laufen?"

„Also erst geradeaus, dann links ... Warum wollen Sie eigentlich dorthin?"

„Das geht Sie ja wohl kaum was an!"

„Na gut. Also erst geradeaus, dann links ... aber wenn ich Ihnen schon den Weg beschreiben muss, dann könnten Sie mir doch einfach mal sagen, was Sie dort wollen!"

„Ich will einen Freund besuchen".

„OK. Also erst geradeaus, dann links ... wie heißt denn Ihr Freund?"

„Der heißt Spindler. Zufrieden?"

„Gut. Also erst geradeaus, dann links … heißt Ihr Freund vielleicht Max Spindler? Ich kannte mal einen Max Spindler. Der hat in unserer Abteilung gearbeitet. Der Chef hat immer gesagt, Max wäre das beste Pferd im Stall, weil er den meisten Mist gemacht hat".

„Mein Freund heißt aber Karl-Heinz! Würden Sie mir bitte endlich den Weg dorthin verraten!"

„Also erst geradeaus, dann links … wo kommen Sie eigentlich her?"

„Vom Bahnhof".

„Ach was! Sind Sie dort geboren?"

„Was? Quatsch! Ich bin von Saalfeld mit dem Zug gekommen. Bitte sagen Sie mir endlich, wo es zur Heinrich-Beck-Straße geht!"

„Also erst geradeaus, dann links … was wollen Sie eigentlich bei Herrn Spindler?"

„Mal abgesehen von der Tatsache, dass Sie das nun wirklich nichts angeht, braucht man wohl keinen besonderen Grund, um seinen Freund zu besuchen, oder?"

„Keine Ahnung, ich habe keine Freunde. Noch nie gehabt. Also erst …"

„Gerade aus, dann links. Das weiß ich schon".

„Ja wenn Sie es schon wissen, warum fragen Sie dann?"

„Ich habe doch nur wiederholt, was Sie schon dreimal gesagt haben. Am liebsten würde ich jetzt jemand anderen fragen, aber es ist ja keiner hier außer Ihnen. Bitte, bitte, guter Mann, sagen Sie mir endlich welchen Weg ich nehmen muss!"

„Also erst geradeaus, dann links …"

„Ja, zum Kuckuck, und was dann?"

„Dann fragen Sie am besten noch mal jemanden!"

Nervensäge Erna

Ich müsste mal wieder Urlaub machen. Und zwar endlich mal einen richtig langen Urlaub. Die letzte Zeit war etwas stressig gewesen. Ich hatte jede Menge Aufträge abgearbeitet und mein Bankkonto war deshalb zum Glück einigermaßen gefüllt. Ich bin übrigens Privatdetektiv. Ein Privatdetektiv und ein Tollpatsch. Und ich kleckere meistens beim Essen. Und ich bin vergesslich. Ein tollpatschiger, vergesslicher, kleckernder Privatdetektiv. Alles wahnsinnig gute Voraussetzungen zum Erzielen beruflicher Erfolge. Übrigens leide ich armer Kerl auch noch an Prokrastination. Zu Deutsch: Aufschieberites. Sir Peter Alexander Baron von Ustinov hat mal sinngemäß gesagt: „Die Leute, die etwas von heute auf morgen verschieben, sind die Leute die das von gestern auf heute verschoben haben". Und um mein Bild abzurunden, muss ich gestehen, ich bin ziemlich zerstreut. Das habe ich zwar in der Vergangenheit immer abgestritten, aber gestern habe ich mir selbst den Beweis dafür geliefert. Ich war wieder einmal derartig in Gedanken, dass ich beim Nachhausekommen vor meiner Haustür den Autoschlüssel aus der Tasche holte und mehrmals auf den Öffnungsknopf gedrückt habe, um mich anschließend minutenlang darüber zu wundern, dass sich weder die Haustür öffnete, noch der charakteristische Ton ertönte, den mein Auto sonst immer von sich gab. Glücklicherweise konnte ich hinterher über mich selbst lachen. Irgendwann habe ich einmal gelesen: „Wer ein realistisches Selbstbild hat, zu seinen Fehlern steht und sogar über sie lachen kann, genießt bei anderen höheres Ansehen". Ich denke aber, zunächst sollte ich eigentlich erst einmal bei mir selbst höheres Ansehen erlangen, damit ich mich zukünftig ohne Frust im Spiegel ansehen könnte. Zum Glück hat mir ja die Natur gnädiger Weise schlechte Augen gemacht, damit ich nicht immer so vor meinem Spiegelbild erschrecke. Ich muss halt nur vorher meine neu erworbene Brille abnehmen.

Die Töne des sogenannten Westminster Schlages störten empfindlich meine heilige Frühstücksruhe. Als ich nach dem nervigen Gongen meiner elektronischen Türglocke die darunter befindliche Tür öffnete, entfuhr mir ein gequältes „Nein!" Es war Erna Singmann. Wer Erna nicht kennt, der muss wissen, dass sie ein fürchterlicher Quälgeist sein kann. Und sie ist hinter mir her. Was wohl bedeutet, dass sie unter fortschreitender Geschmacksverirrung leidet. Sofort versuchte ich die Tür wieder zu schließen, aber sie hatte schon den Fuß im Türrahmen: „Hab dich nicht so! Ich beiße doch nicht. Ich will bloß einen Termin für einen Bekannten bei dir machen". Ich versuchte ihren Fuß nach draußen zu drängeln, aber es gelang mir nicht. Ziemlich ärgerlich sagte ich: „Und da hättest du nicht anrufen können? Oder auch vielleicht dein Bekannter?" Sie grinste: „Mein Bekannter ist fürchterlich schüchtern. Und wenn ich angerufen hätte, wäre mir doch die Möglichkeit entgangen, wieder einmal dein Gesicht zu sehen. Allerdings muss ich zugeben, dass du heute nicht gerade fröhlich guckst. Ist was passiert?" Ich drängte mit meinem Fuß den ihrigen Millimeter für Millimeter zurück: „Ach weißt du, vor zwei Wochen ist meine Oma gestorben, da habe ich hunderttausend Euro geerbt. Vorige Woche habe ich im Lotto gespielt und eine Million gewonnen, aber diese Woche … wie abgeschnitten. Da muss man doch sauer gucken!" Durch ihr Lachen war sie abgelenkt. Ich konnte ihren Fuß nach außen wegdrücken und die Tür schließen. Sie rief noch durch die geschlossene Tür: „Mein Freund kommt heute Nachmittag in dein Büro. Ist das OK?" Ich antwortete nicht.

Wenn mein Auto auch klein ist, es besitzt doch einen passablen Kofferraum. Und deshalb ist da logischerweise auch eine Kofferraumklappe. Diese wird, wie so gut bei allen Autos, rechts und links von einer Gasfeder nach oben gestemmt. Nun hatte ich ja meinen kleinen Flitzer gebraucht gekauft, was bedeutete, dass diese beiden Gasfedern nicht mehr die jüngsten waren. Als ich auf dem Parkplatz des Supermarktes meine Einkaufstüten verstauen wollte, entging mir, dass sich die Kofferraumklappe nicht vollständig nach oben bewegt hatte. Als ich dann wie üblich meinen Kofferraum beladen wollte, senkte ich dabei wie immer den Kopf. Nun sagt ja der Volksmund, dass ein Klaps auf den Hinterkopf das Denkvermögen erhöht. Von einem Schlag mit der Stirn gegen die Kante einer Kofferraumklappe sagt er nichts. Theoretisch hätte ich ja gleich zu meiner Werkstatt fahren können, um die Federn austauschen zu lassen. Aber da kam halt meine Prokrastination zum Tragen. Ich verschob die ganze Sache in Übereinstimmung mit meinem Bankkonto in die nahe Zukunft. Wahrscheinlich brauche ich nicht zu erwähnen, dass ich mir den Kopf ein zweites Mal an der Klappe stieß. Ich hatte das erste Mal einfach vergessen.

Es war so gegen 15:30 Uhr, als sich vorsichtig meine Bürotür öffnete. Ein kleiner Mann betrat schüchtern mein Refugium. Auch seine sportliche Jacke konnte nicht darüber hinwegtäuschen, dass er die beste Zeit seines Lebens bereits hinter sich hatte. Er machte tatsächlich einen Diener vor mir und sagte leise: „Entschuldigen Sie bitte, aber ich bin der Bekannte von Erna!" Ich deutete auf meinen Besucherstuhl: „Sie brauchen sich doch nicht zu entschuldigen. Was kann ich denn für Sie tun?" Er setzte sich umständlich. „Ich will ehrlich sein. Sie müssen nämlich wissen, dass ich nicht aus freien Stücken hier bin. Erna hat mich gezwungen. Ich bin ihr noch was schuldig, und sie hat gemeint, wir wären quitt, wenn ich für Sie einen Auftrag hätte, weil sie Ihnen etwas Gutes tun wollte. Ich habe aber keinen. Also keinen Auftrag. Können Sie mir da vielleicht helfen?" Ich musste schmunzeln: „Das wäre ja dann schon eine Art Auftrag. Aber vielleicht haben Sie bloß eine wichtige Frage, oder brauchen in einer Sache einen Rat von mir. Dann wäre doch Ihre Aufgabe damit erfüllt". Er überlegte kurz: „Naja, vielleicht schon". Dann kramte er einen Kontoauszug aus seiner Tasche: „Ich brauche den Auszug hier, um zu beweisen, dass ich auch wirklich das Geld an eine Internetfirma überwiesen habe. Aber unten ist auch mein Kontostand abgedruckt. Den möchte ich halt niemanden wissen lassen. Wenn ich den aber mit einem Stift oder irgendeiner Farbe schwärze, kann man das immer noch gegen das Licht halten oder gar mit einer Röntgenapparatur auslesen. Was soll ich machen?" Ich streckte die Hand aus: „Darf ich mir das Ding mal ansehen?" Er hielt mir den Beleg hin, deckte aber mit dem Daumen den Kontostand ab. Ich brauchte nur einen kurzen Blick: „Das ist Thermopapier. Entweder schneiden Sie ganz einfach unten einen Streifen ab, oder sie drücken kurz ein heißes Bügeleisen auf die Summe. Dann wird dort das Papier genauso schwarz wie die Zahlen. Das kann man danach auch nicht mehr mit einem Röntgenapparat lesen". Er bedankte sich überschwänglich: „Was bin ich Ihnen schuldig?" Ich lächelte: „Nix!" Er erschrak: „Das kann ich Erna nicht sagen. Dann gilt unsere Abmachung nicht mehr". Ich musste lachen: „Dann erzählen Sie Erna einfach, dass ich Ihnen 50 € abgeknöpft hätte". Er rutschte vom Stuhl, verbeugte sich erneut und verschwand. Ach diese Erna. Immer wieder versuchte sie, mir irgendwelche Fälle zu besorgen. Schon damals mit dem angeblichen Rauschgift im Kloster hätte ich sie anzeigen sollen. Aber ich glaube, es gibt nach § 164 StGB Abs. 2 nur den Tatbestand der Irreführung von Behörden, aber nicht die Verarsche von Privatdetektiven.

Astronomisch gesehen beginnt der Herbst auf der Nordhalbkugel unseres Planeten mit der sogenannten Tag-und-Nacht-Gleiche am 22. oder 23. September. Der Meteorologe dagegen setzt den Beginn des Herbstes meist schon auf Anfang September fest. Ich hingegen habe meinen eigenen Zeitpunkt, an dem ich vom Herbstbeginn spreche. Der liegt oft früher und findet auch nicht immer zu einem festen Datum statt. Ich dusche nämlich nicht besonders heiß. Das spart Energie und Geld. Deshalb beschlägt im Sommer auch nicht der große Spiegel in meinem Badezimmer. Dann kommt, wie aus dem Nichts, der Tag, an welchem sich deutlich eine feine Schicht Kondenswasser auf der Spiegeloberfläche absetzt. Das ist mein Herbstanfang. Und das ist auch der Tag, an dem ich von kurzärmeligen Hemden auf langärmelige umsteige. Das hat allerdings auch einen Nachteil. Da ich von

Geburt an eine gewisse Faulheit an den Tag lege, streife ich mir beim Händewaschen nicht die Ärmel hoch. Als Ergebnis habe ich stets und ständig nasse Manschetten. Ein geschickter Mensch würde das mit einiger Vorsicht vermeiden können, aber wir sprechen ja hier von mir. Also saß ich wieder einmal mit angefeuchteten Hemdsärmeln am Frühstückstisch. Wenn man nun, wie ich, den Unterarm gelegentlich auf die Tischplatte legt, macht sich das mit einem gewissen Kältegefühl am Arm bemerkbar. Mein erschrockenes Zurückzucken ging leider in die falsche Richtung und bewirkte, dass meine teure Kaffeekanne hinterhältiger Weise ihren Deckel wegschleuderte. Bei dem recht blödsinnigen Versuch das Porzellanteil aufzufangen, meinte meine Blumenvase, dass sie sich jetzt Schlafenlegen müsse. Allerdings unter Ausschüttung von Flüssigkeit. Durch eine winzige Berührung fühlte sich dann meine Kaffeetasse genötigt, sich prinzipiell der Vase anzuschließen. Ich sprang auf und gleichzeitig zur Seite, um wenigstens meine Hose vor dem Flüssigkeitsgemisch zu bewahren, was zur Folge hatte, dass ich mir den kleinen Zeh am Tischbein anstieß. Also humpelte ich unter Flüchen in die Küche, um Lappen und Schwamm zu holen. Hatte ich schon erwähnt, dass ich vergesslich bin? Wenn ich mich erinnert hätte, dass mir das Ganze vor einem Jahr schon einmal passiert war, hätte ich garantiert anders reagiert. Und genauso wie im Jahr zuvor hatte ich an diesem Tag wieder einmal schlechte Laune sowie einen schmerzenden Fuß, als ich in meinem Büro ankam.

Ich hatte kaum meine Bürotür aufgeschlossen, als ein älterer Herr eintrat. Sandfarbene Klamotten, graue Haare und ein Allerweltsgesicht. Allerdings zierten dieses Gesicht einige Sorgenfalten. Auf meine Frage hin sagte er: „Ich mache mir Sorgen um meine Frau". Mitfühlend, wie ich nun mal bin, fragte ich: „Was hat sie denn?" Und er antwortete: „Unser Auto". Da ich diesen blöden Witz schon kannte, stieg in mir ein gewisser Verdacht hoch: „Ich vermute mal, Erna Singmann hat sie geschickt. Stimmts?" Er zögerte zuerst etwas mit der Antwort, rückte dann aber mit der Wahrheit heraus: „Sie haben uns durchschaut". Ich stutzte: „Wer ist ‚uns'?" Er wurde sichtlich verlegen: „Ich meinte damit unsere Laienspielgruppe, wo halt Erna Mitglied ist. Und wir wollten ihr den Gefallen tun". Ich ahnte etwas, aber nicht den Umfang des Ganzen. Er fuhr fort: „Wir erfüllen uns immer gegenseitig einen großen Wunsch zum Geburtstag. Und Erna Singmann hat sich gewünscht, dass wir Sie solange mit sinnlosen Aufträgen bombardieren, bis Ihre Nerven das nicht mehr aushalten, und sie wieder einmal mit ihr ausgehen. Nach mir werden noch elf weitere Frauen und Männer bei Ihnen aufschlagen, und dann soll das Ganze von vorn losgehen". Meine Reaktion darauf gipfelte in einem einzigen Wort: „Raus!" Und nachdem der Kerl verschwunden war, schloss ich mein Büro von außen ab, fuhr nach Hause und unterhielt mich angeregt mit einer Flasche Bourbon.

Es dauerte nicht lange, und der Klang der elektronischen Türglocke bestätigte meine Ahnung, dass die liebe Erna

Singmann hinter meine Absicht, das Büro geschlossen zu halten, sehr schnell gekommen war. Ich rief durch die verriegelte Tür: „Wer ist da?" Und Erna brüllte: „Ich komme jetzt alle zehn Minuten und klingele. Und zwar solange, bis du mit mir Essen gehst!" Mit einer bestimmten Absicht im Hinterkopf öffnete ich die Tür: „Also gut, wenn du die Zeche übernimmst, dann hol mich hier um 19:00 Uhr ab!" Sie war dermaßen baff, dass es ihr die Sprache verschlug. Nach einer Weile der Starre sagte sie dann: „Dass du so schnell aufgibst, hätte ich nicht gedacht. Also dann bis um sieben!" Dann trabte sie davon. Jetzt hieß es für mich die Zeit zu nutzen, denn ich musste ja noch packen. Hatte ich übrigens schon erwähnt, dass ich im Begriff war, endlich einen längeren Urlaub anzutreten?

Marias Wohnung

Die Augen von Maria hatten bereits einundachtzig Lenze erblickt. Ihr Gehirn jedoch konnte die Ereignisse der vergangenen zwei Jahre nicht mehr richtig einordnen. Morbus Alzheimer, eine spezielle Demenz, hatte sich die alte Dame ausgesucht, um mit der typischen Tauopathie ihr Gehirn allmählich aber unaufhaltsam zu zerstören. Irma, ihre Schwiegertochter, die mit Marias Sohn Harald eine Etage höher wohnte, hatte sich in den letzten zwei Jahren aufopferungsvoll um Maria gekümmert. Das hatte die Fünfundfünfzigjährige langsam aber sicher an das Ende ihrer physischen und psychischen Leistungsfähigkeit gebracht. Der Morgen eines wolkenverhangenen Mittwochs im Herbst brachte das Fass zum Überlaufen. Irma wollte ihre Schwiegermutter wie jeden der vergangenen Tage ankleiden, doch Marie riss ihr die Bluse aus der Hand und schleuderte das seidene Kleidungsstück auf den Boden: „Das ist nicht meine Bluse! Ich will meine Bluse! Wer sind Sie überhaupt? Was machen Sie hier? Sie haben meine Bluse gestohlen! Irma! Irma! Komm schnell! Hier ist eine Einbrecherin!" Dann wandte die Aufgebrachte ihren Kopf zur Seite und erblickte die auf dem Boden liegende Bluse: „Da ist sie ja! Wer hat meine Lieblingsbluse auf den Boden geworfen?" Nach den unzählig bisher erfolgten Eskapaden der Kranken, war das nun endgültig zu viel für Irma. Sie rannte weinend aus dem Zimmer, erklomm schwer atmend die Treppe nach oben, fiel ihrem Mann in die Arme: „Ich kann nicht mehr! Ich kann einfach nicht mehr! Wir müssen sie in ein Heim geben". Harald stieß sie von sich: „Ich kann doch meine Mutter nicht in ein Heim abschieben. Kommt gar nicht in Frage!" Irma wischte sich mit dem Handrücken über die Augen: „Dann pflegst du sie zukünftig. Und zwar alleine!" Ihr Mann hob beschwichtigend die Hände: „Weißt du was? Du legst dich jetzt einfach mal hin und ruhst dich etwas aus. Danach ist bestimmt wieder alles gut". Irma ging wortlos in das eheliche Schlafzimmer. Aber entgegen Haralds Annahme legte sie sich nicht aufs Bett, sondern zerrte den großen Koffer vom Schrank herunter und begann einige ihrer Kleidungsstücke einzupacken. Dann holte sie unter den erstaunten Augen ihres

Gatten Zahnputzzeug und Kosmetika aus dem Bad, verstaute alles im Koffer, griff sich ihren besten Mantel und begab sich zur Wohnungstür: „Sieh zu, wie du klarkommst. Ich bin dann mal weg!" Das „Aber…" ihres Mannes konnte sie nicht mehr hören, denn da war die Tür schon hinter ihr ins Schloss gefallen.

Der Barkeeper hielt das soeben polierte Weinglas ins Licht der Bierreklame über dem Tresen. Zufrieden mit seiner Arbeit stellte er das Glas in ein Regalfach hinter sich. Dann wandte er sich wieder dem Gast zu, der sich kaum noch auf dem Barhocker halten konnte: „Sag mal Harald, solltest du dich nicht eigentlich um deine kranke Mutter kümmern?" Harald winkte ab: „Irgendwann braucht der Mensch auch mal eine Ablenkung. Von einer kranken Mutter sowie einer ganz hinterhältigen Frau, die einfach die Scheidung eingereicht hat". Der Barmann polierte hingebungsvoll das nächste Glas: „Aber in zwei Tagen ist dein Urlaub zu Ende. Willst du nicht vorher besser deine liebe Mama in ein Pflegeheim bringen?" Der Angetrunkene wurde schlagartig nüchtern: „Spinnst du? Weißt du, wieviel ein Heimplatz kostet? Ihre kleine Rente reicht da wohl kaum aus. Und somit wird man mich als Verwandten ersten Grades zur Kasse bitten. Dann ist es aus mit den Besuchen bei dir. Und auch mit vielen Sachen, die mir im Laufe der Zeit liebgeworden sind. Nein, nein, lieber gebe ich Ihr Gift!" Der Barkeeper riss entsetzt die Augen auf: „Jetzt spinnst du aber wohl! Daran solltest du nicht mal im Traum denken! Oder willst du unbedingt hinter schwedischen Gardinen enden?" Harald rutschte seitlich vom Hocker herunter: „Im Knast bräuchte ich mich wenigstens um nichts zu kümmern. Um keine halbtote Mutter und auch um keine spinnende Ex. Was bin ich schuldig?" Der Barmann strich lächelnd das Geld ein: „Wenn deine Frau halt nicht mehr mit dir leben will, dann solltest du froh sein, dass du sie los bist!" Harald stolperte in Richtung Tür und knurrte mit erhobenem Zeigefinger: „Aber es ist erwiesen, dass Ehemänner länger leben als Singles". Der Barkeeper rief ihm lachend nach: „Das tun sie nur, weil sie die Hoffnung haben, ihre Frauen zu überleben!"

Der Polizeibeamte in Zivil hatte sich leicht zurückgelehnt und beide Hände flach auf den Tisch gelegt. Er sah den Verdächtigen finster an: „Und das soll ich Ihnen glauben? Obwohl Sie eine pflegebedürftige Mutter zu Hause haben, waren Sie in einer Bar und haben sich die Kante gegeben? Wie ich das sehe, ist das eine Aufsichtspflichtverletzung laut § 832 BGB. Da haben Sie noch Glück, dass ihre Mutter älter als sechzehn ist, sonst wäre es nach § 171 StGB sogar eine Straftat!" Harald schüttelte misslaunig seinen Kopf: „So 'n Quatsch! Eine Aufsichtspflichtverletzung wäre es nur, wenn meine Mutter etwas angestellt hätte. Hat sie aber nicht. Sie ist einfach nur tot. Weil sie mit dem Kopf auf die Ecke des Küchentisches gefallen ist. Und das hätte ihr genauso passieren können, wenn ich zuhause, aber in einem anderen Zimmer gewesen wäre". Der Beamte beugte sich vor: „Vielleicht waren Sie ja zu Hause. Vielleicht ist ihnen die Pflege ihrer Mutter schlussendlich zu viel geworden, und

sie haben mit eigener Hand ein wenig nachgeholfen?"
Harald stand auf: „Ich habe ein Alibi für den Unfallzeitpunkt. Auch wenn Sie diesen Umstand hier einfach ignorieren. Und wenn Sie mich also nicht sofort verhaften, dann gehe ich jetzt. Ich habe noch alle Hände voll zu tun. Die Wohnung meiner Mutter löst sich nämlich nicht von allein auf. Auf nimmer Wiedersehen!"

„So, junge Frau, schauen Sie sich ruhig um! Die Wohnung ist zwar klein, die alten Dielenbretter knarzen, aber die Miete ist nicht besonders hoch, und die Wohnung ist immerhin in guter Lage". Deborah Winkler, die Angesprochene, verzog ihr Gesicht zu einem schiefen Lächeln: „Junge Frau? Sie sollten mal wieder zum Optiker gehen! Ich bin zweiundvierzig. Und dass die Wohnung klein ist, kommt mir sogar entgegen. Da brauche ich nicht so viel zu putzen. Aber warum ist denn die Miete so niedrig? Das ist doch wohl eine ganz normale Wohnung, oder?" Harald drehte die Flächen seiner Hände nach vorn: „Warum soll ich es verheimlichen. In dieser Wohnung ist meine alte, verwirrte Mutter durch einen Unfall ums Leben gekommen. Seit dem soll es hier angeblich spuken. Ihre Vormieterin ist nach zwei Wochen mit hochgestellten Nackenhaaren fluchtartig ausgezogen. So ist das!" Deborah winkte ab: „Das ist doch Quatsch mit Soße! Ich glaube nicht an Geister. Ich bin Wissenschaftlerin". Der Mann zuckte mit den Schultern, ließ sich den Mietvertrag unterschreiben, und händigte die Schlüssel aus: „Dann viel Freude mit der Wohnung!" Er drehte sich um und trottete etwas schwerfällig die ausgetretene Treppe hinunter. Und Deborah ging frohgemut auf Einkaufstour.

Die Wohnungseinrichtung war nicht besonders schön, aber preiswert. Deborah hatte die Möbel bei verschiedenen Billiganbietern zusammengekauft. Tagsüber bekam sie die Teile sowieso kaum zu Gesicht, da sie stets lange im Labor an ihrem Forschungsauftrag arbeitete, und nachts hatte sie natürlich die Augen geschlossen. Was sie allerdings etwas störte, war die Tatsache, dass nachts oft ein permanentes Knacken zu hören war. Zwar wusste sie, dass Holz ständig arbeitet, aber ihre Möbel bestanden fast zu hundert Prozent aus Spanplatten. Das war dann doch etwas seltsam. Also beschloss Deborah eines Abends, endlich mal eine Nacht wach zu bleiben, um die Ursache der Geräusche herauszufinden. Sie stellte sich vorsichtshalber den Wecker auf Mitternacht, um nicht aus Versehen durchzuschlafen. Der Zeiterhacker läutete auch fristgemäß um 0:00 Uhr. Deborah richtete sich im Bett auf, jedoch alles war ruhig, und es blieb auch weiterhin still in der Wohnung. In der Nacht darauf wurde sie aber wieder durch ein anhaltendes Knacken geweckt. Diesmal schwang sie sich aus dem Bett, und tappte barfuß in die Küche. Nachdem sie das Licht angeknipst hatte, erblickte sie eine ältere, leichenblasse Frau, die es sich auf einem der Küchenstühle bequem gemacht hatte. Bis ins Mark erschrocken fragte Deborah mit zitternder Stimme: „Wer sind Sie? Und wie kommen Sie hier herein?" Die Dame blickte langsam auf: „Aber Irma, erkennst du denn deine Schwiegermutter nicht mehr? Hast du Alzheimer? Hast du deshalb die Möbel ausgetauscht, oder bin ich hier vielleicht im Heim? Harald wollte mich doch nie ins Heim geben. Und wer sind Sie denn? Was machen Sie in meiner Küche?" Deborah ließ sich auf einen Stuhl neben der alten Frau sinken: „Ich heiße Deborah. Ich wohne hier. Und wer sind Sie?" Die Angesprochene wackelte leicht mit dem Kopf: „Mädchen, Mädchen! Hier wohne ich, und du heißt doch Irma! Oder warte! Sind Sie die Krankenpflegerin? Wo bin ich eigentlich? Und wer sind Sie? Wohnen Sie auch in dem Heim hier? Ich bin müde. Werde ins Bett gehen". Dann stand die alte Dame auf, und verschwand vor den Augen der konsternierten Wohnungsinhaberin in der Wand. Und Deborah wurde ohnmächtig.

Der Blick der Universitätspsychologin war von leichter Skepsis geprägt: „Also, liebe Kollegin, haben Sie in letzter Zeit viel gearbeitet? Vielleicht auch etwas mehr Stress gehabt als sonst?" Deborah nickte fast unmerklich mit dem Kopf: „Na ja, unser Team bereitet sich auf einen Termin in der Forschungseinrichtung CERN vor. In der Schweiz. Wir haben dort die Genehmigung für einen Versuch. Einen einzigen. Da muss alles klappen. Wir schießen dann Protonen in einem sogenannten Hadron Linac aufeinander. Das ist so, als würde man in Hamburg und in München gleichzeitig eine Stecknadel abschießen, die sich dann genau mit ihren Spitzen über Erfurt treffen". Der Blick der Psychologin wurde streng: „Ich bin zwar keine Physikerin, aber sie müssen mich deswegen nicht für dumm halten. Also lassen wir mal alle

Nadelvergleiche und kommen auf den Kern der Sache zurück. Sie wären nicht die Einzige, die auf Grund von leichter Überarbeitung gelegentlich zu optischen Halluzinationen neigt". Deborah war nicht ganz klar, ob Sie sich über diese banale Aussage ärgern sollte, oder aber, ob die Psychologin damit sagen wollte, dass ihr Zustand völlig normal sei: „Und wie soll ich mich verhalten, falls so eine oder eine ähnliche Halluzination erneut bei mir auftritt?" „Da gibt es mehrere Möglichkeiten. Entweder Sie machen einen langen Urlaub, oder Sie lassen sich Psychopharmaka verschreiben, oder aber, sie sehen diese Erscheinung als ganz normal an. Überwinden Sie ihre Angst, und dann unterhalten Sie sich einfach mal mit dieser seltsamen Dame. Sie werden bemerken, dass sich dann alles in Wohlgefallen auflöst. Sie sind doch Wissenschaftlerin. Gespenster gibt es nicht. Alles klar?"

Deborah zitterte am ganzen Körper, als sie vorsichtig mit ihrem rechten Zeigefinger auf den Klingelknopf drückte. Harald öffnete: „Was gibt's?" Deborah stotterte: „Sie … Sie … sind doch der Sohn, deren Mutter in der Wohnung unter Ihnen gestorben ist. Wie Sie wissen, wohne ich ja jetzt da, und … und da wollte ich Sie um einen Gefallen bitten!" Harald fragte sichtlich gelangweilt: „Und um welchen Gefallen, wenn ich fragen darf?" „Ob Sie vielleicht heute Abend zu mir in die Küche kommen könnten. Ich … ich weiß das klingt seltsam, aber den Grund werden Sie dann sehen. Kommen Sie? Bitte!" Harald entgegnete etwas spöttisch: „Na gut. Aber nur, weil Sie so hübsch sind".

Deborah saß auf einem der drei Küchenstühle, Harald auf dem Stuhl gegenüber. Die beiden schwiegen sich seit geraumer Zeit an. Plötzlich waren deutliche Knackgeräusche wahrzunehmen, und kurz darauf trat der Geist von Maria aus der Wand heraus. Deborah sprang erregt auf und zeigte mit ausgestrecktem Arm auf die Erscheinung: „Da! Da! Sehen Sie! Das ist doch ihre Mutter, oder?" Harald bewegte mehrmals den Kopf hin und her: „Wer? Wo? Ich sehe nix!" Deborah sank fassungslos auf Ihren Stuhl zurück: „Aber ... aber ..." Maria hatte indessen ihren Astralleib auf den leeren Küchenstuhl niedergelassen und blickte mit leeren Augen zu Harald hin: „Ich kenne Sie! Sind Sie nicht der Direktor von diesem Pflegeheim?" Und Deborah wurde wieder ohnmächtig.

Die Polizei hatte die Wohnung freigegeben, nachdem eindeutig bewiesen war, dass Deborah Suizid begangen hatte. Harald saß in der Wohnung darüber und rieb sich immer wieder die Hände. Diesmal konnte er die Wohnung sogar möbliert vermieten. Es war halt eine gute Idee gewesen, von den Mietsleuten immer drei Monatsmieten im Voraus zu verlangen.

Das Maisfeld

Vor Kurzem habe ich eine postalische Einladung von meinem Fitnesscenter bekommen, die mich überreden wollte, meinen Selbstverteidigungskurs aufzufrischen.

Natürlich gegen ein gewisses Entgelt. Nach einer länger dauernden Auseinandersetzung mit meinem Bankkonto fasste ich den epochalen Entschluss, diese Offerte einfach nicht zu beachten. Allerdings war die Sache damit leider noch nicht erledigt. Kurz darauf machte die Muckibude alle zwei Tage mit einer Mail auf sich aufmerksam. Solange bis ich den Absender in meinem Mail-Account sperrte. Um aber nicht abends auf meinem Sofa zu versauern, bewerkstelligte ich täglich, so es das Wetter zuließ, hinter meinem Haus ausgedehnte Spaziergänge. Besser gesagt, hinter dem Haus, in welchem sich meine Mietwohnung befand. Mein Weg führte mich dabei stets an einem großen Maisfeld vorbei, und ich konnte förmlich zusehen, wie dieses Süßgras wuchs. Zehn bis fünfzehn Zentimeter am Tag schien ganz normal zu sein. Jeden Tag stellte ich mich neben die Pflanzen und kontrollierte, bis zu welcher Stelle an meinem Körper die Stängel heranreichten. Das hätte ich vielleicht nicht tun sollen.

Ich war ganz schön erschrocken, als mich hinter meinem Rücken jemand anschrie: „Sie brauchen sich gar nicht erst zu verstecken. Ich habe Sie längst entdeckt!" Noch bevor ich mich zu der Stimme umdrehen konnte, schnappten Handschellen um meine Handgelenke: „Sie sind vorläufig festgenommen!" Der Polizist, den ich nur aus den Augenwinkeln erspähen konnte, hatte ein sehr ernstes Gesicht aufgesetzt. Trotzdem hatte ich den Eindruck, dass er im Innersten Angst hatte. Angst vor mir. Vor mir! Ich war ausgesprochen stolz. Und dass mit der

Festnahme würde sich auch noch aufklären. Schließlich war es doch nicht ungesetzlich, sich an den Rand eines Maisfeldes zu stellen.

„Und was soll das hier für ein Wisch sein?" Der Zivilbeamte, der mir gegenüber saß, knallte meine Papiere auf die Tischplatte. Etwas beleidigt antwortete ich: „Das ist ein IHK-Zertifikat, welches mich als staatlich anerkannten Privatdetektiv ausweist. Oder können Sie vielleicht nicht lesen?" Der Kerl wurde daraufhin erst recht ungemütlich: „Pass auf, Freundchen! Wenn du mich hier anmachst, reiße ich dir Nulpe den Kopf ab!" Ich wurde stocksauer: „Nun pass du mal auf! Mir hat bisher keine Seele gesagt, was man mir eigentlich vorwirft. Und wenn du weiter in diesem Ton mit mir redest, dann werde ich dafür sorgen, dass du nicht einmal mehr den Verkehr in einer Kleinstadt regeln darfst!" Er grinste breit: „Du und welche Armee? Mein Gutster, du fährst für immer in den Knast ein. Das machen wir hier nämlich mit Mördern so! Und du bist erwiesenermaßen einer von den Mordgesellen. Wieviel hast du bisher umgebracht? Hä?" Ich konterte: „Und wieviel Abmahnungen hast du schon kassieren müssen? Hä?" In diesem Moment öffnete sich die Tür zum Verhörraum, und eine Frau trat ein. Sie winkte nur kurz mit der Hand, und mein Widersacher verließ wortlos den Raum. Die Dame lächelte mich an: „Mein Name ist Wengler. Kriminalkommissarin Sarah Wengler. Lassen Sie sich von meinem Kollegen nicht ärgern. Seine Anschuldigungen sind nämlich haltlos". Ich grunzte: „Spielt ihr hier mit mir böser Bulle, guter Bulle, oder was?" Ihr Lächeln blieb: „Die Blutflecken an der Frauenleiche in dem Maisfeld stammen von zwei Personen. Das meiste Blut stammt von der Toten, der Rest mit Sicherheit von ihrem Angreifer. Aber die Blutprobe von Ihnen ergab, dass sich die DNA wesentlich von den anderen Proben unterscheidet. Außerdem tragen Sie keine Kampfspuren an ihrem Körper. Auch die Fußspuren passen weder in Größe noch im Sohlenprofil zu Ihren Schuhen. Ich kann Ihnen mitteilen, dass Sie vom Verdacht freigesprochen sind, und sofort nach Haus gehen können". Ich erhob mich: „Dann sorgen Sie aber dafür, dass mir Ihr Kollege da draußen nicht über den Weg läuft. Sonst müssen Sie mich doch noch wegen Mordes verhaften".

Es gibt manchmal Situationen, da kann ich mich einfach nicht entscheiden. Einerseits hätte ich mir im Moment allzu gern einen kräftigen Schluck genehmigt, andererseits wollte ich meinen Bourbon-Konsum einschränken. Nicht etwa, weil Alkohol schädlich ist, sondern weil mir mein Bankkonto in einer längeren Diskussion klargemacht hat, dass ich mir demnächst keine neue Flasche mehr leisten kann. Um mich abzulenken, griff ich mir mein Fernglas und erklomm die knarzende Treppe zum Dachboden. Aus der Luke sondierte ich sorgfältig das Maisfeld. Genauer gesagt die Stelle, an der die Polizei zwei Eisenstangen in den Boden gerammt hatte, um daran ein Flatterband zu befestigen. Wenn ich schon zum Kreis der Verdächtigen gehörte, oder zumindest gehört hatte, dann wollte ich wenigstens zur Aufklärung des

Falles beitragen. Und ich entdeckte tatsächlich etwas. Dort schlich ein Mann herum, der sichtlich nicht dorthin gehörte. Als der Kerl zu mir hoch sah, zog ich mich ins Innere zurück. Aber wahrscheinlich hatte er mich doch gesehen. Wenn also dieser Mensch etwas mit dem Fall zu tun hatte, dann hatte ich ihn jetzt mit meinen Beobachtungen garantiert verunsichert. Demnach befand ich mich aktuell in der Rolle eines Köders. Sozusagen wie ein Regenwurm am Haken einer Angel. Zugegeben, dass ist ein Klischee. Angler benutzen ja eher Kunstköder. Blinker, Spinner oder Gummifische. Ich werde ja von manchen Leuten auch als Spinner bezeichnet. Als solcher würde ich mir doch sicherlich einen Schluck Bourbon genehmigen dürfen. Und ich durfte. Bis die Flasche leer war.

Sarah Wengler war nicht gerade begeistert: „Der Mann kann doch rein zufällig dort gewesen sein. Vielleicht geht er auch nur da spazieren, genau wie Sie. Das rechtfertigt in keinster Weise irgendwelchen Polizeischutz. Es tut mir wirklich leid! Und halten Sie sich bitte zukünftig aus den Ermittlungen heraus. Das ist Sache der Polizei, und nicht die Spielwiese von Privatdetektiven".

Ich saß in meinem Büro und ließ meine Gedanken ungehemmt alle möglichen Theorien ausbrüten. Plötzlich bewegte sich meine Bürotür, und ich glaubte ein Déjà-vu zu erleben. Vor geraumer Zeit war ich nämlich angeschossen worden. Das Ganze hatte damit begonnen, dass der Lauf einer Feuerwaffe durch meine Bürotür gesteckt wurde. Damals hatte ich das nicht bemerkt. Diesmal schon. Ich sprang, zu meiner eigenen Verwunderung, blitzartig über den Schreibtisch und stemmte mich gegen die Tür, um die Waffe einzuklemmen. Der Schuss, der sich auf meine Aktion hin löste, durchschlug auf hinterhältige Weise mein Fenster. Scheiße! Im Mietvertrag meines Büros gab es die Klausel, dass ich die Kosten für Schäden bis zu einer Höhe von einhundert Euro selbst zu tragen hatte. Drei Flaschen Bourbon. Mist! Was dann folgte, ließ meine Laune wieder etwas ansteigen. Die Tür wurde derart gewaltsam aufgestoßen, dass es mich von den Beinen hob. Aber nicht mein schießwütiger Widersacher kam herein. Sondern ein Polizist, der einen Mann zu Boden warf und geschickt mit Handschellen verschönerte. Kurz darauf betrat Kommissarin Wengler mein Allerheiligstes. Sie reichte mir ihre Hand, und half mir auf: „Gottseidank sind wir noch rechtzeitig gekommen. Es war nicht leicht durchzusetzen, dass wir Sie beschatten durften. Mein Chef war da nicht so begeistert. Aber vielleicht tröstet es Sie, dass der gutbetuchte Bruder der Toten eine Belohnung für die Ergreifung des Mörders ausgesetzt hat. Und da wir nach §71 Bundesbeamtengesetz keine Belohnungen annehmen dürfen, denke ich, dass das Geld Ihnen zusteht. Schließlich haben Sie uns auf den Täter aufmerksam gemacht". Der Polizist hatte inzwischen den Gefesselten nach draußen gebracht, und meine angeborene Neugier veranlasste mich zu der Frage: „Wie hoch ist denn die Belohnung?" Nach der Antwort zitterten mir dermaßen die Knie, dass ich mich setzen musste.

Mit der genannten Summe würde ich mir mindestens dreitausend Flaschen Bourbon leisten können.

Fernsehverbot

Nein, der Fernseher bleibt aus. Du hast schon viel zu viel Fernsehen geschaut. Wenn das Mami wüsste, die würde uns ganz schön die Leviten lesen. Leviten? Das stammt aus dem dritten Buch Mose, das auch „Levitikus" genannt wird. Ja, ja! Ich erklär es ja gleich. Also, als Leviten bezeichnet man die Nachfahren von Levi. Denen allein war die Zuständigkeit für den Tempeldienst übertragen worden. Was weiß ich, wer dieser Levi war. Ich kann doch nicht alle Apostel kennen. Zumal wenn die schon tot sind. Was? Ist doch völlig egal, wann dieser Levi gestorben ist. Apostel? Das sind ... das ist eine Apfelsorte. Und nun geh gefälligst spielen, und lass mich in Ruhe! Nein, nicht mit der Spielekonsole. Spiel was anderes! Mein Gott, woher soll ich denn wissen, warum das Ding Xbox heißt? Ich arbeite doch nicht bei Microsoft. Bitte? Microsoft ist eine Firma, und nun ist es gut. Du kommst ja vom Hölzchen aufs Stöckchen. Was? Das ist doch nur so ein Sprichwort. Ach Schätzchen, ein Sprichwort ist ein kurz gefasster und einprägsamer Satz, der Erfahrungen beschreibt. Nicht doch! Ich habe nichts geschrieben, ich habe von Beschreiben gesprochen. Das bedeutet nicht, dass man etwas vollschreibt. Und nun geh spielen! Was heißt hier keine Lust? Ich muss auch jeden Tag zur Arbeit gehen und habe dazu keine Lust. Ja gut, im Moment nicht. Jeder kann mal arbeitslos werden. Das ist schließlich keine Schande. Nein, der Fernseher bleibt aus. Bitte? Ich hab doch seit Jahren kein Märchen mehr erzählt. Kannst du nicht warten, bis Mami wieder da ist? Hoppla, hoppla! Du willst Mami anlügen, dass du nur die ganze Zeit vor der Glotze gesessen hättest? Du weißt aber schon, dass man nicht lügen darf. Ich? Langsam, langsam. Bei Erwachsenen ist das was ganz anderes. Wehe du sagst Mami etwas davon! Was? Das ist Erpressung. Ich lasse mich nicht von dir erpressen. Ich wollte dir sowieso ein Märchen erzählen. Also hör gut zu! Es war einmal … Was weiß ich wann? Märchen fangen eben so an. Also es war irgendwann einmal, und wann das war, das ist völlig egal, da lebte eine Ziege. Und diese Ziege hatte sieben kleine Geißlein. Wieso Verbrecherin? Quatsch! Ich habe Geißlein gesagt, und nicht Geiseln. Woher kennst du überhaupt solche Wörter? Fernsehen, war ja klar. Also Geißlein sind die Kinder von einer Ziege. Und eine weibliche Ziege nannte man im Mittelhochdeutschen Geiß. Ja es gibt auch männliche Ziegen, die nennt man aber Böcke. Was Mami zu mir sagt, gehört nicht hierher. Mittelhochdeutsch erklär ich dir ein andermal. Also die Kinder, eben die Geißlein, wohnten mit ihrer Mutter in einem kleinen Haus. Ja, zum Teufel, von mir aus auch Stall! Eines Tages wollte die alte Geiß in den Wald gehen und Futter holen. Sie sagte zu den Geißlein: „Seid auf der Hut vor dem Wolf, wenn er hier hereinkommt, so frisst er euch mit Haut und Haar. Der Wicht verstellt sich oft, aber an seiner rauen Stimme und an seinen schwarzen Füßen könnt ihr ihn erkennen". Bitte? Nein, nicht auf dem Hut, sondern auf der Hut. Das bedeutet, man soll sich hüten. Nein, nicht einen Hut aufsetzen, sondern sich vorsehen. Ja, das hätte ich gleich sagen können. Also weiter! Kurz darauf, da klopfte der Wolf an die Tür und rief: „Macht auf, ihr lieben Kinderlein, eure Mutter ist da und hat jedem von euch etwas mitgebracht!" Herrgott, im Märchen können eben Wölfe sprechen. Übrigens auch Geißlein. Die haben nämlich gesagt: „Wir machen nicht auf, du bist nicht unsere Mutter. Die hat eine liebliche Stimme, deine Stimme aber ist rau. Du bist der Wolf". Ja ich weiß, Kinder sind klug. Aber Ausnahmen bestätigen die Regel. Der Wolf jedoch ging zu einem Krämer und kaufte sich ein großes Stück Kreide. Das aß er auf und machte damit seine Stimme fein. Bitte? Krämer ist jemand, der einen Laden mit Lebensmitteln hat. Nein, Supermärkte und Discounter wie EDEKA, REWE und NETTO sind schon etwas größer. Also weiter! Der Wolf kam zurück, klopfte an die Tür und rief wieder: „Macht auf, ihr lieben Kinderlein, eure Mutter ist da und hat jedem von euch etwas Schönes mitgebracht!" Aber er hatte dummerweise seine schwarze Pfote in das Fenster gelegt. Bitte? Von mir aus in das Stallfenster. Die Kinder sahen die Pfote und riefen: „Wir machen nicht auf, unsere Mutter hat keinen schwarzen Fuß. Du bist der Wolf!" Ja, ja, ja! Ist ja schon gut. Ich weiß, dass Kinder klug sind. Soll ich nun weitererzählen? Also, der Wolf lief zu einem Bäcker und sprach: „Ich habe mich an den Fuß gestoßen, streich mir Teig darüber". Danach lief er zum Müller und sagte: „Streu mir weißes Mehl auf meine Pfote". Was? Na klar wussten Bäcker und Müller, dass der Wolf etwas Böses vorhatte. Aber sie wollten sich halt nicht von dem Wolf fressen lassen. Mensch, es ist ein Märchen. Ich weiß auch, dass ein Wolf keinen ganzen Menschen verschlucken kann. Nun halt endlich mal die Klappe! Jetzt ging der Bösewicht zum dritten Mal zu den Geißlein. Und weil er eine feine Stimme und eine weiße Pfote hatte, ließen ihn die Geißlein herein. Ja sicher war das blöd. Ich hab ja gleich gesagt, dass Kinder nicht gerade klug sind. Aber du musstest ja immer widersprechen. Ach was, ich bin nicht böse auf dich. Ich will nur endlich mit diesem vermaledeiten Märchen zu Ende kommen. Ja, das Wort vermaledeit ist auch von früher. Als nun der Wolf hereinkam, erschraken die Geißlein und wollten sich verstecken. Das eine sprang unter den Tisch, das zweite ins Bett, das dritte in den Ofen, das vierte in die Küche, das fünfte in den Schrank, das sechste unter die Waschschüssel, das siebente in den Kasten der Wanduhr. Du hast aber immer was zu meckern. Vielleicht stellen ja Bauern heutzutage Betten, Tische und Wanduhren in ihre Ställe. Woher soll ich das wissen? So, weiter! Der Wolf fand sie alle und schluckte sie in seinen Rachen. Nur das jüngste in dem Uhrkasten fand er nicht. Ist ja gut, es waren tatsächlich nicht alle, wenn er eins nicht gefunden hat. Ich hätte mich besser ausdrücken müssen. Sei still! Nun legte sich der Wolf draußen auf die Wiese unter einen Baum und fing an zu schlafen. Ja, wenn ich Mittag gegessen habe, schlafe ich auch manchmal. Na gut, immer! Bald darauf kam die

Geiß wieder zurück und sah das ganze Tohuwabohu. Bitte? Das bedeutet, es sah dort so aus, wie in deinem Kinderzimmer. Die Ziegenmutter rief ihre Kinder nacheinander beim Namen, aber niemand antwortete zunächst. Als sie das jüngste rief, hörte sie eine leise Stimme: „Liebe Mutter, ich stecke im Uhrkasten". Die Geiß holte es heraus, und das Geißlein erzählte ihr, dass der Wolf die anderen alle gefressen hatte. Weinend lief die Geiß nach draußen und erblickte den schlafenden Missetäter. Da nahm sie Schere, Nadel und Zwirn, schnitt dem Wolf den Wanst auf, und alle sechs Kinder sprangen heraus, weil der Wolf sie in seiner Gier im Ganzen verschluckt hatte. Himmelkreuzbirnbaum! Das ist nun mal ein Märchen. Wenn ich tief schlafe, kriegt mich auch keiner wach. Und ob Ziegen mit einer Schere umgehen können, musst du Darwin fragen. Himmelherrgott! Das war ein Wissenschaftler. Ja, der ist schon tot. Ja, zum Kuckuck, du hast recht, Tote kann man nicht fragen. Also, zu guter Letzt füllten die Zicklein den Bauch des Wolfes mit Wackersteinen, und die Mutter nähte ihn zu. Wackersteine? Nun ja, das sind Schottersteine aus Grauwacke. Grauwacke? Das sind graue bis grüngraue Sandsteine mit einem hohen Anteil an Feldspat und Matrix. Nein, das hat nichts mit dem Film Matrix zu tun. Woher kennst du überhaupt solche Filme? Fernsehen, war ja klar. Aber weiter. Als der Wolf endlich ausgeschlafen hatte, bereiteten ihm die Steine großen Durst. Nein, ich habe keine Steine im Bauch. Als nun der Wolf aus dem Brunnen trinken wollte, da zogen ihn die schweren Steine hinein, und er musste jämmerlich ersaufen. So,

das wars. Bitte was hast du gemacht? Aufgenommen?
Nein, Mami freut sich da bestimmt nicht. Die war immer
schon dagegen, dass ich dir ein Smartphon gekauft habe.
Und wenn du das löschst, dann darfst du auch fernsehen.

Das Loch

Jack Wanken kam aufgeregt in die Kapitänskajüte ge-
stürmt: „Käpt'n, wir haben gerade einen Lichtspruch von
der Erde empfangen. Stell dir vor, der war ganze sieben
Jahre unterwegs". Luc Vertrant, der kommandierende
Offizier des Raumschiffes »AnthurestaVII« löste seinen
Blick von der Datenscheibe und blickte seinen Nachrichtenoffizier lächelnd an: „Da kannst du mal sehen, wie die
Technik voranschreitet. Als ich vor siebenundzwanzig
Jahren als zweiter Offizier auf dem Schiff hier angeheu-
ert habe, brauchte so ein Lichtmemo für 57 Billionen Kilometer noch ganze neun Jahre. Setz dich doch!" Jack
ließ sich in einen der Dämpfersessel fallen: „Aber das ist
doch gar nicht das Aufregende!" Der Kapitän lehnte sich
gemächlich zurück: „Und was ist es denn dann?" Der
Nachrichtenoffizier sprang wie von einer Spiralfeder an-
getrieben wieder in die Höhe: „Die Astronomen haben
ein weißes Loch entdeckt, und wir sollen es erforschen.
Wir sind am nächsten dran, und könnten in einem Jahr
dort sein. Das lässt unser Schiff für immer in die Geschichte der Menschheit eingehen". Jetzt stand auch Luc
auf: „Du willst mich doch verarschen? Glaubst du

vielleicht, ich weiß nicht, dass heute im Erdenkalender der erste April ist. Mit solchen blöden Scherzen kannst du mich nicht reinlegen. Da musst du schon früher aufstehen. Das Universum ist allerhöchstens sechzehn Milliarden Jahre alt, und diese Zeit reicht einfach nicht aus, um aus einem schwarzen Loch ein weißes entstehen zu lassen". Jack fuchtelte mit beiden Armen in der Luft herum: „Das ist kein Scherz. Schau dir doch die Nachricht selber an! Außerdem steht noch gar nicht fest, dass aus einem schwarzen Loch ein weißes wird. Es gibt ja auch die Möglichkeit, dass ein schwarzes Loch der Eingang, und ein weißes Loch der Ausgang einer Einstein-Rosen-Brücke ist. Also, werden wir hinfliegen? Ich bin schon ganz aufgeregt!" Der Kapitän setzte sich wieder: „Dann beruhige dich erst mal! Wenn wir als erstes Raumschiff ein weißes Loch vor den Bug bekommen werden, dann brauchen wir für seine Erforschung volle Konzentration, und vor allem professionelle Nüchternheit. Ist das klar? Gut, dann wegtreten!"

Der Mann wälzte seinen Körper, schwitzend aber befriedigt, seitlich von der Frau herunter, und kam auf dem Rücken zu liegen. Die Nackte sprang sofort auf und begab sich in das Mini-Badezimmer, um sich gründlich zu säubern. Dann warf sie sich den neben der Tür hängenden, grünen Sari über, und setzte sich zu dem Mann aufs Bett: „Hör zu! Du musst mich unterstützen. Ich bin nicht umsonst Astrophysikerin. Du weißt doch, dass nichts aus schwarzen Löchern heraus kann, nicht mal das Licht. Bei weißen Löchern ist das genau umgekehrt. Da kann nichts hinein. Aber, was viel wichtiger ist, alles Mögliche kommt dort heraus. Unter anderem jede Menge tödlicher Gammablitze. Vielleicht auch irgendwelche Teilchen oder Strahlen, von deren Existenz wir noch gar nichts wissen. Wir sollten also lieber nicht in die Nähe so eines Dinges kommen. Nicht einmal in die entfernteste Nähe. Käpten Vertrant will aber unbedingt dahin, und ist taub gegenüber meinen Bedenken. Es gibt für uns nur einen Weg. Wir müssen meutern!" Amari Malonga richtete sich bestürzt auf: „Hoppla, wer bist du? Und was hast du mit meiner Charu Begum gemacht? Meine Charu würde nicht einmal im Traum an Meuterei denken. Was ist mit dir eigentlich los?" Die Frau glitt langsam vom Bett herunter, drehte ihren Rücken zu Amari, und blickte zu Boden: „Ich habe einfach Angst. Mein Bruder Amal ist bei der Erforschung eines Neutronensterns ums Leben gekommen, weil der unvorsichtige Kapitän seines Raumschiffes viel zu dicht an den Stern herannavigiert hatte. Zweihundert Tote. Das soll auf diesem Schiff nicht passieren, wenn ich es irgendwie verhindern kann". Amari ließ sich wieder in die Kissen sinken: „Und wie, wenn ich fragen darf, willst du das bewerkstelligen?" Charu drehte sich wieder zu ihrem Liebhaber um: „Ich werde mit allen sprechen, von denen ich glaube, dass ich ihnen vertrauen kann. Dann nehmen wir den Käpten gefangen. Du machst doch mit?" Amari stieg aus dem Bett, und ging in Richtung Badezimmer: „Was kann ein kleiner Telemetriettechniker aus der Krankenstation schon bewirken? Nichts. Es sei denn, der Käpten wird krank". Charu strich sich eine Strähne ihrer langen, schwarzen

Haare aus dem Gesicht und legte den linken Zeigefinger ans Kinn: „Gar keine schlechte Idee!"

Luc Vertrant war die Ruhe selbst, obwohl man ihn an die Krankentrage gefesselt hatte: „Leute überlegt doch mal! Ihr könnt mit dem Schiff nirgendwo hin. Wenn wir nicht zu dem weißen Loch fliegen, dann weiß die Erde Bescheid, dass etwas nicht stimmt. Die werden dann entsprechende Rettungsmissionen ins Leben rufen. Nach ein paar Jahren finden die euch. Und dann geht's ab auf den Gefängnisplaneten Vankila im Orionnebel. Wollt ihr das? Also nehmt mir die Fesseln ab. Und den Rest der Besatzung könnt ihr auch nicht für immer unter Kontrolle halten. Die werden irgendwie eine Möglichkeit finden mit der Erde zu kommunizieren, oder mich zu befreien. Also was ist jetzt?" Amari schlug ihm ins Gesicht: „Schnauze! Es dauert Jahrzehnte, bis uns einer aufspürt. Bis dahin machen wir uns mit den Vorräten ein schönes Leben, anstatt in der Nähe von diesem beschissenen Loch zu verrecken."

Die Eingeschlossenen hatten zunächst versucht, das Schott einfach mit ihren Händen von innen zu öffnen, was aufgrund der stabilen und sicheren Konstruktion natürlich zum Scheitern verurteilt war. Gegenwärtig saßen alle im Kreis auf dem Boden des Frachtraumes. Manche schienen jetzt bereits schon aufgegeben zu haben, und schauten ausdruckslos vor sich hin. Am schlimmsten hatte es Michael Wessely getroffen. Er war der kleinste, und wahrscheinlich auch der nervenschwächste der gesamten Crew. Er schwitzte am ganzen Körper und murmelte ständig, aber kaum hörbar vor sich hin: „Wir werden alle sterben, verdursten, verhungern, wir alle!" Inzwischen hatte Jack Wanken das Wort ergriffen: „Leute, wir müssen jetzt ruhig und besonnen vorgehen. Ich schlage vor, wir teilen uns in drei Gruppen auf. Gruppe eins durchsucht hier im Laderaum jeden Behälter, ob irgendwo etwas zu trinken oder zu essen vorhanden ist. Da sich der Chief unter den Meuterern befindet, und sich sonst leider keiner so recht mit der Konstruktion unseres Schiffes auskennt, wird Gruppe zwei an den Wänden die Verkleidung und die Filter entfernen, um einen Zugang zum Belüftungssystem zu finden, durch den wir möglicherweise ausbrechen können. Gruppe drei setzt sich zu einem Brainstorming zusammen, um durch gezielte Diskussion eventuelle andere Möglichkeiten für eine Flucht zu ermitteln, die wir dann hoffentlich schnellstens umsetzen können. Seid ihr alle einverstanden?" Karolina Svoboda, die Exobiologin, sprang auf: „Wer hat dich denn zum Wortführer ernannt. Kann sich hier vielleicht jeder in den Vordergrund spielen?" Ihre Nachbarin zog sie wieder nach unten: „Hör auf! Jack ist der Dienstälteste von unserer Mannschaft. Und er hat die meiste Erfahrung beim Umgang mit ungewöhnlichen Situationen im Weltraum. Ich persönlich bin durchaus für seinen Vorschlag".

In der Kombüse und in der Mannschaftsmesse sah es aus wie nach einem Atomschlag. Keiner der Meuterer hatte auch nur die geringste Ambition aufzuräumen. Nur eine der Copilotinnen warf gelegentlich ihren schmutzigen Teller in den Schacht des Recyclingroboters. Wäre die Luft nicht laufend von den Belüftungsautomaten sterilisiert worden, hätten bestimmt einige Arten von Schimmelpilzen fröhliche Urständ auf Tisch und Boden feiern können. Einige der Aufrührer waren inzwischen in völlige Lethargie verfallen, verließen gar nicht mehr ihre kleinen Kajüten und verbrachten Stunde um Stunde vor sich hin träumend auf den bequemen Liegen. In den Fitnessräumen machte sich schon seit Langem gähnende Leere breit, und wären Spinnen auf dem Schiff gewesen, dann hätte man dort garantiert eine Reihe von Netzen entdecken können. Auch Charu Begum und Amari Malonga waren inzwischen von der zerstörerischen Trägheit befallen worden, und so fehlte bei den Aufwieglern jegliche Führungskraft. Durch diesen, für Menschengruppen bedenklichen Zustand, bemerkte dann auch niemand, dass das Schiff nach wie vor mit voller Kraft das weiße Loch ansteuerte.

„Hier! Hier! Wir haben hier hinter dem Filter die Öffnung des Lüftungsschachtes gefunden. Der Einstieg ist aber ziemlich winzig. Ich denke mal, hier passt nur unser kleiner Michael durch". Der so Benannte erhob sich ängstlich: „Das mache ich auf keinen Fall. Ich bin klaustrophobisch. Außerdem weiß ich doch nicht, ob ich am anderen Ende heraus kann. Vielleicht ist dort auch ein Filter angebracht, den man von Innen gar nicht abschrauben kann". Luc Vertrant trat an ihn heran und legte ihm die Hand auf die Schulter: „Du bist der Einzige, der uns hier herausbringen kann. Als Kapitän befehle ich dir, dort hineinzusteigen. Die Lüftungsrohre münden alle in dem großen Klimaraum. Ich weiß sicher, dass die dort nur mit einem dünnen Gitter versehen sind, welches du leicht wegdrücken kannst. Und den Klimaraum haben die bestimmt nicht abgeschlossen. Warum auch. Du schleichst dich also zurück zum Frachtraum, und betätigst von außen die Notöffnung! Also los!"

Die phlegmatischen Aufrührer hatten dem Angriff kaum etwas entgegenzusetzen. Jetzt waren die Meuterer die Gefangenen. Allerdings alle in ihren Unterkünften. Dort waren die Lüftungsschächte nämlich so schmal, dass sich kein Mensch durchdrängen konnte. Es sei denn, er hätte sich auf die Größe einer Maus schrumpfen können. Der Kapitän befahl dem Nachrichtenoffizier eine Meldung an die Kontrollstation der Erde abzusetzen, in welcher die Meuterei und deren Ausgang ausführlich erläutert werden sollte. Dann ordnete er an, die Mannschaftsmesse auf Vordermann zu bringen, da er die Absicht hatte, dort eine Feier anlässlich der glücklichen Befreiung ausrichten zu lassen. Doch kurz darauf blies er die Feierlichkeiten wieder ab. Ein Blick auf die Langstreckensensoren ergab, dass das weiße Loch, ohne auch nur die geringste Spur hinterlassen zu haben, verschwunden war.

Frrlneck legte enttäuscht seine Tentakeln zusammen: „Du hast wieder einmal Recht gehabt. Diese sogenannten Menschen sind einfach noch nicht reif genug, um sich mit ihnen in Verbindung zu setzen. Die bekriegen sich ja immer noch, selbst in einem Raumschiff". Sein Freund Lfzach ließ seinen Kopf kreisen: „Aber diese Kreaturen mit einem vorgegaukelten weißen Loch herzulocken, das war trotzdem die beste Idee, die du je gehabt hast".

Der Geruch von Mais

Es ist doch zum Kotzen! Alles wird teurer. Sogar meine Rasierklingen kosten jetzt einen Euro mehr, als vor einem Jahr. Ich werde nicht darum herum kommen, mich nach einem Billiganbieter umzuschauen. Zuerst wollte ich die Klingen austricksen, und habe mich nicht mehr jeden Tag rasiert. Dann musste ich jedoch feststellen, dass Rasierklingen ihre Schärfe auch dann verlieren, wenn sie nur tatenlos in der Gegend herumliegen. Egal, ob ich mir jeden Tag oder nur alle drei Tage den Bart geschabt hatte, immer nach Ablauf der gleichen Zeit bissen sich die Klingen ihre Zähne an meinen Stoppeln aus. Das nervt. Am Schlimmsten ist aber, dass der Bourbon ebenfalls teurer geworden ist. Langsam kriege ich das Gefühl, wir leben nicht im Anthropozän, sondern im Pecuniapozän. Ich kann doch meinen Klienten nicht einen noch höheren Tagessatz berechnen. Dann bekomme ich im Endeffekt gar keine Kundschaft mehr. Vielleicht sollte ich den Beruf des Privatdetektives an den sprichwörtlichen Nagel hängen, und mir eine Beschäftigung in der Industrie suchen. Oder in der Bestattungsbranche. Gestorben wird immer. Meine Brille hat übrigens auch ein Vermögen gekostet. Ich denke mal, für diese Summe wäre ich im Stande gewesen, einige Jahre lang einen Vorleser zu buchen.

Nebenbei bemerkt, es macht tatsächlich Spaß, ohne verlängerte Arme die Morgenzeitung lesen zu können. Die Menschheit hat mit der Erfindung von Sehhilfen und anderen Prothesen schon etwas sehr Bemerkenswertes geleistet. Zurzeit wünsche ich mir aber, es gäbe ein Ding, dass Stubenfliegen davon abhält, sich beim Frühstück immer auf meinen Arm zu setzen. So oft ich das Vieh auch verscheuche, es landet kurz darauf wieder auf demselben Fleck. Für meine Fangversuche ist das Ding viel zu schnell, und mit Insektenspray möchte ich am Frühstückstisch nicht hantieren. Irgendwann habe ich mal gelesen, dass Fliegen nur ein Gedächtnis für eine Zehntelsekunde haben. Die Brummer wollen einen eigentlich gar nicht nerven, die wissen in ihrer Blödheit bloß nicht, dass sie schon mal an dem gleichen Platz gesessen haben. Aber durch das Wedeln mit meiner Morgenzeitung kann ich die Mistviecher ziemlich gut von meinem Marmeladenbrötchen fernhalten. Ich werde vor dem Verlassen der Wohnung das Fenster öffnen. Vielleicht sucht dieses lästige Insekt dann endlich das Weite, um im Schnabel einer tieffliegenden Schwalbe zu enden.

Es war Mittwoch. Mir fiel beim Aufschließen meines Büros aus heiterem Himmel ein recht dämlicher Spruch aus meiner Schulzeit ein. Wir sagten uns mittwochs immer gegenseitig, dass man am Abend mit Sägen und

Äxten auf dem Marktplatz zu erscheinen habe, um die Woche zu teilen. Kopfschüttelnd über diese sinnlosen Gedanken, hatte ich mich gerade hinter meinem Schreibtisch niedergelassen, als ein Mann mit einer Aktentasche unter dem Arm herein kam. Besser gesagt, ein Männlein. Man hört ja oft, dass Napoleon Bonaparte sehr klein gewesen sein soll. Aber der war 1,68 Meter groß. Zwar bin ich auch nur einige Zentimeter größer als der Franzose, aber meinem Gast gegenüber fühlte ich mich dann doch körperlich überlegen. Der Kerl war bestimmt ein Jockey, und konnte mit seinen geschätzten 1,50 bequem unter einem Pferd hindurchlaufen. Lächelnd zeigte ich auf den Besucherstuhl. Er stellte die Tasche ab, setzte sich mühevoll auf den nicht gerade kleinen Stuhl, und schnüffelte auffällig in verschiedene Richtungen: „Haben Sie etwas getrunken?" Dann schnupperte er ein zweites Mal: „Bourbon. Stimmts?" Ich war baff: „Wie können Sie das Riechen?" Er lehnte sich etwas zurück, wobei seine kurzen Beine vom Boden abhoben: „Das verwendete Getreide für Bourbon muss mehr als zur Hälfte aus Mais bestehen. Sonst ist es kein Bourbon. Und den Geruch von Mais konnte ich deutlich aus Ihrer Fahne herausriechen". Ich unterbrach ihn: „Ich meinte, wie es kommt, dass Sie überhaupt so gut riechen können". Er hob mit unglücklichem Gesichtsausdruck seine Hände: „Angeboren. Vorteil und Fluch zugleich. Wissen Sie, im Sommer, in so einer verschwitzten Straßenbahn, da könnte ich im Strahl kotzen. Andererseits verdiene ich gutes Geld bei einer namhaften Kosmetikfirma als Parfümeur. Aber deshalb bin ich nicht hier. Ich brauche Ihre Hilfe. Jemand schreibt mir Drohbriefe, und die Polizei nimmt das nicht für voll. Angeblich wären das nur Streiche von den Nachbarskindern, weil ich mich immer mit denen zoffe. Die legen mir nämlich oft irgendwelches stinkendes Zeug vor die Fenster". Ich beugte mich vor: „Und was für Briefe sind das?" Er wedelte mit der linken Hand vor seinem Gesicht herum, um meinen Atem von seiner Nase fernzuhalten: „Das sind ausgeschnittene Buchstaben. Und der Text ist immer der gleiche. Angeblich soll ich demnächst meinen Geruchssinn verlieren". Ich lehnte mich wieder zurück: „Aber das ist doch keine direkte Drohung". Erbost entgegnete er: „Für mich schon. Und meine Chefin macht sich ebenfalls große Sorgen. Hier, die Briefe!" Er zog die Aktentasche zu sich herauf, öffnete sie, und klatschte mir einige Schriftstücke auf den Tisch: „Also, helfen Sie mir?" Ich leierte meinen Standardspruch herunter: „Zweihundert pro Tag plus Spesen". Sein Gesicht verfinsterte sich: „So viel? Das muss ich mir erst noch überlegen. Ich komme morgen wieder". Dann rutschte er vom Stuhl herunter und ließ einen verdutzten Privatdetektiv mit einem Stapel Briefe allein.

Hatte ich schon erwähnt, dass ich ein kleines, rotes Auto fahre? Es hat den Vorteil wenig Sprit zu verbrauchen, aber den Nachteil, dass es bereits im zweiten Gang die zugelassene Höchstgeschwindigkeit in geschlossenen Ortschaften wesentlich überschreitet. Ich kann da wirklich nichts dafür. Mein Auto ist schuld. Aber die Strafzettel bekommt nicht die Karre, sondern immer ich. Die Welt ist und bleibt ungerecht. Diesmal bekam ich nicht wie üblich ein Foto nach Hause geschickt, nein, diesmal fischte mich ein Uniformierter mit einer Polizeikelle aus dem laufenden Verkehr heraus. Da ich das nicht gewohnt war, verhielt ich mich wohl nicht ganz regelgerecht. Ich stoppte nämlich nicht vor dem Kollegen, sondern hielt mein Gefährt erst an, als mein Fahrerfenster auf seiner Höhe war. Dann ließ ich das Fenster herunter, und blickte in ein äußerst ernstes Antlitz. Der Besitzer dieses Gesichts fragte mich mit professioneller Strenge: „Wie weit wollen Sie denn noch fahren?" Naiv, wie ich nun mal bin, antwortete ich fröhlich: „Bis nach Hause". Ich glaube fast, so etwas wollte er in diesem Moment nicht von mir hören. Zumindest konnte ich das aus der Höhe des verhängten Bußgeldes schließen. Nachdem mich der Mensch aus seinen Fängen entlassen hatte, drückte ich aus Trotz erst recht aufs Gas. Statistisch gesehen, würde ich wohl kaum erneut in eine Radarfalle tappen. Wie man sich doch täuschen kann!

Manche Dinge kann ich einfach nicht nachvollziehen. Zum Beispiel, warum die Vornamen Kevin und Chantal einen dermaßen schlechten Ruf haben. Fachleute auf dem Gebiet der deutschen Sprache sprechen sogar seit den 2000er Jahren von Kevinismus und Chantalismus. Ich verstehe ferner nicht, dass Leute zuerst meinen Tagessatz als viel zu teuer empfinden, aber tags darauf anstandslos bezahlen, als wäre das eine Kleinigkeit für sie. So auch mein kurzbeiniges Nasenwunder. Der Wurzelzwerg schob mir ziemlich überheblich ein dickes Bündel Geldscheine über den Schreibtisch, als hätte er mindestens das Zehnfache davon in seiner Kaffeekasse gebunkert. Also holte ich seine Drohbriefe, die er am Vortag bei mir liegengelassen hatte, aus dem Schreibtisch und versprach ihm, noch am gleichen Tag mit meinen Ermittlungen zu beginnen.

Einerseits hatte ich so etwas Ähnliches erwartet, andererseits war ich dann doch überrascht. Jeder einzelne Drohbrief ließ unter Schwarzlicht Fingerabdrücke erkennen. Aber was für welche! Viele kleine Finger hatten das Papier berührt. Kinder. Ergo machte ich mich auf den Weg zur Adresse meines Klienten, um den Nachwuchs der Nachbarn aus gebührender Entfernung durch den Sucher meiner Videokamera zu beobachten. Lange brauchte ich nicht zu warten. Einer der Lausbuben platzierte unter den Augen seiner lachenden Kameraden in einem Stück Zeitungspapier einen recht großen Hundehaufen auf das Fensterbrett der Wohnung meines Riechtalents. Als ich mich näherte, stoben die Kids in alle Richtungen auseinander. Aber ich hatte ja den Übeltäter auf den Speicherstick meiner Kamera gebannt. Also würde ich garantiert auch den Namen und die Adresse dieses Lümmels irgendwie herausbekommen.

Die Direktorin der Grundschule beäugte kritisch meinen Ausweis: „Na ja, eigentlich dürfte ich Ihnen keine Auskunft geben. Auch wenn Sie zehnmal Privatdetektiv sind. Aber in diesem Fall mache ich aus persönlichen Gründen eine Ausnahme. Der Bursche da auf dem Video ist mir leider nur allzu gut bekannt. Er hat mein Auto zerkratzt, versucht das Lehrerzimmer in Brand zu stecken, prügelt sich regelmäßig auf dem Schulhof, beleidigt Lehrer und wurde auch schon beim Ladendiebstahl erwischt. Seine Eltern sind Stammgäste in unsere Schule. Ich schreibe Ihnen gleich mal die Adresse auf". Schau einer an! Der Kerl ist ja wirklich so etwas wie eine Landplage. Kein Wunder, dass die Schuldirektorin den Datenschutz missachtet. Neugierig fragte ich: „Und wie heißt der Kerl?" Die Direktorin blickte auf: „Kevin".

Es gibt Dinge, die ich als völlig unangebracht erachte. Beispielsweise Ehrenämter. Wenn etwas so wichtig ist, dass es unbedingt gemacht werden muss, dann hat das gefälligst der steuereinziehende Staat zu bewerkstelligen, und darf es nicht auf irgendwelche Helfer abwälzen, welche dafür auch noch ihre kostbare Freizeit opfern müssen. Was ich ebenfalls zutiefst verachte, das ist, wenn Eltern glauben ihre Kinder mit Schlägen erziehen zu müssen. Der Vater von Kevin schien aber diesen Standpunkt beileibe nicht mit mir zu teilen. Nach zwei kräftigen Ohrfeigen gab der Junge kleinlaut zu, die Missetaten, von Kothaufen bis hin zu Drohbriefen, begangen zu haben. Aber er betonte auch unerschütterlich, dass die Schandtaten nicht auf seinem Mist gewachsen seien. Ein Mann hätte ihn dazu angestiftet. Und nach jedem gelungenen Streich würde er ihm immer gegen 18:00 Uhr auf dem Spielplatz ein paar Euros zustecken. Da die Uhr im Wohnzimmer soeben 17:00 Uhr anzeigte, war es nur recht und billig, dass sich Kevin, sein Vater, meine Videokamera und ich Richtung Spielplatz begaben. Der

Rest lief arbeitsteilig ab. Kevin nahm das Geld, ich filmte das Ganze, und Kevins Vater schoss auf den Mann zu, um ihm eine Ohrfeige zu verpassen, welche die zwei, die vorhin Kevin bezogen hatte, als zärtliche Streicheleinheiten erscheinen ließ. Dann rief ich die Polizei, Kevin lachte sich kaputt, und sein Vater fixierte die Arme des Geschlagenen mit eisernem Griff auf dessen Rücken.

Der kleine Mann nickte wissend: „Dachte ich mir's doch, die Konkurrenz. Die haben schon des Öfteren versucht mich mit verschiedenen Versprechungen abzuwerben. Geld, Firmenwagen, Wellnessurlaub und dergleichen mehr. Und weil das alles nicht gezogen hat, wollen die mir jetzt das Riechen vergraulen. Na ich denke mal, nach der polizeilichen Untersuchung wird wohl endlich Schluss damit sein". Ich wurde neugierig: „Und warum haben Sie die Angebote nicht angenommen?" Er wurde etwas rot: „Wegen meiner Chefin. Ich mag sie. Und ich glaube, dass sie auch was für mich übrig hat. Sie ist übrigens nur zwei Zentimeter größer als ich". Ich musste schmunzeln: „Dann grüßen Sie Ihre Chefin unbekannterweise von mir. Wie heißt sie eigentlich?" Er lächelte selig: „Chantal".

Ich bin klug. Oder etwa nicht?

Weil wir gerade davon sprechen, also ich war doch da bei dieser Hellseherin. Hatte mir Alfred empfohlen. Alfred gehört neben Georg, Jochen, Dietmar und Klaus mit zu unserem Stammtisch. Und er hat gesagt, die Madam Geranda ist eine Konifere auf ihrem Gebiet. Oder heißt das Konfitüre? Nee, ich glaube Konfitüre kommt von Konfirmation. Jedenfalls soll diese Dame angeblich Ahnung haben. Und ich habe festgestellt, das stimmte wirklich. Sie hat mir vorausgesagt, dass ich nur auf dem nächsten Lottoschein die Kreuze auf den richtigen Zahlen machen muss, um zu gewinnen. Und das stimmt ja wohl. Es kann so einfach sein. Eigentlich war ich ja zu Anfang ziemlich skeptisch, weil die Frau Ausländerin war. Ich glaube eine Polin aus Ungarn. Und Ausländer sollen ja nicht hierher gehören. Haben fast alle am Stammtisch gesagt. Außer Jochen, der ist Außenseiter. Aber die Ausländer nehmen uns unsere Frauen weg. Das habe ich jedoch nicht ganz verstanden, denn Madam Geranda ist ja eine Frau. Alfred hat gemeint, sie könnte ja auch lesbisch sein, und deshalb unsere Frauen wegnehmen. Kann sein. Ich glaube ja, meine Nachbarin ist auch lesbisch. Als ich mit ihr schlafen wollte, hat sie abgelehnt. Es wäre doch gut, wenn unser Staat etwas dagegen unternehmen würde, dass Frauen lesbisch werden müssen. Aber es soll ja sogar lesbische Männer geben. Die stehen auch nur auf Frauen. Georg hat ja am Stammtisch gesagt, er hoffe immer noch, dass ihm ein Ausländer die Frau wegnimmt. Den Spruch hat er aus dem Fernsehen. Das mit dem Fernsehen ist auch so ein Ding. Wenn irgendwann mal die Fernsehgebühren an die Qualität der Programme geknüpft werden, dann muss mir garantiert die Einzugszentrale die Gebühren der letzten Jahre zurückerstatten. Dietmar hat gesagt, das wäre auch gut wegen der Inflation, weil wir da immer mehr Geld für das Gleiche bezahlen müssen. Das Gegenteil sei die Defloration. Dafür müssten wir dann weniger bezahlen. Oder hieß das Deflation? Verstehe ich aber auch nicht. Wenn etwas floriert, dann ist das doch eine günstige Entwicklung. Da müsste doch deflorieren bedeuten, dass sich etwas ungünstig entwickelt. Aber wenn wir weniger bezahlen müssen, dann ist das doch eine gute Entwicklung, oder? Ich werde mal Klaus fragen, der hätte beinahe mal einen Doktortitel bekommen. Wenn sie ihn nicht exkommuniziert hätten. Oder hieß das exmatrixkuliert? Egal, der Kerl ist ziemlich schlau. Der wusste sogar, dass sie jetzt in England Rechtsverkehr einführen wollen. Aber zunächst probieren die das erstmal nur mit Bussen aus. Hat er mir am Stammtisch erzählt. Wir diskutieren ja viel am Stammtisch. Wichtige wirtschaftspolitische Sachen. Zum Beispiel, warum der Bierpreis immer steigt, und so was. Oder auch, warum im Fernsehen immer Fußball und nie Halma übertragen wird. Oder warum es eigentlich Privatfernsehen gibt. Unser Wirt hat ja auch eine Tür, auf der ein Schild mit der Aufschrift »PRIVAT« angebracht ist. Ich habe Klaus gefragt, was das bedeutet. Er hat gesagt, das steht da, weil keiner das Zimmer betreten darf. Da frage ich mich doch, warum man überhaupt so ein Zimmer hat, wenn ja doch keiner rein darf. Das hat es früher nicht gegeben. Mir kann einer erzählen was er will, früher war alles besser. Also vieles. Eben einiges. Zum Beispiel, dass es da noch keine Bundesrubrik gegeben hat. Die wurde ja erst am 23. Mai 1949 unterzeichnet. Dann kam am 24. Juni das

Ende der Spargelsaison, und am 7. Oktober wurde die DDR gemacht. Und früher soll es ja auch bei den Geburten noch anders gewesen sein. Hat mir mein Vater erzählt. Der war Briefträger. Er hat mir später einmal gesagt, das Zimmer, wo mich meine Mutter zugestellt hätte, wäre viereckig gewesen. Also gab es damals noch keinen Kreissaal. Aber ich bin froh, dass ich heutzutage lebe, denn Klaus hat gemeint, damals gab es noch nicht solche typisch deutschen Gerichte, wie Pizza oder Döner. Er hat aber auch gesagt, dass heute überall Mikroplastik drin ist. Auch im Essen. Irgendwann scheißen wir alle Styroporflocken. Klaus ist ja verwittert, äh, verwitwet. Und alleinverziehend. Der hat Zwillinge. Von seiner gestorbenen Frau. Aber er sagt, vielleicht wären die ja gar nicht von ihr. Er könnte es nicht genau wissen, da zu Lebzeiten seiner Guten nie ein Mutterschaftstest gemacht worden war. Und dazu kommt noch, dass nur einer der Zwillinge eineiig ist. Aber trotzdem sind beide weiblich. Sachen gibt's! Die eine ist schon einundzwanzig. Von der anderen weiß ich das nicht so genau, aber die hat einen schwarzen Freund. Eigentlich ist der mehr so braun. Aber in Deutschland geboren, und deshalb ein Deutscher. Da frage ich mich dann doch, wenn eine Katze im Hundekörbchen Junge kriegt, sind das dann Welpen? Jochen hat gesagt, solche Gedanken seien rassistisch, und ich wäre ein Idiot. Aber ich habe im Duden nachgeschaut. Da steht, Rassismus ist eine Ideologie und keine Idiotie. So! Übrigens wollte uns Klaus lange nicht verraten, was der andere Zwilling für einen Beruf hat. Er war nämlich nicht damit einverstanden. Sie arbeitet in so einem öffentlichen Haus. Da soll es ganz verrückt zugehen. Sie hat dort ein sogenanntes Mandat im öffentlichen Dienst. Ich musste auch erst im Internet nachschauen, was ein Mandat ist. Da steht, es wäre der Auftrag, etwas für jemanden auszuführen. Ich nehme mal an, die ist wahrscheinlich so was wie ein Auftragskiller. Aber was geht's mich an. Unterm Strich muss halt jeder sehen, wie er zurechtkommt. Jochen sagt ja, »Killer« wäre ein amerikanisches Wort, und wir Deutschen wären so blöd, diesen Amis alles nachzumachen. Deshalb fährt er auch immer im Urlaub nach Frankreich. Nach Paris. Da würde der Eifelturm stehen. Finde ich nicht gut. Der Eifelturm gehört doch in die Eifel, oder? Weil wir gerade davon sprechen, morgen muss ich wieder einmal aufs Arbeitsamt. Weil ich doch nun schon zum vierten Mal aus einer Weiterbildung geflogen bin. Die Dozenten sagen alle, ich wäre dermaßen doof, dass ich sogar über die Strippe eines schnurlosen Telefons stolpern würde. Aber soll ich Ihnen was sagen? Ich brauche nie wieder, wie alle anderen, in so eine sinnlose Weiterbildung zu gehen, und bekomme trotzdem weiterhin mein Arbeitslosengeld. Und das ist doch schon ganz schön klug, oder etwa nicht?

Die Geldstrafe

Nun gut, zugegeben, ich bin ein Tollpatsch. Was mir alleine an einem einzigen Tag an Ungeschicklichkeiten widerfährt, das erlebt ein Normalverbraucher nicht einmal in zwei Monaten. Ich bin schon froh, wenn das morgentliche Bekleckern meines Teppichs das einzige Malheur am Tag bleibt. Ja, richtig gehört. Wer mich kennt, der weiß, dass ein Flokati meinen Küchenboden ziert. Nobel geht die Welt zugrunde. Irgendwann hatte ich versucht, mittels Textilfarbe das Ding aufzuhübschen. Jetzt liegt so etwas Ähnliches wie eine Tarnuniform der Bundeswehr unter meinem Tisch. Als Kinder haben wir uns gegenseitig immer ein Rätsel gestellt, welches wie folgt lautete: „Was ist das? Loch an Loch, und hält doch". Wenn einer „Kette" sagte, dann antworteten wir grinsend: „Nein, ein Sieb". Sinngemäß auf meinen Teppich angewendet, müsste man sagen: „Fleck an Fleck, dazwischen Dreck". Wer mich schon einmal besucht hat, der weiß auf der Stelle, dass mit diesem Spruch mein Flokati gemeint ist.

Wie üblich hatte sich beim morgendlichen Frühstück unbemerkt ein Klecks Marmelade todesmutig vom ersten Brötchen hinunter auf meinen Teppich gestürzt. Wahrscheinlich fühlte sich der Fleck dort recht einsam, denn er bat das zweite Brötchen, etwas Honig hinterher zu schicken. Sein Flehen wurde erhört. Der Schaumreiniger musste das irgendwie mitbekommen haben, denn als ich den Hängeschrank öffnete, kam mir die Spraydose bereits erwartungsvoll entgegengefallen. Haben Sie schon mal gesehen, wie ein Tollpatsch eine fallende Spraydose auffängt? Ich kann es Ihnen sagen. Gar nicht! Die kleine Zehe meines linken Fußes war von dem Kontakt mit dem herabstürzenden Gerät gar nicht erfreut, und meldete diesen Fakt unverzüglich nach oben. Natürlich mit einem formvollendeten Schmerz. Ich muss übrigens meine bisherigen Erläuterungen mit der Tatsache ergänzen, dass ich prinzipiell zu Hause barfuß herumspaziere. Einige Spraydosen nutzen das erbarmungslos aus. Nachdem ich zum Tisch gehumpelt war, beschlich mich die leidvolle Erkenntnis, den Schwamm im Hängeschrank vergessen zu haben. Aggressiven Schaumreiniger mit der Hand zu verteilen, besitzt dann doch ein paar Nachteile. Also humpelte ich zurück, während mein Zeh allmählich die Farbe einer reifen Tomate annahm. Ich freute mich schon richtig auf das Anziehen der Schuhe. Am besten, ich würde vorher das Radio richtig laut aufdrehen, damit die Nachbarn mein Jaulen nicht hören konnten. Männer empfinden nun mal Schmerzen viel stärker als Frauen. Sagen zumindest die Männer.

Ich bin weder Mediziner noch Automechaniker, aber ich schwöre, mein Auto hat Husten. Das Motorgeräusch von dem armen, kleinen Flitzer weist eindeutig auf eine trockene Pleuritis hin. Da ich mir beinahe sicher bin, dass Hustensaft im Tank nicht die richtige Heilmethode ist, rief ich vom Büro aus lieber die Autowerkstatt meines Vertrauens an. Ich hatte kaum aufgelegt, als eine annähernd weibliche Person durch meine Bürotür geschwebt kam, die man ohne Frage als völlig aufgedonnert und gänzlich überschminkt bezeichnen konnte. Sie hatte kaum die Tür hinter sich geschlossen, als sie auch schon losplapperte: „Ach Gott, Sie werden es nicht glauben, aber ich bin völlig fertig. Meine Therapeutin ist krank. Das ist eine absolute Katastrophe. Gleich bekomme ich auch noch meine tägliche Migräne, da können Sie sich drauf verlassen. Ich merke so was. Außerdem hat mein Arzt gesagt, ich leide auch noch unter Meteorismus. Falls ich das richtig im Internet recherchiert habe, dann bedeutet das, dass meine Bauchschmerzen von Meteoriten herrühren". Mir entfuhr ein kurzer, glucksender Lacher. Die Frau funkelte mich böse an: „Sie sehen aus, als würden Sie das witzig finden". Mit unterdrücktem Lachen antwortete ich: „Tut mir leid, aber ich kann meinen eigenen Gesichtsausdruck nicht deuten. Ich sehe ihn ja nur von innen". Ihrem Gesicht war förmlich anzusehen, wie sich die Räder in ihrem Kopf drehten, um den tieferen Sinn meiner Bemerkung zu verstehen. Leider erfolglos. Sie plapperte einfach weiter: „Mein Maler hat mir auch abgesagt. Wer tapeziert nun mein Esszimmer neu? Kein Mensch kann doch zwei Jahre in der selben Tapete leben. Und unser neuer Zweitwagen wird auch erst nächste Woche geliefert. Mir kommt es vor, als will mich die ganze Welt nur ärgern. Ich weiß einfach nicht mehr, was ich zuerst machen soll. Nächsten Monat muss ich nach China fliegen. Mein Steuerberater hat gesagt, dass die dort die besten Klone machen können. Ich will nämlich meinen Pumuckl klonen lassen. Pumuckl ist ein Affenpinscher. Sie dürfen die Rasse aber nicht mit einem Griffon verwechseln. Ein Griffon ..." Ich sprang auf: „Erbarmen! Ihr Geplapper hält ja keiner aus. Kommen Sie auf den Punkt! Setzen Sie sich bitte hin, und erzählen Sie mir endlich, was Sie eigentlich von mir wollen!" Sie nahm sichtlich beleidigt Platz: „Es ist wegen dem Rollstuhl. Wissen Sie, mein armer Mann ist ja seit Jahren an den

Rollstuhl gefesselt". Um sie zu ärgern, unterbrach ich ihren Redeschwall: „Und wer hat ihn daran gefesselt?" Sie überlegte einen kurzen Moment, schien dann aber entschieden zu haben, meine Bemerkung nicht zu beachten: „Er ist querschnittsgelähmt. Deshalb haben wir so einen blauen Kastenwagen, mit dem Rollstuhl hinten drin. Und auch noch so eine hydrolytische Plattform zum Herunterlassen". Ich grätschte erneut in ihre Rede: „Das heißt aber ‚hydraulische' Plattform". Sie schien sich inzwischen an meine Einwürfe gewöhnt zu haben, denn sie fuhr ohne Verzögerung mit ihrem Geplapper fort: „Und wir haben auch so eine Sonderparkgenehmigung vor unserem Haus. Als wir dann gestern etwa gegen 15:00 Uhr vom Shoppen nach Hause gekommen sind, haben wir da nichtsahnend geparkt, und haben anschließend Kaffee getrunken. Aus dem Kaffeeservice mit dem Zwiebelmuster. Unter der Woche nehmen wir niemals das mit dem breiten Goldrand. Na jedenfalls, als wir so gegen 16:00 Uhr zu meiner Schwester fahren wollten, standen die Hecktüren offen und der Rollstuhl war verschwunden. Gestohlen, am helllichten Tag. Stellen Sie sich das mal vor!" Sie ließ sich erschöpft nach hinten sinken. „Und was sagt die Polizei dazu?", wollte ich wissen. Sie beugte ihren Oberkörper wieder nach vorn: „Wir halten uns strikt von der Polizei fern. Sie müssen wissen, dass damals ein Polizeiauto in unseren Mercedes geknallt ist. Deshalb ist ja mein Mann gelähmt. Der will nie wieder einen Polizisten sehen. Und deshalb soll eben ein Privatdetektiv den Rollstuhl auftreiben. Wer weiß denn, ob uns die knauserige Krankenkasse einen neuen stellt. Und mein Mann ist doch darauf angewiesen. Wissen Sie, als wir voriges Jahr …" Ich unterbrach sie energisch: „Dann geben Sie mir mal Ihre Daten, also Name und Adresse. Anschließend fahren wir zu Ihnen nach Hause, und ich nehme das aufgebrochene Auto mal in Augenschein". Sie blickte mich an, als ob ich von ihr verlangt hätte, aus dem Fenster zu springen: „Bächler, Luise und Franz Bächler. Wir wohnen direkt gegenüber von der Sparkasse. Aber dass ich jetzt mit Ihnen zu unserem Haus fahre, schlagen Sie sich mal ganz schnell aus dem Kopf! Ich habe nämlich gleich einen Frisörtermin. Und das ist ja wohl wichtiger, als so eine Autobesichtigung". Beinahe wäre sie davongerauscht, ohne das Auftragsformular zu unterschreiben. Zu meiner Freude hatte sie in ihrer Eile nicht bemerkt, dass ich das Feld für die Summe leer gelassen hatte. Also konnte ich mir in Ruhe einen entsprechenden Betrag ausdenken. Sozusagen als Schmerzensgeld für meine leidgeplagten Ohren.

Irgendwann würde ich mal auffliegen. Aber was sollte ich machen? Der Zweck heiligt immer noch die Mittel. Also angelte ich schweren Herzens die gefälschten Ausweise aus meinem Bürotresor, und suchte den von der Kriminalpolizei heraus. Die Fälschungen waren mir zwar nicht gerade gut gelungen, aber ein recht forsches Auftreten, ein dunkler Anzug und ein seriöser Schlips hatten bisher immer noch gereicht die Leute davon abzuhalten, sich irgendwelche Ausweise genauer anzusehen. So auch diesmal. Der Sicherheitsmensch von der Sparkasse überließ mir treuherzig eine Kopie der Aufzeichnung von der

Überwachungskamera am Eingang zwischen 15:00 und 16:00 Uhr. Darauf war deutlich zu sehen, wie auf der anderen Straßenseite ein Mann den Rollstuhl aus dem besagten Kastenwagen zerrte. Und das Beste, sein Gesicht war deutlich zu erkennen. Natürlich besaß ich keine Verbrecherkartei, in der ich nach dem Kerl hätte suchen können. Aber ich wusste wer so eine Kartei hatte. Nämlich die Polizei. Wenn auch meine Klientin ihrerseits nichts mit der Polizei zu tun haben wollte, sie hatte mir jedoch nicht ausdrücklich verboten, dass ich mich meinerseits mit den Hütern des Gesetzes in Verbindung setzen dürfte.

Da scheißt doch der Hund ins Feuerzeug! Ich bin einer raffinierten Rauschgiftbande auf die Spur gekommen, und werde auch noch dafür bestraft. Dass die Leute ihre Drogen in den geräumigen Batteriekästen von elektrischen Rollstühlen schmuggeln, hätten doch die begriffsstutzigen Beamten ohne mich nie herausgefunden. Aber ich Trottel bin ja selber schuld. Warum habe ich auch gesagt, dass ich das Überwachungsvideo direkt von der Sparkasse bekommen habe. Laut § 132 StGB war das Amtsanmaßung, und wird mit Freiheitsstrafe bis zu zwei Jahren oder mit Geldstrafe geahndet. Der Richter war der Meinung, dass aufgrund meiner Verdienste bei der Ergreifung der Rauschgiftschmuggler von einem Gefängnisaufenthalt abgesehen werden kann. Mein Bankkonto hingegen war da ganz anderer Meinung. Vielleicht kann ich ja bei der Berechnung der verhängten 50 Tagessätze solche Tage angeben, an denen ich kein Einkommen hatte.

Herr Madz

Die Vorlesung mit dem Thema „Bedeutung von Spezial-effekten in Film und Fernsehen" war beendet, und die angehenden Filmschaffenden drängelten, laut diskutierend, dem Ausgang zu. Der Dozent, Prof. Dr. Herbert Wenig, ließ seine Gedanken bereits um das Thema für die nächste Vorlesung kreisen. Nachdem er den Leitz-Ordner mit seinen Unterlagen zugeklappt und den Beamer ausgeschaltet hatte, blickte er auf: „Hoppla! Was machen Sie denn hier? Wie ein Student sehen Sie nicht aus. Oder gehören Sie zur Gruppe der Spätstudierenden?" Der Mann, Mitte vierzig mit schütterem Haar, schüttelte seinen Kopf: „Mein Name ist Leonhard Madz, und ich habe heute nur mal Gasthörer gespielt. Eigentlich wollte ich mich mit Ihnen unterhalten. Wenn Sie mir nur für kurze Zeit Ihr Ohr leihen würden, wäre ich sehr dankbar. Ich könnte Sie außerdem, falls es genehm ist, zu einem Heißgetränk einladen". Der Professor zog achtsam die Schutzhülle über den Beamer: „Mein Ohr verleihe ich nicht. Aber ich höre Ihnen gern zu. Also worum geht's?" Leonhard Madz druckste: „Eigentlich würde ich das hier nicht so gern zwischen Tür und Angel erörtern. Könnten wir uns nicht irgendwie zusammensetzen? Zum Beispiel in dem kleinen Café unten an der Ecke?" Professor

86

Wenig lächelte: „Ich sehe hier zwar eine Tür aber keine Angel. Aber wenn Sie sich gedulden bis ich alles zusammengeräumt habe, dann folge ich Ihnen mit Vergnügen, vorausgesetzt Sie bezahlen!"

Die Kellnerin war verhältnismäßig klein und etwas korpulent. Sie hatte Mühe sich zwischen den eng gestellten Tischen hindurch zu manövrieren. Mit der weißen Schürze und ihrem Häubchen ähnelte sie irgendwie der englischen Königin Victoria. Ihrem unfreundlichen Ton nach schien sie vom Charakter her ähnlich herrschsüchtig zu sein. Nachdem sie die beiden Tassen mehr geworfen als hingestellt hatte, nahm Leonhard Madz genüsslich ein paar Schlucke des braunen Getränks, und sagte danach gedankenversunken zu seinem Gegenüber: „Wissen Sie, warum Untertassen eigentlich Untertassen heißen? Bis ins zwanzigste Jahrhundert goss man heiße Getränke aus der Tasse in die Untertasse, um die Flüssigkeit schneller abzukühlen, damit man sie sofort trinken konnte. Also sind Untertassen eigentlich Tassen". Der Professor hatte seine Kaffeetasse ebenfalls angehoben, ließ aber seinen Arm auf halber Höhe verharren: „Sie haben mich doch nicht für diesen erkenntnisreichen Vortrag zum Kaffee eingeladen? Oder doch?" Madz schüttelte den Kopf: „Natürlich nicht. Ich wollte Sie nur etwas fragen. Sie sind doch ein ausgewiesener Medienprofi, der sich mit Filmen und TV-Serien gut auskennt. Glauben Sie, dass Spezialeffekte einen wissenschaftlichen Hintergrund besitzen, oder bloß Verdummung des Publikums sind? Ich habe mich kürzlich schon mit einem namhaften

Physiker über dieses Thema unterhalten. Sollte man beispielsweise die Explosionen von Raumschiffen im Weltraum nicht realistischer darstellen? Dort gibt es doch keinen Sauerstoff und kein Medium, welches Schall übertragen könnte. Also würde man im All weder einen Knall hören, noch Flammen sehen können. Sollte man sich nicht mit den Autoren solcher Szenarien zusammensetzen, um ihnen diese Ungereimtheiten auszureden?" Professor Wenig ließ seine Tasse wieder sinken: „Da könnten Sie ebenso gut ein Gesetz auf den Weg bringen, das Hasen verbietet in den Wald zu scheißen. Haben Sie denn keine anderen Probleme?" Leonhard Madz stand beleidigt auf: „Auch wenn Sie anderer Meinung sind, brauchen Sie nicht in diesem Ton mit mir zu reden!" Er warf einen Geldschein auf den Tisch, und schlängelte sich zwischen den Tischen hindurch zum Ausgang. Herbert Wenig sah ihm erstaunt hinterher, murmelte etwas von einem seltsamen Heiligen, und trank seinen Kaffee aus.

Der Professor warf am Abend frohgemut in seiner Junggesellenbude den Fernseher an, und zwar mitten in einer Science-Fiction-Serie. In der Episode ging es darum, dass die Atome im Körper von zwei Astronauten durch Einwirkung von irgendwelchen Strahlen phasenverschoben wurden. Aufgrund dieses ungewollten physischen Zustandes waren die beiden für die anderen Mitglieder der Crew unsichtbar. Außerdem konnten sie ohne jeglichen Widerstand durch Wände gehen, oder mit der Hand mühelos durch Computerbildschirme hindurchgreifen. Im Normalfall hätte Herbert Wenig einfach auf einen anderen Sender umgeschaltet, aber durch das nachmittägliche Erlebnis wurde er dann doch nachdenklich und beschloss, seinen Studienkollegen Benno Schulz anzurufen. Es klingelte eine ganze Weile, bis sich eine sonore Stimme meldete: „Hier ist nicht der Anrufbeantworter vom Doktor der Physik Benno Schulz. Deshalb können Sie auch sprechen, ohne auf den Piepton zu warten!" Der Professor verkniff sich das Lachen: „Grüß dich, Dophy!" Der Mann am anderen Ende war kurz überrascht: „Das kann doch nur dieser Medienfritze Herbert sein. Warum nennst du mich Doofi?" Jetzt brach das Lachen doch aus Herbert Wenig heraus: „Nicht Doofi mit Doppel ‚o‘, sondern Dophy mit ‚ph‘ und ‚y‘. Das ist doch nur eine Abkürzung für **Do**ctor **Phy**sicus. Aber hör zu, ich hab da mal eine Frage. Du beschäftigst dich doch mit Wellen und Schwingungen von Materie auf subatomarer Ebene. Mal rein theoretisch, wenn es gelänge die kleinsten Teile der Materie eines menschlichen Körpers, also diese sogenannten Quarks oder meinetwegen auch die ominösen Strings, anders schwingen zu lassen, wenn also diese Elementarteilchen phasenverschoben wären, und man deshalb, wie gesagt rein theoretisch, durch Wände gehen könnte, würde man dann nicht auch einfach durch den Fußboden fallen?" Doktor Schulz lachte ebenfalls: „Höchstwahrscheinlich. Und da es bei dir immer um Filme geht, würde ich dir raten, den Streifen wegen verfehlter Realität lieber wegzuschmeißen! Ohne Wechselwirkung, oder besser gesagt, mit äußerst schwacher Wechselwirkung durch Materie zu zischen, das können wirklich nur Neutrinos. Zumindest nach heutigem Stand der Wissenschaft. Übrigens, um ein wenig klugzuscheißen, es existieren drei Arten von Neutrinos, und jede Neutrino-Generation besteht aus dem Neutrino selbst und seinem Anti-Neutrino. Wie kommst du überhaupt auf solche Gedanken?" Professor Wenig seufzte: „Ach, so ein Kerl hat mich heute vollgelabert, von wegen Effekte im All und so". Benno Schulz fragte ahnungsschwanger: „Dieser Kerl hieß nicht zufällig Leonhard Madz?"

Nach dem zurückliegenden Besuch von Herrn Madz und dem aktuellen Telefonat mit Professor Wenig ließ Doktor Schulz der Gedanke an das Durchdringen von Materie durch Neutrinos einfach nicht mehr los. Er setzte seine Forschungen auf Grundlage der Erkenntnisse von Wissenschaftlern der University of Rochester und der North Carolina State University fort, denen es bereits 2012 gelungen war, eine Nachricht auf geringe Entfernung mit Hilfe von Neutrinos durch feste Materie zu senden. Es bedurfte einiger Jahre und auch büschelweise ausgeraufter Haare, und er hatte mit seinem Team endlich eine Apparatur entwickelt, die es erlaubte mittels eines haarfeinen Neutrino-Antineutrino-Strahls Sprache, Musik oder Bilder auf große Entfernung durch den interstellaren Raum zu schicken.

„Leonhard, das war genial. Du hast nicht wirklich in die Vergangenheit eingegriffen, und trotzdem ist es dir gelungen, die erste Stufe der interstellaren Kommunikation endlich auf den Weg zu bringen. Ohne die geschichtliche

Weiterentwicklung dieser Idee wären unsere heutigen Raumschiffe im All nicht mehr erreichbar. Aber sag mal, wie bist du denn eigentlich auf den blöden Namen ‚Madz' gekommen?" Der Angesprochene lächelte: „Die Idee ist mir beim intensiven Studium der Vergangenheit durch den Kopf geschossen. Diese sprachfaulen Blödmänner damals haben doch wirklich jeden Quatsch abgekürzt. Und Madz ist schlicht und einfach die Abbreviation von **M**ensch **a**us **d**er **Z**ukunft".

Zu zweit

„Das kommt überhaupt nicht in Frage!". Kommissar Riemer schlug mit der Faust auf den Schreibtisch seines Freundes und Kollegen Schimmler: „Ich habe einfach nicht die Nerven für so einen Dummschwätzer". Der Angeschriene blieb gelassen: „Das kommt in Frage, weil ich es anordne. Oder Hast du vergessen, dass ich hier der Chef bin, wenn der Alte nicht da ist? Durch deine Hilfe bin ich doch erst in diesem Laden Stellvertreter geworden". Kommissar Riemer verlegte sich aufs Betteln: „Mach mich nicht unglücklich! Überleg doch mal, bei Bohrmann im Zimmer wurde bisher noch nie ein zweiter Schreibtisch aufgestellt. Ich würde mir das Ganze noch gefallen lassen, wenn es nicht gerade dieser Bierbach wäre. Den hält doch keiner länger als fünf Minuten aus". Schimmler wehrte ab: „Bohrmanns Büro ist viel kleiner als deins. Außerdem hast du doch schon Erfahrung im

Umgang mit Zimmergenossen. Denk doch bloß mal an Mehlmann!" Riemer ließ sich auf einen Stuhl sinken: „Na prima! Der ist, wie du weißt, jetzt mein Schwiegersohn. Eine zweite Tochter habe ich aber nicht. Also verschone mich bitte mit weiteren Raumteilern! Zumindest mit diesem Streber, der dummes Zeug faselt, und der mit Vornamen ausgerechnet Sörenfried heißt". Kommissar Schimmlers Stimme wurde milder: „Hast du vergessen, dass sein Bruder im Dienst erschossen wurde? Schließlich waren wir beide doch dabei. Und ich wurde damals sogar angeschossen. Also tu mir bitte den Gefallen!" Riemer erhob sich resigniert: „Meinetwegen. Aber ich habe dann etwas bei dir gut".

„Sag mal, spinnst du?" Kommissarin Wiegand schob ihren Werner beiseite: „Du hast gerade eine volle Margarineschachtel in den gelben Sack geworfen, und die leere Dose in den Kühlschrank gestellt. Wo bist du denn schon wieder mit deinen Gedanken?" Kommissar Riemer steckte seinen Finger in den Hemdkragen und kratzte sich nachdenklich am Hals: „Entschuldige! Aber ich habe gerade über den alten Spruch nachgedacht: ‚Raum ist in der kleinsten Hütte'. Schimmler will mir nämlich diesen nervigen Sörenfried Bierbach ins Dienstzimmer setzen. Na ja, und da hab ich einfach weiter gedacht. Wie wäre es, wenn ich dann deinem Wunsch entspräche, und auch hier einziehen würde? Wir brauchten uns somit nie mehr zu streiten, wer bei wem wann übernachtet, und könnten außerdem noch eine Miete sparen. Was sagst du?" Frauke strahlte über das ganze Gesicht: „Endlich bist du zur Vernunft gekommen. Küss mich!"

Kommissar Reiner Schimmler wischte sich ächzend die Schweißperlen von der Stirn: „Wenn ich geahnt hätte, dass deine blöden Schränke aus Panzerplatten geklöppelt worden sind, hätte ich mich nicht freiwillig als Helfer gemeldet. Warum hast du keine Umzugsfirma beauftragt?" Riemer griente: „Weil ich die bezahlen müsste. Hast du mal gesehen, wie sich unser Sörenfried ins Zeug legt, um mich zu beeindrucken? Kein bezahlter Arbeiter einer Umzugsfirma würde sich derart anstrengen. Und außerdem ..." Das synchrone Klingeln von drei Smartphons unterbrach seinen Redefluss.

Rolf König war bereits vor Ort, als die drei Kriminalisten in der Bank eintrafen. Riemer begrüßte ihn mit Handschlag: „Kannst du uns schon etwas über den Tatort sagen?" Der Leiter der Spurensicherung druckste etwas herum: „Sagen wir mal so, der tote Filialleiter dort drüben im Foyer ist ja wohl deine Sache. Und der Raum mit den Schließfächern ist blitzsauber. Bis auf die Tatsache, dass so gut wie alle Fächer ausgeplündert wurden. Der Täter trug sicher Handschuhe und hat zusätzlich alles abgewischt. Aber er muss die Kombination des elektronischen Schlosses an der Zugangstür gekannt haben, denn es gibt dort nicht die kleinste Einbruchsspur. Wahrscheinlich war es ein Insider". Sörenfried Bierbach mischte sich ungefragt ein: „Diese Annahme liegt im Reich der Spekulation. Auch ein Täter von außen könnte ja theoretisch die richtige Zahlenreihenfolge in Erfahrung gebracht haben". Rolf König drehte sich mit einem verächtlichem Blick zu dem Kommissaranwärter um: „Und wer ist er?" Werner Riemer seufzte: „Der Anwärter, mit dem ich mir ein Zimmer teilen muss. Und ein Klugscheißer. Einfach gar nicht beachten!" Er nahm Schimmler am Arm: „Komm, wir schauen uns mal die Leiche an!" Sörenfried Bierbach trabte mit hängenden Ohren hinter den beiden her. Der Tote lag auf dem Rücken. Eine Pistole in seiner rechten Hand und ein ausgefranstes Loch in seiner Schläfe ließen keinen Zweifel an der Todesursache zu. Riemer murmelte: „Hm, sieht wie Selbstmord aus". Schimmler legte mit einem Blick auf die Waffe grübelnd seine Stirn in Falten: „Was ist denn das für ein Ding? So eine Knarre hab ich ja noch nie gesehen". Bierbach meldete sich vorsichtig von hinten: „Das ist eine Röhner SM15 mit sechs Schuss, Kaliber 8x20 mm. Die gibt es übrigens auch mit einem siebener Magazin und 9 mm. Es ist allerdings eine Schreckschusswaffe, aber bei einem aufgesetzten Schuss zerstört der Mündungsdruck auch zuverlässig organische Substanzen. Aber ..." Riemer unterbrach ihn unfreundlich: „Wer hat Sie denn gefragt?" Schimmler fuhr seinem Freund in die Parade: „Nun mal langsam! Du bist ungerecht. Lass ihn bitte ausreden!" Mit rotem Kopf fuhr Bierbach schüchtern fort: „Aber es war kein Selbstmord". Es vergingen einige Sekunden, in denen sich Riemer und Schimmler gegenseitig starr in die Augen schauten. Schimmlers Erstarrung löste sich zuerst: „Und woher wollen Sie das wissen?" Bierbach antwortete immer noch kleinlaut: „Weil er Musiker war". Riemer platzte augenblicklich die Hutschnur, worauf seine Stimme um einige Dezibel anschwoll: „Wie bitte? Wollen Sie Witzbold mir wirklich weißmachen, dass Musiker keinen Suizid begehen?" Sörenfried Bierbach widersprach, jetzt schon etwas sicherer: „Nein. Wenn Sie mich bitte mal ausreden lassen würden! Also, der Tote war Hobbymusiker und hat ein Saiteninstrument gespielt. Allerdings hat er die obligatorische Hornhaut an den Fingerkuppen der rechten Hand. Er war also Linkshänder. Die Pistole liegt aber nicht in seiner Linken. Außerdem, wer sich tatsächlich erschießen will, der greift doch nicht zu einer Schreckschusswaffe. Das war bestimmt kein Selbstmord". Bevor Riemer etwas erwidern konnte, sagte Schimmler: „Das leuchtet mir ein. Dir doch auch Werner, oder? Also geben wir die Leiche frei, und lassen sie in die Gerichtsmedizin überführen".

Kommissarin Wiegand drückte ihren Werner mit beiden Händen aufs Sofa: „Wenn du nur zu mir gezogen bist, um hier schlechte Laune zu verbreiten, dann kannst du gleich wieder ausziehen. Wir haben noch nicht einmal alle Kartons ausgepackt, und du moserst hier herum, als wäre ich dein persönlicher Blitzableiter". Immer noch aufgebracht polterte Riemer: „Ist doch wahr! Nicht nur, dass mich diese Rotznase von einem Streber mit seinem unnützen Wissen vor den Kollegen blass aussehen lässt, nein, er atmet mir auch noch die Luft im Dienstzimmer weg. Und dann diese dämlichen Sprüche den ganzen Tag. Weißt du, was der Unterschied zwischen einem

Tumor und einer Frau ist? Er hat es mir gesagt: Im Gegensatz zu einer Frau kann ein Tumor gutartig sein. Und was ist der Unterschied zwischen einem Telefon und einem Politiker? Das Telefon kann man aufhängen wenn man sich verwählt hat. Und was macht eine Blondine am Computer wenn es brennt? Sie klickt auf Löschen. Diesen Quatsch hält doch keine Sau aus. Wenn das so weitergeht, bin ich der erste Kommissar in unserer Dienststelle, der sich selbst wegen Mordes verhaften muss".

Die Gerichtsmedizinerin breitete genervt beide Arme aus: „Mensch, Riemer, wie oft muss ich das noch sagen? Sie sollen mich nicht immer hier in der Pathologie aufsuchen. Wer weiß, was sie mit ihren großen Füßen alles hier hereinschleppen". Riemer grinste: „Haben Sie Angst, dass ich Ihre Toten mit einem Virus aus der Außenwelt infizieren könnte?" Dr. Mertens winkte ab: „Quatsch, aber es könnten Beweismittel konterminiert werden. Es gibt doch wohl noch andere Quellen, um an Informationen zu gelangen. Haben Sie schon mal von einer Erfindung gehört, die sich Telefon nennt?" Das Gesicht des Kommissars strahlte eine leichte Überheblichkeit aus: „Sie werden es nicht glauben, das habe ich schon gehört. Im Oktober 1861 präsentierte Philipp Reis in Frankfurt am Main erstmals einen Apparat, der Sprache auf elektrischer Basis übertragen konnte. Er nannte das Gerät ‚Telephon'. Der erste Satz, der durch den Draht ging, lautete: ‚Das Pferd frisst keinen Gurkensalat'. Aber im Februar 1875 meldete dann ein gewisser Alexander Graham Bell das Telefon zum Patent an. Und der

Amerikaner Elisha Gray reichte zwei Stunden nach Bell ebenfalls ein Patent für ein ähnliches Gerät ein. Auweia! Jetzt rede ich auch schon wie dieser widerliche Bierbach. Vielleicht hat mich der Kerl angesteckt. Werte Frau Doktor, sagen Sie mir lieber, was sie über die Leiche in Erfahrung gebracht haben!" Die Pathologin, obwohl immer noch verärgert, ließ Gnade vor Recht ergehen: „Also, die Todesursache ist, wie bisher auch augenscheinlich von Ihnen vermutet, eine hässliche Verletzung des Cerebrum. Der tox screen war sauber, und der Körper wies keine Hämatome oder Läsionen auf. Das wars. Und jetzt raus hier!"

Kommissar Riemer saß mit gesenktem Kopf hinter seinem Schreibtisch und grübelte vor sich hin. Sörenfried Bierbach meldete sich gedämpft aus seiner Ecke: „Hat die Gerichtsmedizinerin den Toten auf Scopolamin getestet?" Riemer blickte verärgert auf: „Das gehört nicht zu den üblichen Testmethoden und muss extra abgerechnet werden. Und warum gerade Scopolamin? Das wird doch nur für die Vorbeugung einer Reisekrankheit oder bei Übelkeit eingesetzt". Bierbach erwiderte mit erhobenem Zeigefinger: „In schwachen Dosen schon. Aber in höherer Dosierung gibt es unerwünschte Nebenwirkungen, wie beispielsweise Hyperthermie, Apathie, Sehstörungen, Mundtrockenheit, Paramnesie und Verwirrung. Scopolamin wird unter anderem als Halluzinogen sowie für Verbrechen missbraucht, bei denen Menschen Informationen entlockt wurden. Meine Theorie ist deshalb, dass man dem Filialleiter Scopolamin in ausreichender

Dosis verabreicht hat, um ihm dann in seiner Verwirrtheit die Zahlenkombination für das elektronische Tastenfeld am Schließfachraum zu entlocken. Anschließend hat man ihn kaltblütig getötet. Oder der arme Mensch hat dermaßen halluziniert, dass er sich dann selbst seine Schreckschusspistole an die Schläfe gesetzt hat". Es entstand eine kleine Pause. Dann überwand sich Riemer und griff zum Telefon: „Liebste Frau Doktor, könnten Sie bitte unsere aktuelle Leiche zusätzlich auf Scopolamin testen? Ja, Sie haben richtig gehört, ich habe bitte gesagt!" Danach wandte sich der Kommissar wieder seinem Zimmergenossen zu: „Und nach Ihrer Theorie brauchen wir jetzt nur noch herauszufinden, wer an das Zeug herankommt, stimmts?" Sörenfried Bierbach nickte mit sichtbarer Zufriedenheit: „Scopolamin findet man in Nachtschattengewächsen wie Stechapfel, Alraune oder in Engelstrompeten. Es kann aber auch künstlich hergestellt werden. Rein chemisch gesehen ist es ein Ester des Scopins und der Tropasäure. Ich würde also als erstes ermitteln, ob jemand von den Angestellten derartige Pflanzen im Garten hat, oder ob einer in Chemie bewandert ist. Denn wie schon der Leiter der Spurensicherung gemeint hat, ist das Ganze bestimmt ein Insiderjob. Oder es wurden von einem Insider Informationen über den Inhalt der Bankschließfächer an Dritte weitergegeben. Nur auf gut Glück würde doch keiner den ganzen logistischen Aufwand auf sich nehmen, um dann vielleicht vor leeren Schließfächern zu stehen".

Riemer und Bierbach saßen etwas steif vor dem Schreibtisch von Hauptkommissar Hohlbach. Dem Chef war es ziemlich deutlich anzusehen, dass er seinen inneren Schweinehund überwinden musste, als er Werner Riemer ansprach: „Also, Kollege Riemer, das war gute Arbeit. Dass Sie auf die Idee mit dem Scopolamin gekommen sind, muss ich wohl oder übel als durchaus gescheit anerkennen. Und die Verbindung zwischen der Tat und der Tatsache herzustellen, dass der Schwager des Toten Chemiker ist, zeugt von kriminalistischem Sachverstand". Kommissar Riemer protestierte: „Aber mir gebührt diese Ehre nicht. Es war …" Hohlbach würgte ihn ab: „Keine falsche Bescheidenheit. Anwärter Bierbach hat mir alles über Ihr geschicktes Vorgehen berichtet. Wenn wir zwei auch unsere Probleme miteinander haben, so war ich doch stets objektiv, und möchte Ihnen hiermit ein Lob aussprechen". Riemer versuchte erneut zu protestieren, aber Bierbach knuffte ihn in die Seite, und zwinkerte ihm mit seinem rechten Auge zu. Dann sagte der Kommissaranwärter euphorisch: „Kommissar Riemer ist mein Vorbild. Ich wünschte, ich könnte einmal so werden wie er!"

Der Wirt blickte zum wiederholten Male auf seine Uhr: „Leute, es ist Feierabend. Ich möchte schließlich auch irgendwann mal nach Hause. Außerdem habt ihr zwei wirklich genug. Also bezahlt und verschwindet!" So kam es, dass ein dicker Kommissar und ein junger Kommissaranwärter eingehakt über den nicht allzu breiten Gehweg schaukelten. Riemer blieb auf einmal ruckartig stehen: „So, und nun sagst du mir endlich, warum du dem

Alten so ein Märchen erzählt hast, oder ich muss dich kraft meines Amtes wegen Meineids verhaften". Bierbach ließ den Arm des Kommissars los und stützte sich an der Wand ab: „Du musst mir aber schwören, dass du es niemanden verrätst! Ganz besonders nicht der Wiegand". Riemers Gesicht zeigte Unverständnis: „Hä? Wieso gerade der Frauke nicht?" Sörenfried Bierbach zögerte etwas, bevor er mit der Wahrheit herausrückte: „Weil die mich dazu überredet hat. Ansonsten hätte sie dich wegen deiner permanent schlechten Laune wieder aus ihrer Wohnung rauswerfen müssen. Hat sie gesagt!" Kommissar Riemer konnte seine Beine nicht mehr richtig kontrollieren, und ging unsicher in die Hocke: „Jetzt weiß ich auch, warum sie mir heute ausdrücklich erlaubt hat in die Kneipe zu gehen. Und du schlimmer Finger hast bei der ganzen Sache einfach so mitgespielt?" Sörenfried Bierbach drückte sich von der Wand ab, beugte sich vorsichtig zu dem Kommissar hinunter, und flüsterte: „Aber doch nur, damit ich armer Kerl deine Möbel nicht wieder zurückschleppen muss!"

Alles möglich

Am Stammtisch haben die gesagt, es gäbe wieder Wale. Und dann haben mich die blöden Kerle ausgelacht. Angeblich täte ich mich andauernd verhören. Sie hätten nicht Wale sondern Wahlen gesagt. Und als ich meinte, das wäre ja auch bloß die Mehrzahl von Wale, haben die noch mehr gelacht. Es ginge dabei nicht um Säugefische, sondern um die Entscheidung zwischen mehreren Partys. Als ich davon erzählte, dass ich mich auch mal zwischen den Feierlichkeiten von der Freiwilligen Feuerwehr und der Gartenparty meines Nachbarn entscheiden musste, haben die noch mehr gelacht. Ich solle mir endlich ein Hörgerät kaufen. Es ginge doch nicht um Partys, sondern um Parteien. Und man müsse bei so einer Wahl ein Kreuz machen. Wahrscheinlich ist so eine Partei katholisch. Oder sie ist gestorben. Auf dem Friedhof sieht man ja auch manchmal Kreuze. Schneiders Kurt sagt immer, dass sich die meisten Parteien mit drei Buchstaben abkürzen, weil sie gerade mal bis Drei zählen können. Deshalb würde er immer die Grünen wählen. Ich habe aber mein Lebtag keinen gesehen, der grün aussah. Vielleicht sind die auch bloß zeitweilig grün. Weil sie sich immer dann ärgern, wenn einer nicht bei ihnen das Kreuz gemacht hat. Mich hat auch eine Partei mit drei Buchstaben angeworben. Auf der Straße mit so einem Stand. Weil sie das beste Programm hätten, haben sie gesagt. Ich hab aber bis heute ums Verrecken nicht herausgefunden, ob es ein Computerprogramm oder das Fernsehprogramm ist. Ich habe übrigens zu Kurt gesagt, dass ich es im Sinne der Umweltbelastung gut finden würde, wenn man die Besitzer oder Betreiber von Atomkraftwerken gesetzlich dazu verpflichten täte, ihre ausgebrannten Brennstäbe wegen des sogenannten Verursacherprinzips in ihren Schlafzimmern zu lagern. So grün ist Kurt dann aber doch nicht, denn er meinte, dementsprechend müsste ich meine abgefahrenen Autoreifen auch mit nach Hause nehmen.

Bloß dass ich kein Auto habe. Kurt behauptet ja immer, dass er schlau wäre, weil er keine Kinder hat. Ich finde das dumm. Da entgeht ihm ja das ganze Kindergeld. Wagners Rudolf hingegen, der hat vier Kinder. Zwei davon sind Zwillinge. Was sich die Natur bei sowas wohl denkt? Die sind zum Verwechseln ähnlich. Da ist es früher manchmal passiert, dass einer zweimal gefüttert wurde und der andere gar nicht. Rudolf ist ja bei so einer Friedensbewegung. Ich verstehe das nicht. Man kann sich meiner Meinung nach auch im Krieg bewegen. Unsere Bundeswehrsoldaten in diesen Krisengebieten bewegen sich doch sicherlich auch. Rudolf ist ja dagegen, dass unsere teure Bundeswehr im Ausland kämpft. Unsere Soldaten wären dort bloß totes Kapital. Der Müller Alfred, der kennt sich da besser aus. Der kommt montags auch immer mit zum Stammtisch. Dann ist seine Frau im Fitnessstudio. Die anderen Tage darf er nicht. Und der Alfred arbeitet in einer Firma als Buchhalter. Mir ist nicht ganz klar, warum einer Geld dafür bekommt, dass er den ganzen Tag irgendwelche Bücher festhält. Aber der macht das schon zwanzig Jahre lang. Er sagt immer, man hätte ihm nie etwas nachweisen können. Sein Vorgänger hingegen, der Ingo Steinbach, der hätte wegen Frisieren von Büchern sogar im Knast gesessen. Ich glaube das nicht, weil ich noch nie Bücher mit Haaren gesehen habe, und weil der Ingo nicht Frisör gelernt hat. Neuerdings unterhalten wir uns am Stammtisch immer von Frauen und Sex. Das wundert mich gar nicht. Man sagt doch, alle Veteranen erzählen gern vom Krieg. Als sie mich nach meinem Sexualleben gefragt haben, da habe ich mit Überzeugung gesagt, dass das wohl niemanden etwas angeht. Sie fanden das alle sehr schade, weil sie angeblich Kurzgeschichten lieben würden. Manchmal begreife ich einfach nicht, wovon die eigentlich reden. Wie neulich, als ich sagte, ich würde die Natur lieben. Angeblich würde sie das wundern, weil mir die Natur doch so viel angetan hätte. Beispielsweise hätte ich O-Beine, weil alles Unwichtige in Klammern gesetzt wird. Und mein Gehirn wäre wie ein amerikanisches Gefängnis. Viel zu wenige Zellen. Manchmal kommt es mir fast so vor, als reißen die auf meine Kosten Witze. Obwohl ich bei der derzeitigen Lage eigentlich nicht mehr lachen kann. Von wegen Klimawandel und so. Der Jürgen vom alten Mertens, der sagt ja auch immer, dass man keine polnischen Eisverkäufer mehr zulassen sollte, weil das Eis an den Polen so schnell schmilzt. Das habe ich zwar nicht begriffen, aber kräftig mitgelacht. Dann hat er noch gesagt, die letzten Worte der Niederländer würden sein: „Der Deich hält". Übrigens waren die letzten Worte meines verstorbenen Onkels: „Ich trinke jetzt auch noch die zweite Wodkaflasche aus". Er hat immer schon gern getrunken, der Gute. Man hat ihn nach seinem Tod vorsichtshalber nicht verbrannt. Wegen Explosionsgefahr. Mein Cousin dagegen soll ja kurz vor seinem Tod gesagt haben: „Schaut mal, ich kann mit meinem Handy die Landeklappen steuern". Dabei kann fliegen so umweltschädlich sein. Diese Fliegzeuge, die fliegen nämlich mit Kerosin. Weil ich nicht wusste was das ist, hab ich mal in meinem alten Lexikon nachgeschlagen. Da steht, dass Kerosin ein leichtes Petroleum ist. Und ich Dussel dachte immer, Petroleum wäre stets gleichschwer. Als ich das meinen Stammtischbrüdern erzählt habe, haben die diesmal aber nicht gelacht, sondern ernsthaft gesagt, ich wäre sicherlich ein Wunderkind gewesen. Weil ich mit fünf Jahren bestimmt schon genauso viel gewusst habe, wie heute. Müllers Alfred meinte dann noch, er würde das nächste Mal nicht zum Stammtisch kommen können. Da hätte seine Frau Hochzeitstag. Und da muss er freiwillig mit ins Theater. Daraufhin erklärte uns der Jürgen, was der Unterschied zwischen einem Theater und dem Bundestag ist. In einem Theater würden gute Schauspieler schlecht bezahlt. Ich habe wieder mitgelacht. Und dann hat er noch gesagt, dass das Reichstagsgebäude in Berlin eine Kuppel hätte, weil es keinen Zirkus mit Flachdach gibt. Da habe ich so meine Zweifel. In Deutschland ist alles möglich. Wenn man hier eine zerdrückte Flasche in den Pfandautomaten steckt, dann wird die Flasche abgelehnt. Hat man dann das Ding mühevoll ausgebeult, nimmt der Automat die Flasche an und zerdrückt sie. Alfred sagt ja immer, dass es im Ausland viele dumme Menschen gibt. Aber nach dem Urlaub kommen alle wieder zurück nach Deutschland. Angeblich ist ja eine Blondine neben einem Deutschen auch nicht zwangsläufig die Dümmste, sagt Jürgen. Besonders wenn ich der Deutsche wäre. Ich war übrigens noch nie im Theater. Meine Kulturerlebnisse beziehen sich ausschließlich aufs Fernsehen. Und einmal war ich sogar beim Fernsehturm. Aber ich war nicht oben. Es waren mir viel zu viele Treppen. Am Fahrstuhl stand nämlich „Im Brandfall nicht benutzen". Und ich hatte doch solchen Durst. Gestern hat mir übrigens die ganze Bande zum vierzigsten Geburtstag gratuliert. Unter dem Motto: Lieber mit vierzig einen ausgeben, als mit achtzig sterben. Das habe ich eingesehen. Und Kurt meinte, dass ich jetzt Bundespräsident werden könne, da das gemäß Artikel 54 Abs. 1 Grundgesetz jeder werden kann, der deutscher Staatsangehöriger ist und mindestens 40 Jahre alt. Leider werde ich nun eine Ewigkeit nicht mehr zum Stammtisch gehen können, da ich längere Zeit brauchen werde, um meine Bewerbung an die Regierung richtig zu formulieren. Kurt hat mir freundlich lächelnd versichert, dass ich mit allergrößter Wahrscheinlichkeit Präsident werde. In einem Land, in dem sogar die Altglas-Container Öffnungszeiten haben, ist eben alles möglich.

Blechschaden

Es war an einem Freitag, als ich diese Premiere hatte. Nein, keine Theaterpremiere, sondern die Uraufführung eines bestimmten Kleckererlebnisses. Dazu muss man wissen, ich laufe zu Hause stets barfuß. Wenn es sich ergibt, dann auch draußen, aber halt meistens in der Wohnung. Und ich kleckere. Vorzugsweise mit Marmelade. Auf den Teppich. An jenem Freitag aber klatschte der Klecks Erdbeermarmelade nicht auf den Flokati, sondern auf meinen Fuß. Ich brauchte also diesmal nicht den Teppich zu reinigen, sondern erstmals nur meine Füße zu waschen. Ich nahm diesen Umstand mit Freuden als gutes Zeichen für den Verlauf des restlichen Tages. Wie der Mensch sich doch täuschen kann.

Als ich auf dem Weg zum Büro an einer roten Ampel anhielt, knallte es, und ich wurde durch den Airbag schmerzhaft ins Gesicht geschlagen. Mein Auto war plötzlich einige Zentimeter kürzer geworden, und der Lenker des Autos hinter mir fiel bewusstlos aus seiner Karre. Der Krankenwagen kam zeitgleich mit der Polizei an. Soweit zu einem sogenannten guten Zeichen. Als ich glaubte, meine Laune könnte nicht mehr tiefer sinken, teilte mir ein Polizist mit, dass der Unfallverursacher stockbetrunken sei, das Auto geklaut hatte, und nicht über eine Haftpflichtversicherung verfügte. Mein Abschleppdienst ließ sich richtig viel Zeit, die ich mit ausgiebigem Fluchen überbrücken konnte. Aus diesem Grund kam ich auch zu spät ins Büro und musste der Tradition entsagen, vor der offiziellen Büroöffnung ein Schlückchen Bourbon zu trinken.

Man sagt doch manchmal, wenn ein Mensch recht steif daherkommt, dass er einen Stock verschluckt hätte. Dementsprechend musste der Kerl, der gegen 10:30 Uhr mein Büro betrat, garantiert ganze drei Stöcke hinuntergewürgt haben. Er hielt den Kopf leicht nach hinten, hatte die Augenlider auf Halbmast, und ich hätte wetten können, dass es ihm bei schlechtem Wetter in die Nase regnete. Nachdem ich ihm Platz angeboten hatte, öffnete er den Mund, ließ eine kleine Pause folgen, und sagte dann näselnd: „Danke, ich stehe lieber. Ich habe auch nur eine Bitte auszurichten. Baron Joscha Kovács, dessen Butler ich mich mit Stolz nennen darf, lädt Sie am kommenden Sonntag um 9:00 Uhr zu einem petit déjeuner ein. Unsere Limousine würde Sie dann eine halbe Stunde vorher abholen. Soll sich der Fahrer hierher begeben, oder weilen Sie zu diesem Zeitpunkt an einer anderen Stelle?" Ich imitierte amüsiert seinen Tonfall: „An Sonntagen pflege ich mich nicht in Geschäftsräumen aufzuhalten. Hier bitte die Visitenkarte mit der Aufschrift meines üblichen Domizils! Ich darf doch annehmen, dass der Fahrer des Lesens mächtig ist?" Er nickte, steckte wortlos meine Karte ein, machte auf dem Absatz kehrt, und verschwand dermaßen blitzartig aus meinem Büro, dass er mit dieser Nummer in jedem Varieté hätte auftreten können.

Wer mich kennt, der weiß, im Zeitalter der Elektronik besitze ich natürlich keine profane Türglocke, sondern ein Kästchen, bei dem man 99 verschiedene Glockenschläge in unterschiedlichen Lautstärken einstellen kann. Deshalb dröhnten am Sonntagmorgen die ersten acht Töne des sogenannten Westminster Schlages durch meine Wohnung, und zwar derart laut, dass zwei Stubenfliegen erschrocken von der Decke fielen. Ich hatte zum siebenundzwanzigsten Mal vergessen, die Lautstärke von dem Ding herunterzuschrauben. Zu meinem Erstaunen erwartete mich eine weiße Stretchlimousine vor der Tür. Ein Chauffeur in blauer Livree hielt mir die Tür auf, und nach fünfundzwanzig Minuten gemächlicher Fahrt stand ich im Nachbarort vor dem pompösen Anwesen dieses angeblichen Barons. Der Butler öffnete mit einer tiefen Verbeugung die Tür, und führte mich danach nach oben in eine Art Bibliothek. Jedenfalls waren dort jede Menge Folianten in riesigen Regalen aufgereiht. Man bat mich zu warten, aber bereits nach wenigen Sekunden trat der Hausherr ein. Er trug blaugelbe Sportschuhe, Jeans, ein weißes T-Shirt und ein buntes Halstuch. Dazu allerdings eine klassische Anzugjacke: „Herr Baer, freut mich, dass Sie es einrichten konnten. Nennen Sie mich bitte einfach Joscha. Ich habe zwar ungarische Vorfahren, aber einen deutschen Pass. Und den Titel ,Baron' benutzt lediglich nur noch mein Butler. Haben Sie Appetit? Ich habe schon alles vorbereiten lassen. Bitte folgen Sie mir!" Er führte mich in eine Art Esszimmer mit einer gedeckten Tafel, die gut und gerne für eine zwanzigköpfige Hochzeitsgesellschaft gereicht hätte. An der Stirnwand des Raumes hing ein großes Kruzifix. Er bemerkte meinen Blick und meinte: „Wir Katholiken haben Glück, dass Jesus gekreuzigt wurde. Hätte man ihn ertränkt, dann müssten wir uns heute lauter Aquarien an die Wände hängen. Aber nehmen Sie doch Platz und greifen Sie zu. Wie darf ich Sie eigentlich anreden?" Ich setzte mich auf einen der angenehm gepolsterten Stühle: „Wenn ich zu Ihnen Joscha sagen muss, dann müssen Sie mich auch Levin nennen! Aber bevor ich vor Neugier sterbe, warum bin ich eigentlich hier?" Er angelte sich eine Banane vom Tisch: „Sie sollen herausfinden, ob meine Schwester auch wirklich meine Schwester ist. So mit DNA-Vergleich und so. Ich habe nämlich von diesem Zeug keinerlei Ahnung. Vorsichtshalber habe ich mir vorhin ein paar Haare ausgerissen, damit Sie etwas zum Vergleich haben. Ich finde es nämlich äußerst seltsam, dass nach Jahren plötzlich eine Frau auftaucht und behauptet meine Schwester zu sein. Angeblich sei mein Vater auch der ihre gewesen, und sie wäre damit meine Halbschwester, was in meiner Familie aus Tradition schon immer so gehandhabt wird, als wäre die Dame meine Vollschwester. Sie hat mir einen Brief geschrieben, in dem Sie behauptet, dass sie seit Jahren ihre familiären Wurzeln sucht. Und nun hat sie wohl in den alten Kirchenbüchern unserer Stadt ihre Herkunft ermitteln können. Die Dame will mich morgen besuchen, und ich werde dann Sie als meinen Adjutanten vorstellen. Irgendwie müssen Sie dabei an ihre DNA kommen. Lippenstift, Haarbürste oder was weiß ich. Und das Zeug werden Sie dann in ein Labor bringen. Sie kennen doch bestimmt eins. Wenn ich selber um die Frau herumspionieren würde, könnte das peinlicherweise auffallen. Und direkt nach einem Beweis fragen möchte ich auch nicht. Das tut man in unseren Kreisen einfach nicht. Stellen Sie sich vor, sie ist tatsächlich meine Schwester, dann wäre ich durch meine dummen Fragen für alle Zeiten blamiert. Nehmen Sie den Auftrag an? Als Salär können Sie sich ausbedingen, was Sie wollen. Mir Kommt es auf ein paar Euros nicht an. Mein Vater hat mir ein großzügiges Erbe hinterlassen. Was sagen Sie?" Ich nahm meinen Mut zusammen, sowie ein knuspriges Brötchen von der Tafel: „Zweihundert am Tag, und Sie bezahlen die Reparatur meines Autos". Er hielt mir die Hand hin: „Also bis morgen, Herr Adjutant!"

Am nächsten Morgen wurde ich, zum Erstaunen meiner lieben Nachbarn, wieder mit der Stretchlimo abgeholt. Als ich das Haus meines Klienten betrat, war gerade eine ganze Armee von Putzteufeln dabei, jede noch so versteckte Ecke des Gebäudes mit überdimensionalen Staubwedeln zu kitzeln. Wie am Vortag frühstückte ich mit Joscha an dem reichgedeckten Tisch. Dann begaben wir uns in die Empfangshalle, um bei einem Gläschen Portwein die Schwester meines Klienten zu erwarten. Etwa eine halbe Stunde und drei Gläser später führte der Butler eine Frau herein, die angeblich die Schwester des Hausherren war. Sie hätte aber auch ein Metallwarenladen sein können. Das war Piercing in Reinform. Allein das sichtbare Metall dürfte so etwa fünfzehn Kilogramm gewogen haben. Ich an ihrer Stelle würde bei Gewitter nicht das Haus verlassen. Joscha begrüßte sie unterkühlt, stellte mich als seinen Adjutanten vor, und der Butler führte die Frau in eines der Gästezimmer. Joscha nahm mich beiseite: „Ich werde nachher die Gute in ein Restaurant ausführen. Angeblich um unser Zusammentreffen bei einem Glas Schampus zu feiern. Sie werden sich in der Zwischenzeit in das Gästezimmer begeben, und ihre persönlichen Sachen durchsuchen!" Und so kam es dann auch. Nur mit einem anderen Ausklang, als ich gedacht hatte. Ich war gerade dabei den Koffer dieses wandelnden Schrottplatzes zu durchwühlen, als mir von hinten eine Pistole in die Rippen gedrückt wurde. Ich hörte deutlich ihre Metallspangen klimpern, als mir die Dame zuraunte: „Darf ich fragen, was Sie da machen, Herr Baer?" Wie sich herausstellte war die Tante überhaupt nicht Joschas Schwester, weder halb noch voll. Sie war nämlich die Polizistin, die mich damals in der Paris-Sache verhört hatte. Und nachdem ich mir ihre Piercings wegdachte, erkannte ich sie auch wieder. Sie steckte die Waffe ein, und hielt mir ihre flache Hand entgegen: „Wenn ich bitten darf! Der Kerl hat Ihnen doch sicher Vergleichsmaterial für einen DNA-Test gegeben. Das hätte ich gern!" Als wir nach unten kamen, sah ich meinen Klienten mit angelegten Handschellen auf dem Boden knien. Er erwiderte meinen erstaunten Blick aus den Augenwinkeln: „Glotz nicht so, ich würde jetzt auch lieber in dem Restaurant Champagner trinken!" Und mir schoss der Gedanke durch den Kopf, dass ich wohl demnächst gar nichts mehr zum Trinken haben würde. Schließlich habe ich noch nie gehört, dass ein Gefangener seine Verbindlichkeiten beglichen hätte.

Ich saß ziemlich erstaunt im Büro meiner Polizistin und blickte sie ungläubig an. Sie schmunzelte: „Das Piercingzeug war alles nur angeklebt. Sicher haben Sie sich bei Ihrer Arbeit auch hin und wieder verkleidet. Ihr angeblicher Baron und sein Komplize, den Sie als Butler kennen, haben den echten Joscha Kovács wegen seines horrenden Erbes um die Ecke gebracht, und wollten mit Hilfe eines blauäugigen Privatdetektivs beweisen, dass der falsche Joscha der echte sei. Die Haare stammten in Wirklichkeit von dem Ermordeten, und weil die DNA des echten Joschas wegen eines Spezialauftrages bei der Armee bereits vorlag, hätten Sie in Ihrer Einfalt um ein Haar, oder halt mehrerer Haare, die Bestätigung für die angebliche Echtheit des Gangsters erbracht. Sie sollten in Ihrer Leichtgläubigkeit vielleicht mal an einen Berufswechsel denken!"

Wie Sie wissen, kleckere ich in der Regel beim Frühstück. Vorzugsweise mit Marmelade und vorzugsweise auf den Teppich. Es war wieder einmal Freitag, und wieder einmal klatschte ein Klecks Erdbeermarmelade nicht auf den Flokati, sondern auf meinen Fuß. Diesmal interpretierte ich das aber nicht mehr als gutes Zeichen. Und ich hatte damit sowas von Recht. In der Post befand sich nämlich die Rechnung von meiner Autowerkstatt.

Das allererste Mal

Ich möchte Ihnen über ein erstes Mal berichten. Damit meine ich nicht so etwas wie ein Muttermal, sondern ich spreche davon, dass eine Sache zum ersten Mal vorkommt. Sie werden mich nicht kennen. Ich heiße Edgar Hönig, und es ist mir in meinen 41 Jahren bisher tatsächlich noch nie passiert. Womit ich Ihnen indirekt mein Alter verraten habe. Gestern geschah es tatsächlich zum ersten Mal. Obwohl ich aufgrund meiner Lebenserfahrung beharrlich dachte, es würde niemals passieren. Und nun ereignete es sich eben doch. Ich bekam meinen ersten Stich. Den ersten im Leben. Zumindest, soweit ich mich erinnern kann. Irgendein böswilliger Vertreter dieser gemeinen Zweiflügler, die man je nach geografischer

Lage Mucken, Gelsen, Schnaken oder Staunzen nennt, hat die Vorgabe der Natur umgangen, und mich als Zielobjekt auserkoren. Richtigerweise müsste ich ja ‚Vertreterin' sagen, denn bei diesen Culicidae saugen nur die Weibchen Blut. Aber doch nicht bei mir! Man stelle sich vor, eine gemeine Stechmückin hat meinen Unterarm als Quelle genutzt. Und mit ‚gemein' meine ich in diesem Fall nicht ‚allgemein'. Es juckt wie Sau! Dabei wiegen diese kleinen Viecher gerade mal zwei Milligramm. Das unangenehme Gefühl in meinem Arm wiegt da viel schwerer. Wissenschaftler haben herausgefunden, dass die Stechmücken vor allem durch ausgeatmetes Kohlenstoffdioxid und Körpergerüche wie beispielsweise Ammoniak angezogen werden. Und ich dünste nun mal keinen Ammoniak aus, zum Teufel noch mal! Sie können sogar stundenlang an meinen Socken schnüffeln, da ist nix. Deshalb haben auch bisher alle Mückenweiber, wie von der Mutter Natur vorgesehen, einen großen Bogen um mich gemacht. Und jetzt das. Die Schöpfung spielt verrückt. Mein bester Freund Ede, der eigentlich Eduard heißt, der hat gesagt: „Es gibt immer ein erstes Mal!" Dummes Zeug. Wenn's immer ist, dann ist es nicht das erste Mal. Die Menschen hauen oft derartige Sprüche raus, ohne sich darüber weitere Gedanken zu machen. Es gibt beispielsweise ein chinesisches Sprichwort, welches da lautet: „Das Juwel des Himmels ist die Sonne, das Juwel des Hauses ist das Kind". Pustekuchen! Sie müssen wissen, ich bin alleinverziehender Vater eines strammen Jungen. Das Kind treibt mich zum Wahnsinn. Wer die Pubertät erfunden hat, müsste standrechtlich erschossen werden. Immer wenn mein Stammhalter mir helfen muss, weil wieder einmal mein beschissener Laptop streikt, verlangt der Bengel mehr Taschengeld. Und ich gebe es ihm dann auch. Schließlich braucht der Kerl ja nicht zu wissen, dass ich den Rechner stets absichtlich manipuliere. So kann ich ihm gelegentlich sein Betriebskapital erhöhen, ohne dass er denkt, ich würde ihn verwöhnen. Aber das ist nicht die einzige Macke bei meinen Erziehungsbemühungen. Ich lasse ihm auch durchgehen, dass er meine Ermahnungen, er solle endlich sein Zimmer aufräumen, stets in den Wind schlägt. Zumindest lüftet er neuerdings freiwillig. Wahrscheinlich hält er den Geruch selbst nicht mehr aus. Meist kommt es mir auch so vor, als ob mein Sohn nur deshalb zwei Ohren hat, damit Gesagtes zum einen hinein und zum anderen heraus kann. Beim Elternabend sprechen seine Lehrer immer von mangelnder Aufmerksamkeit und gesteigerter Unruhe. Irgendwann dachte ich, dass der Junge ADHS hat. Also habe ich einen sogenannten Online-Test durchgeführt. Da muss man einige saublöde Fragen beantworten. Und zum Schluss ist herausgekommen, dass mein Bester nur deshalb im Unterricht unruhig und wenig aufmerksam ist, weil er händeringend auf die Pause wartet. Kann ich nachvollziehen. Ich war auch nicht gerade der Liebling meiner Lehrer. Zum Glück hat mich mein Vater damals immer unterstützt. Einmal kam ich zerknirscht mit einem dicken, roten Eintrag heim, der da lautete: „Ihr Sohn benimmt sich während des Unterrichts unangebracht gegenüber den Lehrern. Bitte wirken Sie als Elternteil zielbewusst auf das Kind ein, damit das nicht mehr vorkommt!" Mein Vater hat darunter geschrieben: „Mein Sohn benimmt sich zu Hause unangebracht gegenüber seiner Mutter. Bitte wirken Sie als Lehrer auf das Kind ein, damit das nicht mehr vorkommt!" Und weil mein Vater mein Vorbild war, halte ich das genauso mit meinem Sprössling. Als er neulich mit einem Brief seines Lehrers nach Hause kam, in dem geschrieben stand: „Ihr Sohn schwatzt im Unterricht zu viel, und auch zu laut", habe ich zurückgeschrieben: „Da hätten Sie erstmal seine Mutter hören müssen!" Nur neulich musste ich meinem Nachwuchs intensiv ins Gewissen reden. Da hat doch dieser Mistbolzen zu Silvester meinem Nachbarn zwei Böller in seinen Briefkasten deponiert. Der hatte nämlich so einen Kasten nach amerikanischem Vorbild, dieser Angeber. Mit einer roten Schwenkfahne aus Blech. Und dieses Blechding hat es bis auf unsere Terrasse geschleudert. Mitten in meine Geranien. Alle hin. So etwas kann und will ich nicht durchgehen lassen. Und jetzt kommt das Allerschlimmste. Der Kerl interessiert sich neuerdings für Mädchen. Ich kann mich nicht erinnern, dass ich das in seinem Alter auch schon getan haben soll. Wir wurden ja früher keusch erzogen. Als ich neulich den vorsichtigen Versuch unternommen habe, meinen Junior in Sachen Mann und Frau aufzuklären, hat er mich ausgelacht und mir empfohlen, sein Schulbuch für Sexualkunde durchzulesen. So etwas gab es früher nicht. Als ich damals meine verstorbene Frau kennengelernt habe, mussten wir noch ganz alleine herausfinden, an welcher Stelle wir zusammenpassten. Meine Frau ist übrigens im Gegensatz zu mir ständig von Mücken angefallen und gestochen worden. Immer wenn ich ihr Bild vom Kaminsims herunternehme und anschaue, muss ich daran denken. Manchmal habe ich aus Spaß Streuselkuchen zu ihr gesagt. Als ich einmal früher von der Arbeit nach Hause gekommen bin, habe ich meinen Sohn erwischt, wie er vor dem Bild stand und heulte. Das hätte ich nie gedacht. Aber neulich bin ich um ein Haar aus den Latschen gekippt. Als ich die Küche wischen wollte, waren meine Reinigungsmittel aus dem kleinen Schränkchen unter der Spüle verschwunden. Allzweckreiniger, Fensterputzmittel, Rauschwamm, Scheuerlappen, alles weg. Wie sich herausstellte, hatte sich das Produkt meiner Lenden doch wirklich und wahrhaftig eine Freundin angelacht, und diese wollte ihn am nächsten Tag besuchen kommen. Als ich seine Tür öffnete, strahlte mich ein blitzsauberes, wohlriechendes Zimmer an. Und das, Leute, das war tatsächlich das allererste Mal.

Zwei Stichwunden

Kommissar Riemer saß hinter seinem Schreibtisch, hatte den Bürostuhl seitlich gedreht, den linken Ellenbogen auf die Schreibtischplatte gestützt und hielt den rechten Arm quer vor der Brust, um sein Smartphon umständlich ans linke Ohr zu drücken: „Ja, Töchterchen, wenn du mich jetzt besuchen kommst, musst du dann wohl bei Fraukes Adresse anmarschieren. Wir sind endlich zusammengezogen. Aber du brauchst nicht zu hoffen, dass ich die eingesparte Miete meiner Tochter überweise. War'n Scherz! Frauke hat einige Dinge entsorgt, ich musste einiges wegschmeißen, aber zum Schluss haben wir uns dann friedlich auf eine gemeinsame Wohnungseinrichtung geeinigt. Nur meine geliebte Flurgarderobe ... Entschuldige, ich muss Schluss machen. Mein Bürotelefon hat geklingelt. Dienst ist Dienst. Hab dich lieb!" Er unterbrach die Verbindung, legte das Smartphon auf den Tisch, und hob den Hörer des Diensttelefons ab. Sofort schallte die polternde Stimme von Hauptkommissar Hohlbach aus der Hörmuschel: „Riemer, in mein Büro!" Kommissar Riemer begann hämisch zu grinsen. Zu oft hatte ihn sein Chef ermahnt, sich am Telefon vorschriftsmäßig zu melden. Deshalb sagte er mit etwas Tücke in der Stimme: „Wer ist denn da? Melden Sie sich bitte mit Name und Dienstgrad!" Die Stimme von Hohlbach überschlug sich: „Wenn Sie nicht in zwei Sekunden in meinem Büro sind, lasse ich Sie wegen Insubordination feuern, und zwar hochkant!" Riemer erhob sich betont langsam und trabte gemächlich zum Dienstzimmer seines Chefs. Der Hauptkommissar war puterrot im Gesicht: „Sie nehmen sich allerhand heraus, Riemer! Lange höre ich mir das nicht mehr an. Aber jetzt fahren Sie so schnell wie möglich nach Waldlingen. In dem dortigen Tannenwald hat ein Spaziergänger eine tote Frauenleiche neben einem Forstweg entdeckt". Riemer grinste: „Eine tote Frauenleiche? Schon mal was von einem Oxymoron gehört? Oder kennen Sie vielleicht eine lebende Frauenleiche?" Hohlbach war nun endgültig genervt: „Und was, zum Teufel, soll dieses beschissene Oxymoron sein?"

Riemer gab seiner Stimme einen herabwürdigenden Ton: „Ich dachte mir schon, dass Sie das nicht wissen. Ein Oxymoron ist eine rhetorische Figur wie beispielsweise ‚bittersüß‘ oder etwa ‚Minuswachstum‘, oder auch ein Kompositum von sich widersprechenden Begriffen, wie zum Beispiel ‚schwarzer Schimmel‘. Alles klar?‘‘. Hauptkommissar Hohlbach trat langsam hinter seinem Schreibtisch hervor, brachte seinen Mund ganz nahe an Riemers rechtes Ohr, und ließ seine Stimme crescendoartig anschwellen: „Mir ist allenfalls klar, dass in Ihrer Küche schwarzer Schimmel zu finden ist. Und jetzt setzen Sie gefälligst Ihren dicken Körper blitzartig in Bewegung, bevor ich Sie am Schlafittchen packe und persönlich nach draußen befördere!‘‘

Bereits beim Anlassen hatte der Dienstwagen Sperenzchen gemacht. Zuerst verweigerte der Starter seine angestammte Funktion, und als sich dann schließlich der Motor doch drehte, knallte es mehrmals unschön aus dem Auspuff. Wenige Minuten darauf, mitten auf der Landstraße, ruckelte zu Riemers Entsetzen der Wagen nur noch kurz, und hauchte dann mit einer dicken, schwarzen Wolke seine Lebensgeister aus. Riemer durchsuchte seine Taschen nach dem Smartphon, um den Abschleppdienst zu informieren, musste aber feststellen, dass er das Gerät nach dem Telefonat mit seiner Tochter in der Dienststelle auf seinem Schreibtisch vergessen hatte. Fluchend stieg er aus, knallte wütend die Autotür zu, und machte sich per Pedes in Richtung Waldlingen auf. Bei jedem vorbeifahrenden Auto hielt er den Daumen in die

Höhe, aber kein Mensch wollte sich seiner erbarmen. Gleich nach dem Ortsschild befand sich zum Glück eine Gaststätte. Riemer ließ sich ein großes Bier kredenzen, und bat darum, ein Taxi zu ordern, welches ihn in den hinter dem Ort gelegenen Wald transportieren sollte. Er hatte kaum sein Glas geleert, als auch schon der Fahrer in die Gaststube getreten kam. Riemer gab sich als Fahrgast zu erkennen, bezahlte die Zeche, und folgte dem guten Mann in den Wagen. Als er den nahegelegenen Wald als Fahrziel angab, rümpfte der Chauffeur kurz die Nase: „Bei dieser langen Strecke muss ich bestimmt zwischendurch nachtanken!" Im Wald angekommen, weigerte sich der Mann auf den Forstweg einzubiegen: „Ich bin kein Förster, und Sie sehen mir auch nicht danach aus!" Riemer holte seinen Dienstausweis hervor: „Aber ich kann Sie wegen Behinderung einer Mordermittlung festnehmen!" Nach etwa drei Minuten Fahrt auf dem Waldweg war eine kleine Gruppe Menschen zu erkennen. Riemer identifizierte sie als die Kollegen von der Spurensicherung. Er ließ den Fahrer anhalten und bezahlte ihn: „Sie brauchen nicht zu warten!" Der Chauffeur blickte ihn schief von unten an: „Hätte ich sowieso nicht gemacht!" Dann wendete er geschickt sein Fahrzeug, während Riemer auf die anderen zu ging. Rolf König begrüßte ihn mit den Worten: „Kommst du auch schon? Der Zeuge wartet bereits seit einer ganzen Stunde auf dich". Riemer fasste ihn am Jackenaufschlag: „Sag mal, da du offensichtlich früher als ich hier warst, musst du doch zwangsläufig an mir vorbeigefahren sein, als ich mutterselenallein auf der Landstraße vor mich hin getrippelt bin. Warum hast du da nicht angehalten?" Der Leiter der Spurensicherung streifte die Hand des Kommissars ab: „Ja wenn du getrippelt wärst, dann hätte ich schon angehalten. Aber du bist ja getrampelt. Übrigens liegt da drüben die Leiche. Falls das einen Anhalter überhaupt interessiert. Wir haben jede Menge Fußabdrücke gesichert, aber kein Blut gefunden. Die Frau wurde an einer anderen Stelle ermordet. Sie hat zwei Stiche im Unterbauch. Aber jetzt solltest du erst mal den Zeugen vernehmen, der hat mir schon die ganze Zeit die Ohren vollgejammert, dass er unbedingt mal kacken muss. Ich hab's ihm bisher nur verboten, damit er den Tatort nicht verunreinigt". Riemer drückte unwillig seinen Kollegen beiseite, um die Tote in Augenschein zu nehmen. Dann wandte er sich an den Zeugen. Der Mann hatte immer noch seinen Rucksack auf dem Rücken, und trat von einem Bein aufs andere: „Ich hab sie vor ungefähr einer Stunde hier gefunden, als ich ins Gebüsch gehen wollte, um mich zu erleichtern. Aber nachdem ich sie gesehen hatte, konnte ich plötzlich nicht mehr. Ich kenne nämlich die Frau. Die ist aus dem Nachbardorf und heißt Romy Angerer. Und sie wollte demnächst heiraten. Darf ich jetzt bitte austreten gehen?" Der Kommissar nickte unmerklich: „Gehen Sie nur. Aber ein großes Stück in den Wald hinein, wenn ich bitten darf!" Dann drehte er sich zu Rolf König um: „Und du nimmst mich gefälligst in deinem Wagen wieder mit zurück. Aber vorher leihst du mir dein Handy, damit ich den Abschleppdienst anrufen kann!" Der Angesprochene reichte ihm sein Smartphon: „Tut mir leid, meine Karre ist voll. Du kannst aber beim

Kollegen Hartwig mitfahren!" Er drehte sich zur Seite und rief: „Volker, mein Freund, du bist soeben befördert worden. Zum persönlichen Chauffeur eines echten Kriminalkommissars".

„Nicht schon wieder!" Dr. Martina Mertens, die Gerichtsmedizinerin, richtete ihr Skalpell auf den Bauch des Kommissars: „Wie oft habe ich Ihnen schon gesagt, Sie sollen nicht immer hier hereinplatzen. Durch Ihre ermüdende Drängelei komme ich auch nicht schneller zu Ergebnissen". Riemer drückte ganz vorsichtig mit seinem Zeigefinger das Skalpell beiseite: „Ich platze hier doch nicht herein. Wenn ich tatsächlich in diesen heiligen Hallen platzen würde, dann müssten Sie drei Wochen lang aufwischen!" Die Pathologin verzog verächtlich das Gesicht: „Ich lache später! Bisher kann ich nur sagen, dass die zwei Stiche dicht nebeneinander sitzen, und wahrscheinlich mit unterschiedlichen Waffen beigebracht wurden. Außerdem verlaufen die Stichkanäle schräg voneinander weg. Als wären sie dem Opfer aus zwei leicht voneinander abweichenden Positionen, oder vielleicht sogar von zwei unterschiedlichen Tätern beigefügt worden. Und nun würde ich Gott danken, wenn sich ein gewisser Kommissar endlich verabschieden könnte!" Riemer spöttelte: „Ich gehe und werde eure Heiligkeit in mein Abendgebet einschließen!"

Der Mann saß völlig fertig vor Riemers Schreibtisch: „Wir wollten in drei Monaten heiraten. Und gestern hatte sie Termin beim Schneider. Wegen des Hochzeitskleids.

Sie wollte kein Kleid von der Stange. Es sollte halt richtig gut passen. Wäre ich doch bloß mitgegangen". Er wischte sich mit dem Handrücken die Tränen aus dem Gesicht. Der Kommissar nestelte eine Packung Zellstofftaschentücher aus seinem Schreibtisch: „Hier! Schnäuzen Sie sich erstmal! Und dann sagen Sie mir bitte, ob ihre Braut in letzter Zeit bedroht worden ist, oder mit jemanden Streit hatte". Der Heulende schüttelte den Kopf: „Nicht seit sie mit mir zusammen war. Vorher, mit ihrem Exfreund, da soll es einige Streitereien gegeben haben. Aber sie hat nicht gern darüber gesprochen". Riemer machte sich Notizen, und geleitete anschließend den Geknickten mit freundlichen Worten hinaus.

Frauke Wiegand hielt die Autoschlüssel mit Daumen und Zeigefinger in die Höhe: „Wer fährt?" Kommissar Riemer zeigte wortlos auf die Kommissarin. Beim Anschnallen fragte er: „Wie konntest du den Alten überreden, mit mir zusammenzuarbeiten?" Die Frau legte den ersten Gang ein und gab Gas: „Das war ganz einfach. Ich habe zurzeit keinen Fall und brauchte nur das Wort ‚Ineffizienz' auszusprechen". Riemer hielt den Kopf schief: „Ineffizienz? Die Affenfresse weiß doch nicht mal, wie das Wort geschrieben wird. Aber egal, ich schlage vor, du setzt mich bei den Eltern der Toten ab, nimmst dir dann den Exfreund vor, und kommst anschließend wieder bei der Familie vorbei, um mich abzuholen. Einverstanden?" Die Kommissarin nickte: „Und anschließend fahren wir dann auf dem Heimweg schnell noch bei der Reinigung vorbei und holen deinen Anzug ab". Riemer

stutzte: „Was für einen Anzug?" Frauke Wiegand antwortete: „Na du weißt doch, dass ich vor zwei Tagen deinen letzten Umzugskarton ausgeräumt habe. Und da war
der blaue Anzug drin. Der hat ein ganz klein wenig ge-
müffelt. Also habe ich ihn in die Reinigung gebracht".
Riemer begann zu lachen: „Den habe ich bloß noch nicht
weggeschmissen, weil ich ihn in die Altkleidersammlung
geben wollte. Der passt mir doch schon seit Jahren nicht
mehr". Die Kommissarin wurde ärgerlich: „Hättest du
das nicht früher sagen können? Aber das ist wieder einmal typisch für euch Männer. Ihr redet von allem Möglichen, aber das Wichtigste lasst ihr aus".

Es war Abend geworden. Werner Riemer hatte das De-
ckenlicht eingeschaltet und zog die Vorhänge zu, während Frauke Wiegand, auf dem Sofa sitzend, mit einer
kleinen, spitzen Schere die Naht an einer blauen Herren-
hose auftrennte. Der Kommissar trollte sich in die Küche,
kam mit einer Flasche Wein und zwei Gläsern zurück,
goss ein und setzte sich neben die Frau: „Was machst du
da eigentlich? Und was ist das für eine Hose?" Die Kommissarin blickte auf: „Frag doch nicht so dumm. Das ist
deine alte Anzugshose, und die will ich enger nähen".
Riemer kratzte sich am Kopf: „Hä? Muss ich das verstehen? Die Hose ist mir zu eng, und deshalb willst du sie
enger machen?" Frauke widmete sich wieder ihrer Arbeit: „Doch nicht für dich. Für meinen Schwiegersohn".
Riemer entgegnete mit gespieltem Ärger: „Wieso immer
nur für deinen Dennis?" Als Frauke ihren Blick wieder
von der Hose nahm, stach sie sich aus Versehen in den

Daumen: „Autsch! Das hast du nun davon. Durch deine Ablenkung habe ich jetzt mindestens zehn Liter Blut verloren. Hol mir gefälligst ein Pflaster!" Riemer trabte gehorsam ins Badezimmer und kam mit einem Pflasterstrip zurück. Als er das Wundpflaster seiner Frauke vorsichtig um den Daumen drapierte, kamen sich ihre Gesichter ziemlich nahe. Und dann wurde es noch ein wunderschöner Abend.

Kommissar Riemer saß verträumt hinter seinem Schreibtisch und dachte versonnen an den gestrigen Tag. An das Pflaster und die zwei winzigen Blutstropfen an Fraukes Daumen. Und besonders an das, was danach folgte. Plötzlich sprang er auf und schlug sich an die Stirn. Aufgeregt wählte er die Nummer der Gerichtsmedizinerin: „Eine Frage. Könnten die beiden Stichwunden unseres Opfers vielleicht von einer großen Schneiderschere verursacht worden sein? Der Bräutigam hat nämlich ausgesagt, dass seine Zukünftige auf dem Weg zum Schneider gewesen sein soll. Wie bitte? Dacht ich's mir doch". Er knallte den Hörer auf die Gabel und rannte aus dem Zimmer, über den Flur in Fraukes Büro: „Ich weiß jetzt wer der Täter ist. Es war der Schneider". Die Kommissarin schaute ihn mit großen Augen an: „Was, ihr Exfreund hat sie umgebracht?" Riemer schien verzweifelt: „Du verstehst mich nicht. Es war der Schneider". Frauke nickte: „Ja doch! Wie du weißt habe ich den Exfreund verhört. Und der ist nun mal auch der Schneider, der das Brautkleid anfertigen sollte". Werner Riemer rang nach Luft. Verflixt, mit dieser Information hätte er den Fall schon viel früher lösen können. Mit leichter Verzweiflung in der Stimme quetschte er hervor: „Hättest du das nicht früher sagen können? Aber das ist wieder einmal typisch für euch Frauen. Ihr redet von allem Möglichen, aber das Wichtigste lasst ihr aus".

Alles nur Verarsche

Die meisten Menschen, denke ich jedenfalls, haben aufgehört Dinge zu hinterfragen. Ich glaube aber, nur weil man bestimmte Sachen von Kindesbeinen an kennt, müssen die ja nicht unbedingt gottgegeben sein. Um ein Beispiel anzuführen, möchte ich als erstes gern den sogenannten Zebrastreifen nennen. Im Beamtendeutsch als Fußgängerüberweg, früher als Dickstrichkette bezeichnet. Damit werden Stellen markiert, an denen die Fußgänger nicht von Autos überfahren werden dürfen. Aber haben Sie sich schon mal ein Zebra angeschaut? Da finden Sie weder weiße noch schwarze Vierecke. Alles nur fließende Muster. Ich denke, wir werden hier schlichtweg verarscht. Mein Freund Andreas hat gemeint, der Name wäre eine Abkürzung von „**Z**eichen **e**ines **bes**onders **r**ücksichtsvollen **A**utofahrers", und hätte früher auf Stickern gestanden, die man umsichtigen Fahrern, welche dort bremsten, auf die Windschutzscheibe geklebt habe. Andreas kann ich nun auch nicht mehr alles glauben. Von wegen Aufkleber fürs Anhalten. Gar nichts habe ich bekommen. Und zwar jedesmal nicht, wenn ich dort angehalten habe. Aber als ich nur ein einzigstes Mal an so einer Dickstrichkette nicht stoppte, durfte ich 80 € blechen. Die Begründung war, dass ich einen Bevorrechtigten am Überqueren der Straße gehindert hätte. Da frage ich mich doch, wieso dieser Schnösel mit seinen grünen Haaren bevorrechtigt war. Ich möchte mal den Artikel 3 des Grundgesetzes zitieren: „Niemand darf wegen seines Geschlechtes, seiner Abstammung, seiner Rasse, seiner Sprache, seiner Heimat und Herkunft, seines Glaubens, seiner religiösen oder politischen Anschauungen benachteiligt oder bevorzugt werden". Haben Sie's gelesen? Es darf auch niemand bevorzugt werden. Auch nicht, wenn er grüne Haare hat. Wieso benachteiligt man dann harmlose Autofahrer wie mich? Schließlich ist mein Auto doch meine Religion. Aber gottseidank habe ich auch noch einen Punkt für die Sünderkartei in Flensburg bekommen. Da kann ich jetzt an der Supermarktkasse auf die Frage „Sammeln Sie Punkte?" endlich mit „Ja" antworten. Aber mal was anderes. In einer Fernsehwerbung protzt neuerdings ein Discounter, dass er jetzt auf seine Jogurtbecher keine zusätzlichen Deckel mehr stülpt, und deswegen durch Einsparung von hunderten Tonnen Plastik der Umwelt etwas Gutes tut. Verarsche! Die sollten lieber zugeben, dass sie in der Vergangenheit über Jahrzehnte hinweg die Umwelt mit sinnlosem Plastikmüll bombardiert haben. Noch was. Kennen Sie die blöde Formulierung „Für einen guten Zweck"? Da werden immer wieder die Rundfunkgebühren erhöht, aber die öffentlich-rechtlichen Sender hauen ungebremst Kohle für einen guten Zweck raus. Teilweise in Höhe von 30.000 oder sogar 50.000 €. Die nehmen unsere Gebühren und verschenken sie an irgendwelche Projekte, bei denen ich nicht einmal nachprüfen kann, wer dann das Geld im Endeffekt in die Tasche steckt. Und vor allem hat mich kein As gefragt, ob ich das überhaupt will. Oder nehmen wir mal den Laizismus, also die Trennung von Kirche und Staat. Frankreich hat das bereits 1905 eingeführt. Und in Deutschland? Da gibt es ein sogenanntes Staatskirchenrecht, auch Religionsverfassungsrecht genannt. Hallo? Unsere Politiker dulden neben dem Grundgesetz eine zweite Verfassung? Und das Schönste ist, darin steht unter anderem: „Als Religionsgemeinschaften nach dem Grundgesetz steht ihnen zudem das sogenannte Selbstbestimmungsrecht zu". Mit anderen Worten, du brauchst hierzulande nur eine anerkannte Religionsgemeinschaft zu gründen, und dann kannst du machen was du willst. Ja wo leben wir denn? Was ist aus dem viel zitierten Gleichheitsgrundsatz geworden? Ich darf wieder einmal zitieren. Diesmal das Allgemeine Gleichbehandlungsgesetz (AGG). Da heißt es schon im § 1: „Ziel des Gesetzes ist, Benachteiligungen aus Gründen der Rasse oder wegen der ethnischen Herkunft, des Geschlechts, der Religion oder Weltanschauung, einer Behinderung, des Alters oder der sexuellen Identität zu verhindern oder zu beseitigen". Also darf demnach auch ich als Person nicht benachteiligt werden, auch nicht von der Kirche. Aber das Einziehen von Kirchensteuern bedeutet doch wohl eindeutig eine finanzielle Benachteiligung. Es gibt in diesem Land übrigens noch weit mehr Ungerechtigkeiten. Sportlern zu

Beispiel wirft man Millionen in den Rachen, und Bettler können zusehen, wo sie die nächste Flasche Schnaps herkriegen. Wer sagt denn, das ein Bettler nicht auch den Grand Prix in der Formel 1 gewinnen könnte, wenn man ihm 500.000 € für die Anschaffung eines Rennwagen schenken würde. Aber in der Regel werfen die Leute ja nur Klimpergeld in den Hut, weil heutzutage keiner mehr ein Herz für den anderen hat. Oder was ganz anderes. Vom öffentlich-rechtlichen Rundfunk haben wir ja schon geredet. Aber was ist mit den Privatsendern? Die finanzieren sich ohne schlechtes Gewissen aus Werbeeinnahmen. Und die Werbeclips werden auch noch von Schnipseln irgendwelcher Filme unterbrochen. Mir wird durch diese Werbung vorgegaukelt, ich könne getrost das eine oder das andere Produkt kaufen. Und ich Dussel bin auch noch darauf hereingefallen. Ich habe mir zum Beispiel einen Anrufbeantworter gekauft. Aber der beantwortet keine Anrufe, sondern zeichnet nur den Käse auf, den andere Leute ins Telefon gebrabbelt haben. Man sollte sowas verbieten. Wird ja sonst auch alles verboten. Meinen Laubsauger wollen die auch verbieten. Weil Kleingetier auch mit aufgesaugt wird. Ich sage da nur: „Gottseidank ist das Viehzeug weg!" Oder mögen Sie es, wenn Spinnen auf Ihnen herumkrabbeln? Mein Nachbar hat gesagt, dass Laubsauger darüber hinaus auch Kohlenwasserstoffe, Stickoxide und Kohlenmonoxid ausstoßen. Ich habe mal im Internet recherchiert. Das sind doch alles Stoffe, die sowieso im Universum vorkommen. Auch auf anderen Planeten. Das bringt mich zur nächsten Sache. Unser Erdenplanet entfernt sich pro Jahr ungefähr 15

Zentimeter von der Sonne. Irgendwann fliegen wir dann aus unserem Sonnensystem raus. Das kommt bloß davon, weil wir ständig Sonden ins All schießen und jede Menge Satelliten in die Umlaufbahn bringen. Dadurch wird natürlich unser blauer Planet immer leichter, und somit schwindet die Massenanziehungskraft. Aber wird deshalb die Raumfahrt eingestellt? Nein! Mit gesundem Menschenverstand darf man Forschern einfach nicht kommen. Aber was mich am allermeisten aufregt, das sind diese komischen Schilder, die in Hemden oder Pullovern hinten oben eingenäht sind. Die kratzen wie die Pest und sollten von Rechts wegen verboten sein. In Deutschland gibt es zigtausend Gesetze, aber eben für diese Schildchen nicht. Das ist wieder Mal ganz typisch für dieses Land. Ich denke, dass hier meine Interessen einfach nicht vertreten werden. Deshalb habe ich auch an die Regierung geschrieben, dass ich dieses Land verlassen werde, wenn sich nicht bald etwas ändert. Und wissen Sie, was die geantwortet haben? Es stünde mir frei. Die verarschen mich doch!

Die Spieluhr

Der Mensch muss manchmal tanken. Damit meine ich nicht, das er sich bisweilen besaufen soll. Ich wollte damit sagen, dass man gelegentlich sein Auto volltanken muss. Sonst bleibt die Karre nämlich irgendwann stehen. Und das kann Ärger bedeuten: In der Stadt, dass man mit dem Kanister, so man überhaupt einen vorweisen kann, mittels seinen gequälten Senk- und Spreizfüßen bis zur nächsten Tankstelle traben muss, auf der Autobahn, dass einem ein Bußgeld von 35 € ins Haus steht. Nun könnte man ja annehmen, dass ein Auto, welches frisch aus der Werkstatt kommt, auch über eine funktionierende Tankanzeige verfügt. Ja denkste! Die haben zwar den Blechschaden am Heck meisterhaft repariert, aber dass bei dem Auffahrunfall der Sensor im Benzintank über den Jordan gegangen ist, hat keine Sau zur Kenntnis genommen. Wenn ein Privatdetektiv, wie ich zum Beispiel, derart lax an seine Fälle herangehen würde, dann blieben die meisten ungelöst. Aber das hat diesen Gesetzeshüter von der Autobahnpolizei nicht im Geringsten interessiert. Er hat dann einfach den ADAC angerufen, der mich bis zur nächsten Tankstelle geschleppt hat. Ich habe dem Pannenhelfer gesagt, dass er die Rechnung für diese freundliche Dienstleistung an die Polizei schicken soll. Schließlich gilt in Deutschland immer noch, wer die Musik bestellt, der muss sie auch bezahlen. Ich kann ja in der Gaststätte auch nicht ein Fünf-Gänge-Menü für den Kerl am Nachbartisch bestellen, und dann erwarten, dass dieser anstandslos dafür blecht. Und die 35 € Bußgeld habe ich der Werkstatt mit einem bitterbösen Brief in Rechnung gestellt. Denn man kann doch annehmen, dass ein Auto, welches frisch aus der Werkstatt kommt, … aber das habe ich ja vorhin schon erwähnt.

Es war so gegen 15:30 Uhr, meine Bürotür öffnete sich, und Gunnar, der Chef von meiner Autowerkstatt, trat zögerlich ein. Ich muss wohl besser sagen, nicht von meiner Werkstatt, sondern von der Werkstatt, wo ich bisher immer mein Auto reparieren ließ. Gunnar ist in meinen Augen so etwas wie die Vorstufe einer Inselbegabung. Wenn er den Mund aufmacht, dann hat man oft den Eindruck, dass er nicht unbedingt die hellste Kerze auf der Torte ist. Aber als Mechaniker ist er einfach Spitzenklasse. Gunnar ist wirklich ein richtig guter Kerl, aber diesmal blickte er etwas finster. „Aha", dachte ich, „jetzt will er mit mir über die 35 € diskutieren". War aber nicht so. Er setzte sich, faltete die Hände vorm Bauch und blickte zu Boden: „Levin, wie du weißt, kennen wir uns schon seit Jahren, und du bist doch Privatdetektiv. Ich hätte da mal ein Anliegen an dich. Und ich würde dir auch kostenlos die Tankanzeige reparieren, die du in deinem Brief erwähnt hast, und auch bei der nächsten Durchsicht mit dem Preis heruntergehen". Ich stellte mich stur: „Das wird wohl kaum reichen. Ich bekomme in der Regel zweihundert am Tag". Er riss gewaltig die Augen auf: „Wenn ich das gewusst hätte, wären deine bisherigen Rechnungen höher ausgefallen". Ich grinste: „Aha, und wenn du wissen würdest, dass es Monate gibt, in denen ich rein gar nichts verdiene, dann würdest du mein Auto zukünftig umsonst reparieren. Habe ich das so richtig verstanden?" Er ließ prompt seine Augendeckel wieder herunterklappen: „Gar nichts? Wusste ich nicht. Aber weswegen ich hier bin, man hat mir meine Spieluhr geklaut. Weißt du, die immer hinten in der Werkstatt stand. Und wo oben auf der Schachtel ein kleines Modell vom Ford A Victoria draufgeklebt war. Die ist weg. Samt der kleinen Kurbel und dem Automodell. Kannst du mir die wiederbeschaffen?" Ich drehte langsam mehrmals meinen Kopf hin und her: „Mann, wie soll ich das anfangen? In einer stark frequentierten Autowerkstatt, wo neben Dreck, Benzin und Öl hunderte von alten und neuen Spuren zu finden sind? Das ist ein Ding der Unmöglichkeit. Weißt du was, ich besorge dir lieber eine neue Spieluhr. Einverstanden?" Er stand enttäuscht auf: „Nee, lass man!" Dann schlich er sich aus meinem Büro, und es sah von hinten aus, als würden seine Ohren auf dem Boden schleifen.

„Verdammte Kacke nochmal!" Ich schlug wütend mit der Faust auf den Tisch. Meine neu angeschaffte Kaffeetasse schien sich über diese Abwechslung regelrecht zu freuen, denn sie hüpfte quietschvergnügt in die Höhe. Bei ihrer Landung wollte der enthaltene Kaffee wissen, was hier eigentlich gespielt wurde, und schwappte neugierig über den Tassenrand. Mein verzweifelter Versuch, das frischaufgelegte Tischtuch vor der braunen Flüssigkeit zu schützen, scheiterte kläglich. Mal abgesehen von einem verbrühten Handrücken. Der Grund meines Ärgers bekam auch einen gehörigen Teil des Heißgetränks ab. Aber meine Schadenfreude über einen bekleckerten Steuerbescheid hielt sich dann doch einigermaßen in Grenzen. Ich hatte im Gegensatz zum Vorjahr rund sechzig Euro mehr eingenommen, muss aber siebzig nachzahlen. Da soll doch der Teufel drein fahren! Blicken die noch durch? Bestimmt haben die auch keine Blumen in ihrem Amt, weil das ungesund im Schlafzimmer ist.

Wie üblich traf ich um 9:00 Uhr im Büro ein, schloss die Tür von innen zu, holte die versteckte Flasche aus dem Bücherregal und bewässerte ein zylindrisches Glas mit äußerst schmackhaftem Bourbon. In der Regel tat ich das immer so, dass die Flüssigkeit zwei Finger hoch in dem Gefäß stand. Aufgrund meiner hervorragenden Laune an diesem Tag, erreichte das Getränk diesmal die Höhe von mindestens drei Fingern. Nun ist es ja so, dass kleine Mengen Bourbon entspannend und aufmunternd auf das menschliche Gehirn wirken. Diesmal schien aber das Zeug in meinem Hirn auf den Botenstoffwechsel zu wirken, und dabei die Signalverarbeitung zu hemmen. Nur so lässt sich erklären, dass ich meine Bürotür erst um 10:15 Uhr öffnete, also eine Viertelstunde später, als draußen angeschrieben war. Vor der Tür stand mit einer Plastiktüte in der Hand Gunnar und blickte mich an wie ein Dackel, dem man den Schwanz kupiert hatte. Er nahm umständlich seine ölverschmierte Kappe ab: „Ich warte hier schon eine Viertelstunde". Ich bat ihn herein: „Warum hast du nicht geklopft? Setz dich doch! Hast du's dir überlegt? Soll ich dir eine neue Spieluhr besorgen, oder kaufst du dir selbst eine?" Er schüttelte den Kopf und gab eine ganze Weile keinen Ton von sich. Dann sagte er leise: „Sie ist wieder da. Ich hab sie hier im Beutel. Sie stand heute Morgen wieder auf ihrem Platz". Ziemlich verwundert sagte ich: „Das ist doch prima. Bestimmt hat sie bloß einer beim Aufräumen zur Seite gestellt. Aber sag mal, wenn das Ding wieder da ist, was willst du dann eigentlich noch von mir?" Er ließ sich erneut Zeit mit der Antwort: „Es ist nicht alles wieder da.

In der Schachtel ist ein Fach. Und da hat was drin gelegen. Das ist jetzt weg". Ich zog die Brauen hoch: „Ja, und
was? Mensch rede! Wenn ich dir das Zeug wiederbeschaffen soll, muss ich ja wohl wissen, was es war". Er
drehte den Kopf zur Seite: „Fotos. Von mir und einer jungen Frau. Nackt, wenn du weißt was ich meine". Sein
Kopf schnellte zurück: „Aber du darfst das nicht meiner
Frau sagen!" Ich winkte ab: „Wenn einer die Bilder gefunden hat, dann werde wohl kaum ich es sein, der das
deiner Frau unter die Nase reibt". Seine Verzweiflung
war deutlich am Klang seiner Stimme zu spüren: „Schau
dir doch das Ding bitte mal an. Vielleicht findest du Fingerabdrücke". Er holte die Spieluhr aus dem Beutel, und
stellte sie vor mich hin. Ich wehrte vehement ab: „Selbst
wenn ich dort Fingerabdrücke finde, womit soll ich sie
denn vergleichen? Doch höchstens mit deinen und denen
deiner Mitarbeiter. Aber ihr könnt doch alle das Ding an-
gefasst haben. Beim Saubermachen oder beim Umräu-
men. Abdrücke würden da absolut nichts beweisen. Aber
dir zuliebe werde ich das Gerät mal untersuchen. Lass
das Ding einfach da". Er nickte deprimiert, setzte seine
Kappe wieder auf, und verließ bedächtig mein Büro. Ungefähr sechs Minuten später steckte eine Frau ihren Kopf
durch den Türspalt: „Ist er weg?" Obwohl ich mir schon
denken konnte, wen sie meinte, fragte ich scheinheilig:
„Wer?" Sie trat schnell ins Zimmer und schloss die Tür
hinter sich: „Gunnar. Ist er weg?" Ich vollführte eine ausladende Handbewegung: „Sehen Sie ihn irgendwo?" Sie
setzte sich, brachte umständlich ihren Faltenrock in
Form, und sagte bittend: „Sie müssen mir helfen! Es wird

134

auch Ihr Schade nicht sein". Bums, und schon übernahm das Geldzentrum in meinem Hirn meine Handlungen und Worte: „Was kann ich tun?" Sie zierte sich noch ein wenig, und ließ dann die Bombe platzen: „Ich bin die Frau von Gunnar, und ich habe zufällig ganz bestimmte Bilder in der Spieluhr entdeckt. In der, die da vor Ihnen steht. Wussten Sie, dass Gunnar nächste Woche Geburtstag hat?" Ich begriff nicht ganz: „Was hat das eine mit dem anderen zu tun?" Sie schmunzelte: „Ich habe die Fotos umgedreht und ein Datum entdeckt. Und dieses Datum liegt vor dem Zeitpunkt, an dem Gunnar und ich uns kennengelernt haben. Trotzdem habe ich an seinem Verhalten bemerkt, dass er ein fürchterlich schlechtes Gewissen hat. Braucht er ja aber gar nicht. Nun ist mein Gunnar unheimlich knausrig. Wenn ich Geld von unserem Privatkonto abheben würde, um ein Geburtstagsgeschenk für ihn zu kaufen, könnte ich wetten, dass ich die nächsten drei Jahre nichts zu lachen hätte. Also will ich ihn mit den Bildern erpressen, um dann von dem Geld sein Geschenk zu besorgen. Ich habe aber Angst, dass Gunnar zu Polizei latscht, und dann fliegt alles auf. Also dachte ich in einem Erpresserbrief zu bestimmen, dass Sie als sein Freund der Überbringer des Geldes sein sollen. Und Sie geben es dann eben mir. Nach Abzug Ihres Honorars natürlich. Würden Sie das für mich tun?" Ich musste tief Luft holen. Mir ging es wie dem sprichwörtlichen Esel, der zwischen zwei Heuhaufen verhungerte, weil er sich nicht für einen entscheiden konnte. Einerseits ist Erpressung kein Kinderspiel, andererseits ist mir ein Honorar immer willkommen. Zögernd fragte ich: „An welche

Summe hatten Sie denn so gedacht?" Sie lehnte sich selbstbewusst zurück und verschränkte die Arme: „Er wünscht sich schon seit langem ein Motorrad. Eine K 1600 GTL, ist aber viel zu geizig sich eine zu kaufen. Die kostet rund 27.000 €. Und mit zusätzlichen 3.000 für Sie, wären wir bei einer runden Summe. Machen Sie mit?". In meinen Augen waren garantiert zwei Euro-Zeichen zu sehen, als es aus mir heraussprudelte: „Mach ich!"

Am nächsten Morgen zwackte mich das Gewissen. Mein armes, gebeuteltes Gehirn krampfte sich förmlich unter der Last zusammen, eine Lösung aus dem Dilemma zu finden. Die Wörter ‚Erpressung‘ und ‚Privatdetektiv‘ widersprechen sich doch schon im Keim. Unter der Dusche fiel mir auf, dass ich noch gar nicht meine Zähne geputzt hatte. Sonst schrubbe ich mir stets vor dem Duschen meine Beißerchen. Am Frühstückstisch war ich dann immer noch so in Gedanken, dass ich erst aufhörte Kaffee einzugießen, als die Plempe bereits über den Rand der Tasse floss. Die Krone aber wurde dem Frühstück durch das Ausspucken eines halbzerkauten Brötchens aufgesetzt. Luxussenf ist eben nur so lange etwas Feines, solange das Glas nicht genauso anmutet wie die Pfirsichmarmelade. Als ich mit meinem kleinen Auto zum Büro sauste, schoss plötzlich ein genialer Gedanke wie ein Blitz durch mein Hirn. Unwillkürlich trat ich auf die Bremse. Nur durch die Geistesgegenwart des Fahrers im Wagen hinter mir blieb das Heck meines Flitzers vor einem erneuten Blechschaden verschont. Ich weiß bis heute nicht was lauter war; das Gefluche dieses Fahrers oder das Quietschen seiner Autoreifen. Trotzdem kam ich in absolut traumhafter Stimmung in meinem Büro an. Meine gute Laune verflog auch nicht, als Gunnar in mein Büro gepoltert kam: „Die wollen mich erpressen. Dreißigtausend. Ich habe jahrelang die Moneten mühevoll zusammengekratzt, und die wollen mir das Geld einfach wegnehmen. Die haben geschrieben, dass sie genau wüssten, dass ich zweiunddreißigtausend Piepen auf meinem Privatkonto habe. Was soll ich bloß tun?" Das Lächeln in meinem Gesicht verbreiterte sich: „Ich habe die Lösung. Wenn die dein Konto überwachen können, dann braucht doch bloß deine Frau ein sauteures Geburtstagsgeschenk für dich zu kaufen, dann ist euer gemeinsames Konto leer, und du hast den Erpressern in die Nase gefurzt. Gibt es vielleicht nicht eine Sache, die du dir schon lange wünschst?" Man konnte beobachten, wie die Spannung aus seinem Körper wich: „Ein Motorrad. Und du glaubst, das funktioniert?" Ich antwortete im Brustton der Überzeugung: „Und ob! Glaub mir, ich kenne das aus meinen Erfahrungen mit anderen Erpressungen". Er ging, und ich hatte schon wieder ein schlechtes Gewissen. Was solls! Es war ja nur eine Notlüge. Und aufgrund meiner brillanten Idee hatte ich nun nichts mehr mit diesem ganzen Erpressungsquatsch zu tun.

„Du musst dir bei Gelegenheit unbedingt meine Karre mal ansehen! Und von den Erpressern habe ich auch nichts wieder gehört. Du bist genial und ab jetzt ein VIP-Kunde in meiner Werkstatt. Danke vielmals, Kumpel!"

Dann ging er, nein, Gunnar schwebte aus der Tür. Fünf Minuten später kam seine Frau: „Ist er weg? Hier, Ihr Honorar. Es sind aber nur Tausendfünfhundert, weil Sie sich nicht an den ausgemachten Plan gehalten haben. Sie können mich ja deshalb verklagen, aber dann schwöre ich einfach vor dem Staatsanwalt, dass Sie Komplize bei einer Erpressung gewesen sind". Sie klatschte mir ein, wie ich fand, viel zu dünnes Bündel Scheine auf den Schreibtisch und stelzte charmant lächelnd aus der Tür. Weiber!

Hans hat Glück

Eigentlich hätte die Überschrift ‚Hans im Glück' lauten sollen. Aber da bereits seit Längerem das gleichnamige Märchen existiert, wäre das wohl ein Plagiat gewesen. Und die deutsche Geschichte belegt anschaulich, dass durch Plagiate sogar gelegentlich wunderschöne Doktortitel in Rauch aufgehen können. Das Internetlexikon Wikipedia sagt übrigens: „Ein Plagiat (… lateinisch plagiārius ‚Seelenverkäufer …') ist die Anmaßung fremder, geistiger Leistungen". Wobei wir wieder bei Hans wären. Der hatte nämlich im übertragenen Sinne auch seine Seele verkauft. Genauer gesagt, sein Herz und seine Seele. Eine gewisse Gertrud war neuerdings die Besitzerin dieser persönlichen Dinge. Hans hatte sich nämlich mit allen Fasern seines Körpers in Gertrud verknallt. Und wie sagt man so schön? Wem die Liebe in den Kopf steigt, dem rutscht der Verstand in den Arsch. Man muss nämlich wissen, dass Gertrud die Ehefrau seines Chefs war, bei dem er seit sieben Jahren arbeitete. Der Mann nannte seine Frau übrigens immer ‚Goldstück'. Die Frau, die eigentlich aufgrund ihrer Körperfülle mehr einen Goldklumpen darstellte, war ihrerseits nicht abgeneigt von einem jungen Burschen verehrt zu werden. Und so kam es, dass der Ehemann die beiden in einer unzweideutigen Stellung erwischte. Daraufhin wurde Hans gekündigt, und die Frau von ihrem wütenden Ehemann aus dem Haus geworfen. So trabten nun Hans und sein Goldstück ziemlich bedröppelt nebeneinander über die staubige Straße in Richtung der Heimatstadt des jungen Mannes. Im Märchen wird diese Situation recht euphemistisch ausgedrückt: *Hans hatte seinem Herren sieben Jahre treu gedient und erhielt als Lohn einen Klumpen Gold. Als er nun mit seinem schweren Goldklumpen auf der staubigen Straße heimwärts wanderte...* Gegen Abend, als die Sonne hinter dem Horizont verschwand, kehrten die zwei in einer billigen Absteige ein. Sie saßen zufällig beim Essen mit einem anderen Pärchen zusammen, mit welchem sie dann auch noch ein paar Flaschen Wein leerten. Die Frau hatte ein längliches Gesicht und recht große Zähne. Allerdings auch eine ausladende Brust sowie einen bezaubernden Körper. Die zuletzt genannten Attribute berauschten Hans die Sinne und erzeugten eine heftige Begehrlichkeit, was der Partner der Pferdegesichtigen sofort bemerkte. Im Märchen kann man dazu lesen: *Hans seufzte: »Ach, das Reiten ist doch etwas Schönes!« Das hörte der Reiter und sagte:*

»Wollen wir nicht tauschen? Du gibst mir deinen Gold-klumpen und nimmst mein Pferd dafür«. Mit anderen Worten, die Pärchen vereinbarten einen Partnertausch. Und so kam es, dass Hans am nächsten Tag mit einer neuen Partnerin durch die Landschaft trabte. Da aber bei der Großzähnigen inzwischen der Alkoholpegel gesunken war, und sie eigentlich von Hans nichts wissen wollte, gab sie diesem einem Schubs, sodass er in den Straßengraben kullerte, und rannte davon. Im Märchen heißt das: *Als aber das Pferd zu galoppieren begann, lag Hans bald im Straßengraben.* Als unser Glückskind aus dem Graben gekrabbelt war, kamen ein Bauer und seine Frau des Wegs. Sie konnten sich wohl nicht mehr recht leiden, denn er beschimpfte seine Gattin als blöde Kuh, während sie ihm androhte, mit dem nächstbesten Mann durchzubrennen. Als die beiden unseren Hans entdeckten, lief die Frau auf ihn zu und hakte sich bei ihm unter. Der Bauer rief erbost, dass Hans seine Frau getrost behalten solle, falls er eine dumme Kuh gebrauchen könne. Und wenn er wolle, könne er sich auch noch die Melkmaschine dafür bei ihm abholen, er selbst wolle nichts mehr mit Kühen und Milch zu tun haben. Der Hans im Märchen denkt sich an dieser Stelle: *So eine Kuh ist doch besser, die geht langsam und gibt auch noch Milch!* Aber der Hans in der Realität hatte wie der Hans im Märchen nicht lange Freude an der Bäuerin. Kaum war der Bauer außer Sichtweite, stieß sie ihn weg und ging ihrer Wege. Mutterseelenallein schritt Hans durch die nächste Stadt auf der Suche nach einer Bleibe. Eine leicht bekleidete Frau flüsterte ihm ins Ohr, dass sie mit ihm für wenig

Geld das Bett teilen würde. Und sie offenbarte ihm auch noch, dass sie im Bett ein richtiges Schwein wäre. So kam Hans, genau wie im Märchen, von der Kuh zu so etwas wie einem Schwein. Aber am nächsten Morgen wollte die Frau nicht mit ihm zusammen weiterwandern. Er ging also allein weiter, bis er auf ein Pärchen traf, das sich auf offener Straße stritt. Die Frau nannte den Burschen einen Blödmann, und er beschimpfte sie als blöde Gans. Als Hans an den beiden vorüber ging, lief die Frau einfach neben Hans her. Der glaubte schon, eine neue Weggefährtin gefunden zu haben. Aber sie sprach kein Wort mit ihm, und als sie an einem See vorbei kamen, entkleidete sie sich und schwamm davon. So wurde Hans das Gänschen los. Dann traf er einen Mann, der einen großen Mühlstein schleppte. Er war wohl Restaurator und wollte eine historische Mühle instand setzen, oder so etwas ähnliches. Der Mann sprach unseren Hans an, ob er ihm nicht ein wenig helfen wolle, und für kurze Zeit den Stein für ihn tragen. Kaum aber hatte er unserem Hans das Ding aufgehalst, verschwand er in einer Kneipe, um ein paar Bier zu zischen. Hans wurde die Sache zu dumm, und er warf den Stein von der Brücke in den Fluss. *Da dankte er Gott, dass er ihn von dem schweren Stein befreit hatte. »Ich bin der glücklichste Mensch auf der Welt«, rief er und wanderte mit leichtem Herzen und frei von aller Last nach Haus zu seiner Mutter.* So kam unser Hans von einem Goldstück über Pferd, Kuh, Schwein und Gans zu leeren Händen. Und so entstehen Märchen.

Der Fall Obermann

„Wenn du fertig bist, dann räume ich jetzt ab!" Kommissarin Wiegand stellte die Frühstücksteller übereinander, und stapelte geschickt die Bestecke obenauf. Auf dem Weg zur Küche sagte sie beiläufig: „Übrigens hat Carla gestern Abend noch angerufen, während du süß vor dem Fernseher geschlummert hast. Dennis und sie haben ein paar Tage Urlaub, und wollen so etwas wie eine Deutschlandrundreise mit der kleinen Ulrike unternehmen. Zuerst fahren sie zu Dennis Eltern, dann zu der Familie seines Bruders, und am Samstag kommen sie zu uns". Kommissar Riemer rief ihr hinterher: „Moment! Carla weiß aber, dass ich hier bei dir eingezogen bin. Für drei weitere Personen ist doch gar kein Platz mehr. Und das letzte Mal konnte ich nicht schlafen, weil Ulrike die ganze Nacht geplärrt hat". Frauke Wiegand kam mit einem Tuch zurück und wischte den Tisch ab: „Hab dich nicht so! Erstens ist Ulrike jetzt etwas älter, und zweitens schlafen die drei im Hotel Maritim. Und am Sonntag werden wir alle fünf zusammen etwas unternehmen. Was sagst du?" Der Kommissar war alles andere als erfreut und rutschte betreten auf seinem Stuhl hin und her. Kommissarin Wiegand bohrte nach: „Nun sag endlich mal was!" Bevor Riemer antworten konnte, klingelte sein Smartphon. Er drehte den Kopf zur Seite und presste das Handy ans Ohr: „Wer auch immer das ist, Ihr Anruf ist mir hochwillkommen!"

Hauptkommissar Hohlbach saß wie gewöhnlich kerzengerade hinter seinem Schreibtisch, während sich Riemer davor lässig auf einen der Polsterstühle drapiert hatte. Hohlbach räusperte sich ziemlich umständlich: „Also Riemer, tut mir leid dass ich Sie beim Frühstück gestört habe! Ach was, um ehrlich zu sein, tut es mir gar nicht leid. Und dass Sie eine halbe Stunde früher in der Dienststelle sein mussten, ist für ihren verwöhnten Körper vielleicht mal ganz gut". Kommissar Riemer veränderte seine Körperhaltung um eine winzige Nuance: „Was für meinen Körper gut oder nicht gut ist, geht Sie einen feuchten Kehricht an. Und wenn Sie sich in Ihrem Lions Club zu Gunsten Notleidender besaufen, sage ich ja auch nichts". Hohlbach sprang auf: „Das ist unerhört! Mich können Sie beleidigen so lang Sie wollen, aber nicht den Club!" Riemer breitete die Arme aus: „Gut, wenn Sie es so haben wollen, dann werde ich Sie demnächst wieder einmal beleidigen. Aber erst, wenn noch jemand außer uns beiden dabei ist. Alleine macht mir das keinen Spaß". Worauf sich Hohlbach wieder setzte und zischte: „Bei der nächsten Beförderung werden Sie wieder übergangen, darauf gebe ich Ihnen mein Wort! Und damit Sie es wissen, Sie haben am Sonntag Bereitschaftsdienst". Riemer zuckte mit den Schultern: „Na und, dann lasse ich eben mein Handy eingeschaltet". Hohlbach hob den Zeigefinger: „Oh nein, so einfach mache ich es Ihnen nicht. Sie werden sich schön in unserer Dienststelle aufhalten, und zwar den ganzen Tag! Da gibt es noch einige ungelöste Fälle, die erneut gesichtet und begutachtet werden müssen". Riemer stand mit einem flüchtigen Lächeln auf: „Vielen Dank, Chef! Sie wissen gar nicht, was Sie mir für einen großen Gefallen getan haben".

Frauke Wiegand saß puterrot hinter ihrem Schreibtisch und war außer sich: „Wie bitte? Das hast du doch mit Absicht gemacht! Ich weiß ganz genau, dass du Familientreffen hasst". Kommissar Riemer zog die Schultern hoch, und zwar soweit er konnte: „Ich? Ich habe gar nichts gemacht. Hohlbach hat mich dazu verdonnert. Am besten, du gehst gleich zu ihm. Da kannst du die Affenfresse persönlich fragen!" Dann drehte er sich um und verließ Fraukes Dienstzimmer. Beim Überqueren des Flurs pfiff er ein kleines Liedchen vor sich her. Und Kommissarin Wiegand war sich in diesem Moment ganz sicher, dass sie am Abend im Bett garantiert Kopfschmerzen bekommen würde.

Ursprünglich wollte Kommissar Riemer nur die Beine auf den Schreibtisch legen, und sich einen Dreck um die offenen Fälle kümmern. Dann kitzelte ihn doch sein kriminalistischer Spürsinn. Was soll's, er würde einfach eine Akte aus dem Stapel herausziehen, und sich dann darin vertiefen. Schließlich hatte er sonntags hier seine Ruhe. Doch kaum hatte er den ersten Aktendeckel aufgeschlagen, als ihn sein Smartphon störte. Es war Frauke: „Hallo Werner! Du schaust doch gerade die alten Akten durch. Gibt es da eine Akte Obermann? Du weißt doch noch, als wir uns damals zu Weihnachten ausnahmsweise mal nichts schenken wollten, da hat sich doch der Täter in einem Mordfall nach Chile abgesetzt. Und der hieß

Obermann, wenn ich mich nicht gänzlich täusche. Vielleicht findest du in den Fallakten ein Foto von dem Kerl. Ich habe zufällig mitbekommen, dass es hier im Maritim einen Gast gibt, der Obermann heißt, und der angeblich Chilene ist. Aber ich würde so einen Namen nie mit Chile in Verbindung bringen. Also schau mal, was du machen kannst!" Riemer legte auf und breitete mit einem Wisch seines Ellenbogens die gestapelten Akten im Halbkreis auf der Schreibtischplatte aus. Auf einem der Aktenreiter stand tatsächlich deutlich lesbar ‚Obermann'. Man hatte damals nach seiner Flucht ein Foto von ihm sowie seine Fingerabdrücke in der verlassenen Wohnung sichergestellt. Mit der Akte unterm Arm stürzte der Kommissar aus dem Zimmer.

Vor dem Hotel hatte es einen Verkehrsunfall gegeben, was einen längeren Stau verursachte. Riemer parkte seinen Dienstwagen halb auf dem Gehweg, ließ aber den Schlüssel stecken, damit man das Auto nach Auflösung des Staus aus dem Weg fahren konnte, falls er länger im Hotel aufgehalten werden sollte. Er griff sich die Akte, sprang aus dem Wagen, und rannte, so schnell es sein adipöser Körper zuließ, in Richtung Hoteleingang. Im Foyer erwartete ihn bereits Dennis. Der Kommissar wischte sich den Schweiß von der Stirn: „Hey, Schwiegersohn, wo ist Frauke?" Dennis hob den Zeigefinger und antwortete etwas schnodderig: „Eigentlich muss es doch richtigerweise Stiefschwiegersohn heißen". Riemer wurde ungeduldig: „Von mir aus auch Stiefzwilling. Wo, zum Teufel, ist Frauke?" Worauf Dennis den Arm sinken ließ und leise sagte: „Im dritten Stock. Vor dem Zimmer von diesem Kerl. Sie wartet schon sehnsüchtig auf dich". Riemer rannte zu den Aufzügen. Glücklicherweise war gerade einer offen. Die Treppe bis in den dritten Stock hätte sein Körper ohne Zwischenstopp wahrscheinlich nicht mehr geschafft. Frauke riss ihm die Akte aus der Hand, schlug sie auf und betrachtete das Foto: „Das ist der Kerl. Ganz sicher". Dann klopfte sie an die Zimmertür: „Hier ist das Zimmermädchen. Darf ich bei Ihnen saubermachen?" Inzwischen hatte Riemer die Handschellen hervorgeholt, Frauke öffnete vorsichtig die Tür und Riemer preschte hinein. Der Mann war dermaßen erschrocken, dass er keine Gegenwehr leistete. Im Fahrstuhl fragte er dann: „Wollen Sie mir nicht meine Rechte verlesen?" Riemer grinste: „Sie schauen zu viel amerikanische Filme. In Deutschland muss man das erst kurz vor der Vernehmung machen. Also gedulden Sie sich noch eine kleine Weile!"

Auf dem Weg zum Dienst hielt Werner Riemer noch kurz bei einer Apotheke an, um Zahnseide zu besorgen. Als er am Abend vorher zu Frauke Wiegand gesagt hatte, dass die Dose leer sei, hatte sie ihn nur angeblafft. Ihre Laune war immer noch auf dem Nullpunkt, weil sich der Kommissar quasi um eine Familienzusammenkunft gedrückt hatte. In der Apotheke war unerwarteter Andrang, und so kam der Kommissar etwas verspätet in der Dienststelle an. Er wurde sofort zum Chef gerufen. Hauptkommissar Hohlbach trommelte nervös mit den Fingern der rechten Hand auf der Platte seines Schreibtisches herum.

Als Riemer eintrat, sprang er auf: „Sie sind wieder einmal zu spät. Wo kommen Sie jetzt eigentlich her?" Riemer setzte sich unaufgefordert auf einen der Polsterstühle: „Ich war nur schnell mal in der Apotheke". Hohlbach setzte sich ebenfalls wieder: „Sind Sie krank?" Riemer verzog das Gesicht: „Wieso muss ich krank sein, bloß weil ich von der Apotheke komme? Wenn ich vom Friedhof komme, bin ich ja auch nicht tot". Hohlbach überhörte Riemers Antwort, wahrscheinlich weil er keine vernünftige Erwiderung darauf wusste: „Kollege Riemer, als ich sagte, dass Sie sich um die offenen Fälle kümmern sollen, meinte ich damit nicht, dass Sie gleich einen davon lösen müssen". Riemer breitete die Arme aus: „Wenn Ihnen das nicht gefällt, lasse ich den Kerl einfach wieder laufen. Ich gebe ihm dann auch noch schnell das Geld zurück, das er sich aus seinem Bankschließfach geholt hat. Einverstanden?" Hohlbachs Gesicht überzog sich mit einer leichten Röte: „Sie wissen ganz genau, dass ich das nicht so gemeint habe. Aber ich hatte angeordnet, dass Sie sich in der Dienststelle aufzuhalten haben. Diesen Befehl haben Sie missachtet". Riemer drückte sich vom Stuhl hoch: „Und damit Sie es gleich wissen, solche sinnlosen Befehle werde ich auch in Zukunft missachten. Übrigens liegt ein Brief an das Innenministerium mit einer Beschwerde über Sie in meiner Schublade. Ich brauche ihn nur abzuschicken". Dann drehte er sich um und verließ das Büro ohne die Tür hinter sich zu schließen. Er wusste genau, dass das seinen Chef zur Weißglut bringen würde.

Lara und Andy

Andy traf zufällig auf Lara. Bei einem Spaziergang im Park. Sie roch gut. Verdammt gut. Sie saß am äußersten rechten Ende einer grün gestrichenen Parkbank und sah traurig aus. Andy setzte sich auf die linke Seite der Bank. Der Geruch ihres Parfüms gefiel ihm ausnehmend gut. Nach einer Weile fasste er sich ein Herz und fragte nach dem Namen des Duftwassers. Sie blickte verwundert auf: „LA VIE EST BELLE. Warum fragen Sie? Gefällt Ihnen der Duft nicht?" Andy wehrte ab: „Nein, nein! Im Gegenteil! Das ist Französisch, nicht wahr? Es heißt, glaube ich, auf Deutsch ‚Das Leben ist schön‘, richtig?" Sie nickte: „Ja, das heißt es wohl. Auch wenn das Leben nicht immer schön ist". Andy rutschte ein wenig zu ihr hin : „Ach wissen Sie, mein Leben ist auch nicht besonders schön, aber ich bin trotzdem einigermaßen zufrieden. Ich verdiene nicht gerade viel, ich schlafe schlecht. Aber ich habe genug zu essen und zu trinken. Das ist doch schon mal was". Sie schien verwundert: „Und trotzdem sind Sie zufrieden?" Andy lächelte: „Na ja, manchmal bin ich schon neidisch. Zum Beispiel immer dann, wenn ich ein Pärchen vorübergehen sehe. Aber ich bin doch arm und könnte einer Frau nichts bieten. Eine reiche Frau möchte ich jedoch nicht. Die könnte mein Leben nicht verstehen, und würde bestimmt versuchen mir ihren Lebensstil aufzuzwingen. Aber Geld verdirbt das, was einen Menschen im Allgemeinen ausmachen sollte. Und eine arme Frau möchte ich nicht mit mir belasten. Ich würde ihr nur die Chance versauen, einen reicheren

Mann kennenzulernen. Hin und wieder träume ich schon von einer Umarmung. Aber ich schwatze hier ständig nur von mir, und Sie haben doch ihr eigenes Päckchen zu tragen. Stimmts? Sie sehen nämlich ganz schön traurig aus". Lara nickte: „Schon, aber ich möchte jetzt nicht davon sprechen. Vielleicht morgen, falls Sie dann wieder hier sind". Sie stand auf und ging davon, ohne sich umzusehen. Lediglich ein leichtes Fähnchen ihres Geruchs schwamm noch einige Zeit in der Luft.

Der nächste Tag war ein Samstag. Andy war nervös, wusste aber selbst nicht so genau warum. Er ging etwas früher in den Park als sonst. Die Bank war erwartungsgemäß noch leer. Nur ein Holzsplitter stand nach oben, den Andy vorsichtig entfernte, bevor er Platz nahm. Es vergingen Minuten, die dem Wartenden wie Stunden erschienen. Endlich kam die Fremde von gestern. Das Gehen schien ihr etwas schwerer zu fallen, als am Vortag. Als sie vor Andy stand kicherte sie schrill: „Du bist ja schon da!" Dann ließ sie sich rücklinks auf die Bank fallen, was diese mit einem lauten Knacken illustrierte. Lara rief: „Ups! Hat ja gar nicht weh getan!" Andy wusste nicht genau, was er von der Situation halten sollte. Also stand er auf und spulte zunächst das ab, was er sich schon am Morgen zurechtgelegt hatte: „Ich möchte mich vorstellen, mein Name ist Andy Ruppler. Und wer sind Sie, wenn ich fragen darf?" Die Angesprochene hatte Mühe ihre Augen aufzuhalten: „Lara. Ich heiße Lara Fehmann". Dann kicherte sie wieder in dieser ziemlich hohen Tonlage. Andy setzte sich neben sie und vernahm

unverkennbar den Geruch von Alkohol: „Sie sind ja be-
schwipst. Kommen Sie, ich nehme Sie mit zu mir, und
koche Ihnen einen starken Kaffee". Die Betrunkene ließ
sich ohne Widerstand an der Hand nehmen, und tappte
schwerfällig neben Andy her.

Als sie in Andys kleinem Zimmer angekommen waren,
hob er Lara vorsichtig auf seine Schlafcouch. Dann bereitete er den versprochenen Kaffee. Doch als er sich umdrehte, schlief die Frau bereits tief und fest. Andy goss
den Kaffee in die Thermoskanne, nahm den Mantel vom
Haken neben dem Elektroherd, rollte sich auf dem Boden
zusammen, und deckte sich mit dem Kleidungsstück zu.
Nach kurzer Zeit schlief er ebenfalls. Ein Rütteln an der
Schulter weckte ihn: „Entschuldigung, haben Sie wegen
mir auf dem Fußboden geschlafen?" Andy stand auf und
hängte den Mantel wieder an seinen angestammten Haken: „Ging nicht anders. Mehr Platz ist nicht in meiner
bescheidenen Hütte. Aber der Kaffee ist bestimmt noch
warm. Ich werde jetzt mal zwei Tassen aus meinem
Schränkchen zaubern. Die sehen zwar nicht gleich aus,
erfüllen aber auf jeden Fall ihren Zweck". Nachdem die
beiden schweigend getrunken hatten, bot Andy an, seine
Besucherin nach Hause zu begleiten. Aber Lara wehrte
vehement ab: „Nein, auf keinen Fall. Nein, das geht
nicht. Ich meine, das will ich nicht". Sie stand auf und
schritt zur Tür: „Ich bin am Montag wieder im Park".
Dann war sie verschwunden.

Andy musste es sich wohl oder übel selbst eingestehen, er war verliebt. Es war also nur allzu logisch, dass er am Montag wartend auf ihrer gemeinsamen Parkbank saß. Nach kurzer Zeit trudelte auch Lara ein. Sie war an diesem Tag ziemlich aufgekratzt und blieb selig lächelnd vor Andy stehen: „Wie wärs, wenn wir ins Kino gehen würden? Die spielen ‚Midnight in Paris' von Woody Allen. Der hat für das Drehbuch den Oscar gekriegt. Ich bezahle auch den Eintritt. Kommen Sie?" Andy protestierte: „Ich nehme keine Almosen an. Meine Kinokarte kann ich immer noch selber bezahlen". Erschrocken antwortete Lara: „Verzeihung, ich wollte Sie nicht beleidigen. Von mir aus bezahlt jeder seine Karte selbst. Einverstanden?" Andy nickte, stand auf und lief nachdenklich neben ihr her. Nach dem Kino gingen sie noch zu Andy, um miteinander Kaffee zu trinken. Wie sie feststellen konnten, reichte das Sofa auch für zwei, wenn man eine bestimmte Lage einnimmt. Später bot dann Andy wiederum an, Lara nach Hause zu bringen, aber sie wollte das partout nicht. So ging es auch in den folgenden Wochen. Die beiden waren inzwischen logischerweise beim Du angelangt, gingen gemeinsam Spazieren, ins Kino, in den Zoo, oder sie machten einen Schaufensterbummel. Manchmal schien Lara absolut happy zu sein, manchmal aber tief ernst. Egal wie, niemals ließ sie sich nach Hause begleiten. Andy wurde das langsam zu dumm, und beschloss eines Tages endlich ein klärendes Gespräch mit Lara zu führen. Aber dazu kam es nicht. Als sie sich wieder an ihrer Parkbank trafen, zog Lara ihr Smartphon umständlich aus der Tasche und streckte es

Andy entgegen: „Hier, nimm! Wir können uns einen Monat lang nicht mehr sehen. Warum das so ist, das sage ich dir erst danach. Zum einen soll dieses Handy ein Pfand dafür sein, dass ich auch wirklich zurückkomme. Zum anderen darf ich im nächsten Monat sowieso nicht telefonieren. Und ich werde dich auf diesem Handy anrufen, wenn wir uns wieder treffen können". Andy verstand nicht: „Aber..." Lara legte ihm den Finger auf den Mund: „Nix aber". Dann hauchte sie ihm einen Kuss auf die Wange, und ließ den Verdutzten einfach stehen. Andy rief ihr noch nach: „Und wenn inzwischen einer für dich anruft, was soll ich dann sagen?" Aber sie reagierte nicht mehr.

Die Tage zogen sich wie Kaugummi. Jeden Abend saß Andy in seiner Wohnung und starrte auf Laras Handy. Hin und wieder ging er auch zu der Parkbank. Natürlich ohne auf Lara zu treffen. Einmal saß eine Frau dort und fütterte die Tauben. Andy sagte mürrisch: „Tauben sind doch Ratten der Lüfte. Ich an Ihrer Stelle würde die Biester nicht füttern!" Worauf sich die Dame langsam zu ihm umdrehte: „Jungchen, wenn mal wieder so ein Sonnensturm ausbricht, und alle eure teuren Computer abkacken, dann werdet ihr froh sein, dass es Brieftauben gibt". Damit stand sie auf und schlurfte davon. Andy hingegen setzte sich auf die Bank und streichelte die Stelle, an der sonst immer Lara gesessen hatte.

Es waren fünf Wochen vergangen, und Andy hatte die Hoffnung fast schon aufgegeben, jemals wieder etwas von Lara zu hören. Da klingelte plötzlich eines Abends das ihm anvertraute Smartphon. Andy war dermaßen erschrocken, dass er aufsprang und dabei den Stuhl umstieß. Mit zitternden Händen drückte er das Telefon an sein Ohr, und vernahm eine wohlbekannte Stimme: „Morgen im Park!" Dann war wieder Stille.

Es regnete in Strömen. Um keinen nassen Hosenboden zu bekommen, blieb Andy mit seinem Regenschirm neben der Bank stehen. Kurz darauf kam Lara. Sie trat ganz dicht an Andy heran, senkte ihren durchsichtigen Plastikschirm zur Seite, und küsste den Wartenden zärtlich auf den Mund: „Komm, wir gehen einen Kaffee trinken, dann erzähle ich dir alles!" Das kleine Café war verhältnismäßig leer. Sie fanden an einem Dreiertisch in der hinteren Ecke Platz. Andy hielt es kaum noch aus: „Also, wo warst du so lange?" Lara antwortete leise: „Warte bitte bis der Kaffee da ist!" Als die Kellnerin die Tassen auf ihren Tisch gestellt hatte, nahm sie einen großen Schluck und sagte dann: „Ich hatte ein Alkoholproblem und war zur Entziehungskur. Du musst mir zukünftig versprechen, in meiner Gegenwart keinen Alkohol mehr zu trinken, oder zu versuchen, mich zum Trinken zu verleiten. Würdest du das für mich tun?" Es dauerte eine Weile, bis Andy das Ganze vollkommen verarbeitet hatte. Dann sagte er mit Nachdruck: „Na sicher halte ich mich daran! Ist doch klar! Kein Problem!" Lara trank ihren Kaffee aus und stand auf: „Und jetzt werde ich zu meinem Vater gehen, und ihm alles mitteilen. Du warst der Erste, dem ich es gebeichtet habe. Wir treffen uns dann morgen wieder im Park". Andy erhob sich ebenfalls: „Ich werde dich begleiten". Lara wehrte wie immer ab: „Nein, bitte nicht! Das will ich nicht!" Dann huschte sie zum Ausgang. Diesmal aber folgte ihr Andy heimlich. Wenn sie sich gelegentlich umdrehte, drückte er sich in Mauernischen oder Hauseingänge. Nach etwa einem Kilometer ging Lara auf eine freistehende Villa zu und verschwand im Eingang. Andy wartete noch einen Moment, da aber nichts weiter passierte, ging er ebenfalls zu der Tür. Es war keine Klingel zu sehen, aber ein Klopfer in Löwenoptik zierte den rechten Türflügel. Andy klopfte dreimal und kurz darauf trat eine junge Frau mit Spitzenhäubchen und weißer Schürze heraus: „Was kann ich für Sie tun?" Andy räusperte sich umständlich: „Ich möchte bitte Lara Fehmann sprechen!" Die Frau vollführte eine einladende Geste: „Treten Sie bitte ein!" Aber Andy widersprach: „Nein, ich warte hier". Kurz darauf trat Lara heraus. In ihren Augen schwammen Tränen: „Du hast mich verfolgt? Das hätte ich nicht von dir gedacht!" Aus Andy brach es heraus: „Und du hast mich die ganze Zeit belogen!" Lara wischte sich über das Gesicht: „Nein, ich habe nur nicht gesagt, dass ich aus einer reichen Familie stamme. Du hast doch gleich bei unsere ersten Begegnung getönt, dass dich eine reiche Frau nie verstehen könnte". Andy schickte sich zum Gehen an: „Da hättest du erst recht sagen müssen, wie es um dich steht! Mach's gut!" Lara rief ihm noch nach: „Und die Nacht auf deiner Couch? Zählt die gar nichts?" Aber Andy drehte sich nicht mehr um.

Es gingen vier Monate ins Land. Andy hatte eine neue Arbeit gefunden, bei der er auch etwas mehr verdiente. So konnte er sich eine andere Wohnung leisten. Mit eigenem Schlafzimmer. Eines Tages las er in der Zeitung, das die Firma Fehmann pleite war. Der Firmeninhaber war in illegale Aktivitäten und Aktienbetrug verstrickt gewesen. Seine Firma sowie sein kompletter Privatbesitz wurden beschlagnahmt, und hunderte von Arbeitern saßen auf der Straße. Noch vor der Gerichtsverhandlung hatte der alte Fehmann Selbstmord begangen. Von seiner Tochter Lara stand da nichts. Aber Andy sollte kurz danach auf sie treffen. Er lief durch die Fußgängerzone, und erkannte in einer dort hockenden Bettlerin Lara. Als er vor ihr stand, drehte sie ihr Gesicht zur Seite und rief: „Geh weg!" Aber er zog sie hoch und hinter sich her. Lara leistete kaum Widerstand. In seiner Wohnung drückte Andy die junge Frau ins Badezimmer: „Du sagst mir jetzt deine Konfektionsgröße, und während du duscht, besorge ich dir was zum Anziehen!"

Lara wohnte nun offiziell bei Andy, denn er hatte sie ebenfalls in den Mietvertrag eintragen lassen. Ihr wachsendes Bäuchlein war jetzt deutlich zu sehen. Es würde ein Mädchen werden. Sie wollten nach der Geburt des Kindes heiraten. Doch als das Kind auf der Welt war, wurde die angehende Familie von den täglich anfallenden Sorgen zerfressen. Andys Arbeitslohn reichte kaum für drei Personen, und so kam es, dass immer wieder Streitereien zwischen den Eltern aufflammten. Lara warf dabei ihrem Zukünftigen stets an den Kopf, dass seine

Lebensphilosophie offenkundig versagt hätte, und nur Reichtum ein adäquates Leben bieten würde. Irgendwann reichte es Andy dann, und er verschwand bei Nacht und Nebel. Keiner wusste wohin. Lara war nun gezwungen sich eine Arbeit zu suchen. Sie blieb in der Wohnung, zog ihre Tochter allein groß und wollte nie wieder etwas mit einem Vertreter der Spezies Mann zu tun haben. Das Leben rauschte ohne besondere Höhen und Tiefen an ihr vorbei. Und als ihre erwachsene Tochter nach den USA auswanderte, ging es auch mit ihrer Gesundheit bergab. Immer wieder liefen vor ihren Augen die Bilder ihres bisherigen Lebens ab. Sie hatte Sehnsucht nach ihrer Tochter, aber vor allem sehnte sie sich nach einer Umarmung von Andy. So wie früher.

Die Jahre vergingen schnell und unerbittlich. Irgendwann konnte Lara ihren kleinen Haushalt nur noch mit größter Mühe in Ordnung halten. Schweren Herzens siedelte sie in ein Pflege- und Altersheim um. Dort traf sie auf einen älteren Herrn, der ihr sehr bekannt vorkam. Andy. Die zwei sahen sich in die Augen, und es kam beiden vor, als hätte jemand die Zeit zurückgedreht. Trotz ihres hohen Alters waren plötzlich die vertrauten Gefühle wieder da.

Es war an einem Donnerstag. Als eine Pflegerin Laras Zimmer betrat, sah sie zwei alte Menschen in enger Umarmung im Bett liegen. Sie waren tot. Und sie hatten in den letzten Minuten ihres Lebens absolut keinen Reichtum gebraucht.

Der Kater

Ich verstehe einfach nicht, wo das herkommt. Ich sitze seelenruhig vor meinem Laptop, surfe lediglich ein bisschen im Internet, und wenn ich aufstehe, dann ist meine neue Brille schmutzig. Seltsame kleine Flecke. Ich werde mich wohl als Frischling mit anderen Brillenträgern kurzschließen müssen, um auf die drängende Frage, wie sich eine Brille von selbst anschmutzt, eine umfassende Antwort zu erlangen. Mein Nasenfahrrad ist doch auch nicht dreckig geworden, als ich heute Morgen beim Frühstück saß. Obwohl ich stets und ständig beim Essen kleckere. Na gut, zugegeben, ich kleckere nach unten, und die Brille sitzt weiter oben. Ich empfinde so eine Sehhilfe beim Lesen der Morgenzeitung schon wirklich als eine Wohltat. Ansonsten wäre bei mir nur noch die operative Verlängerung der Arme in Frage gekommen. Blöderweise sehe ich aber jetzt auch die Marmeladenkleckse auf meinem Teppich viel deutlicher. Im Leben scheint sich immer das Positive mit dem negativen auszugleichen. Wenn einer beispielsweise ein zu kurzes Bein hat, dann ist als Ausgleich eben das andere ein Stück länger.

Damals, als ich noch ein Kind war, gab es in unserer Familie keinen Staubsauger. Warum auch? Wir besaßen keine Teppiche, und für den PVC-Boden reichten Besen und Schrubber. Der große Nachteil eines Staubsaugers ist im Übrigen, dass er kaputt gehen kann. Und wenn einer prädestiniert dafür ist, dass sein Staubsauger kaputt geht, dann bin ich das. Also beschloss ich, einen neuen Sauger zu erwerben, aber mit Kreditkarte zu zahlen, damit es mein Bankkonto nicht sofort mitbekam. Ich ließ mich vom Verkäufer davon überzeugen, dass ein Gerät mit Akku am besten wäre. Was er dabei wohl vergessen hatte zu erwähnen, das war das Faktum, dass in diesem Ding mehr digitale Elektronik verbaut war, als in der Jahresproduktion aller Fernseher weltweit. Zuerst wollte sich das Ding mit meinem Handy verbinden. Als ich das nicht zuließ, wandte sich das Gerät beleidigt meinem Router zu. Nachdem ich auch hier nicht gewillt war den WLAN-Schlüssel herauszurücken, begab sich dieser vermaledeite Dreckschlotzer in den Streikmodus. Es dauerte ganze zwanzig Minuten, bis ich endlich herausgefunden hatte, wie das Ding auch ohne Internetzugang zum Saugen gebracht werden konnte. Wahrscheinlich würde ich zu spät ins Büro kommen. Beim ersten Probelauf machte sich meine Neuerwerbung ständig durch summen oder piepsen bemerkbar, und zeigte auf seinem kleinen Display an, ob gerade viel oder wenig Schmutz vor seiner Düse lag, ob die eingesaugten Partikel zufällig eine bestimmte Größe überschritten hatten, wieviel meines Drecks er bereits eingeschnüffelt hatte, und was weiß ich noch alles. Der Höhepunkt aber war erreicht, als ich den Staubsaugerbeutel wechseln wollte, und das Gerät aufklappte. Prompt lag der ganze Dreck wieder auf dem Fußboden, weil das nämlich ein beutelloser Sauger war, und ich die falsche Klappe geöffnet hatte. Zerknirscht suchte ich die Bedienungsanleitung wieder aus meinem fein säuberlich gesammelten Altpapier heraus, und las das erste Mal in meinem Leben alles aufmerksam durch.

Hätte ich das gleich getan, wäre das Ding innerhalb von drei Minuten betriebsfähig gewesen. Wer konnte auch ahnen, dass heutzutage selbst Staubsauger über Sprache angesteuert werden können.

Natürlich hatte ich nach diesem Erlebnis eine beschissene Laune. Und natürlich habe ich versucht meine Stimmung mittels einem kräftigen Schluck Bourbon aufzuheitern. Und genauso natürlich hatte ich in meiner Misslaune dabei vergessen, die Bürotür von innen abzuschließen. Plötzlich stand in der Tür eine seltsam gekleidete Frau. Sie hatte ihre grauen Haare in lauter kleine Zöpfchen gebündelt, die am unteren Ende mit bunten Wollfäden zusammengehalten wurden. Mit kratziger Stimme sagte sie: „Feuerwasser ist Höllenwasser. Auf Erden verbrennt es unseren Körper, im Jenseits verbrennt es unsere Seele". Immer noch übellaunig stellte ich mein Glas ab: „Was geht Sie mein Bourbon an, und wer sind Sie überhaupt?" Sie zog ihre fransenbesetzte Patchwork-Jacke aus, ließ sich auf meinen Besucherstuhl nieder und strich sorgfältig mit beiden Händen ihren graubraunen, knöchellangen Rock glatt. Ihre nackten Füße steckten in ziemlich verschlissenen Sandalen. Sie zeigte mit einem ihrer dürren Finger auf meine Brust: „Sie wurden von den Knochen ausgewählt". Mein „Hä?" klang nicht besonders intelligent. Sie zuppelte erneut an ihrem Rock herum: „Ich habe die Knöchelchen auf mein altes Telefonbuch geworfen, und der kleinste lag über Ihrem Namen. Deshalb bin ich hier". Ich verstand nur Bahnhof. „Nun sagen Sie mir bitte erstmal wer Sie sind, und warum Sie eigentlich Knochen durch die Gegend werfen!" Sie ließ sich Zeit mit der Antwort. Ich wollte schon erneut nachfragen, da sagte sie halblaut: „Ich bin Schamanin Ergrida, und man hat vor fünf Wochen meinen Kater ermordet. Die Polizei verfolgt die Sache nicht mehr, weil sie angeblich wichtigere Dinge zu tun hat. Deshalb bin ich hier". Ich verzog meinen Mund zu einer Art Lächeln: „Das war doch ganz bestimmt ein schwarzer Kater, richtig?" Leicht verärgert antwortete sie: „Nein, Sumitra war ein graugetigerter. Ich bin doch keine Hexe. Aber meine Knöchelchen sagen, dass Sie, und nur Sie, den ruchlosen Täter finden werden". Ich lehnte mich etwas genervt zurück: „Und wie, bitte schön, werde ich das wohl anstellen? Wissen das Ihre Knöchelchen auch? Ich, für meine Person, weiß es nämlich nicht". Sie hob beschwörend ihre Hand: „Sie werden meinen Kater ansehen, und Sie werden es wissen!" Ich zog die Stirn kraus: „Ich denke, der Kater ist tot". Sie erhob sich: „Auch wenn ich eine Schamanin bin, weiß ich doch die Vorzüge einer modernen Gefriertruhe zu schätzen. Also kommen Sie! Wir fahren jetzt zu mir. Oder soll ich das Tier hierher zu Ihnen bringen?" Ich stand ebenfalls auf: „Können Sie mich überhaupt bezahlen?" Sie blickte ernst: „Meine Knöchelchen sagen, dass Sie gelegentlich auch pro Bono arbeiten. Aber ich kann Ihnen trotzdem eine entsprechende Entlohnung zufallen lassen". Ich schwankte kurz, ob ich mich auf den Quatsch einlassen sollte. Dann siegte meine Neugier.

Meine Klientin weigerte sich standhaft, in meinem kleinen Auto mitzufahren. Sie meinte, dass das ihrer ausladenden Aura schaden würde. Sie selbst fuhr einen amerikanischen Pickup. Und zwar schnell. Ich bin ja auch nicht gerade ein Bummler, aber die Dame übertrumpfte mich um Längen. Meine Frage, ob sie denn keine Angst hätte geblitzt zu werden, beantwortete sie mit einem hämischen Grinsen: „Ich fahre nur, wenn mir die Karten vorausgesagt haben, dass ich nicht geblitzt werde". Meine Äußerung: „Wieso Karten und nicht Knöchelchen?" überhörte sie einfach. In ihrer Wohnung hingen, standen und lagen seltsame Dinge herum, die ich noch nie gesehen hatte, von denen ich nicht wusste wie sie hießen, geschweige denn, wofür die Sachen eigentlich zu gebrauchen waren. Ergrida verschwand im Nachbarraum und kam mit einer Kühlbox zurück, welche sie mir knurrend in die Hand drückte: „Und jetzt fahre ich Sie wieder in Ihr Büro. Das muss aber gleich sein, denn in einer halben Stunde würde ich unabwendbar geblitzt werden". Als ich mit der Kühlbox auf dem Schoß wieder in ihrem Auto saß und an meine bisherigen Strafzettel denken musste, wünschte ich mir, auch in Tarockkarten lesen zu können. Die Box durfte ich übrigens erst öffnen, wenn ich in meinem Büro sitzen würde. Meine Schamanin hatte irgendwas von fehlendem Karma in einem zukünftigen Leben gefaselt. Ob Schamanen auch etwas mit den indischen Religionen zu tun haben, und ob sie den Kater oder mich meinte, ließ sie offen.

Vor dem Öffnen der Box war ich mir, aus welchem Grund auch immer, ziemlich sicher, dass ich darin eine vergiftete Katze fände, der ich Blut entnehmen könnte, um dieses dann zur Untersuchung an das Labor zu schicken, welches mir schon ein paar Mal geholfen hatte. Natürlich gegen ein entsprechendes Entgelt, welches ich aber immer meinen Klienten in Rechnung stellte. Aber der Kater sah ganz und gar nicht nach Vergiftung aus. Jemand hatte ihn brutal erwürgt. Sein Kopf baumelte gerade noch so an einem völlig zusammengedrückten Hals. Ich verschloss die Kühlbox wieder und stellte sie unter meinen Schreibtisch. Dann holte ich die versteckte Flasche aus dem Bücherregal. In Gesellschaft von Bourbon konnte ich eben manchmal besser denken. Inzwischen durfte das Tier in aller Ruhe in seiner Box auftauen.

Am nächsten Morgen hatte sich immer noch keine zündende Idee in meinem Kopf angesammelt. Nach dem Duschen versuchte ich, wie es seit geraumer Zeit nötig war, meine Haare zu dressieren. Am Hinterkopf wuchsen nämlich langsam aber sicher die Kniescheiben durch. Also musste ich einen Handspiegel hinter die Rübe halten, um mir das Dilemma überhaupt betrachten zu können, und um die kahle Stelle einigermaßen mit den Resthaaren zu überdecken. Bei dieser diffizilen Arbeit machte es plötzlich Klick in meinem zermarterten Hirn. Haare! Ich konnte es kaum erwarten in mein Büro zu kommen. Beim Frühstück kleckerte ich weit mehr als sonst. Nachdem ich den Tisch abgeräumt hatte, wechselte ich das Oberhemd. Rote Himbeermarmelade macht sich nicht besonders gut auf weißen Hemden. Bei der Fahrt zu meiner Geschäftsstelle musste ich mich stark zügeln, um nicht übermäßig aufs Gas zu treten. Schließlich hatte ich der ortsansässigen Polizei wegen dieser stationären Blitzer in den letzten Monaten bestimmt zwei Weihnachtsfeiern finanziert. Im Büro angekommen, holte ich die kleine Schere aus meiner Ramschschublade, zerrte den toten Kater aus der Kühlbox, und befreite das Tier rund um den zerdrückten Hals von den dortigen Haaren. Da wieder einmal mein jährliches Schießtraining anstand, würde ich zunächst im Labor vorbeifahren, um die Haare abzugeben, dann den Schießstand aufzusuchen, und anschließend die Box samt Kadaver meiner Klientin zurückzubringen. Wenn sich an den Haaren der Katze menschliche DNA finden sollte, dann hätte ich endlich einen Anhaltspunkt, von dem aus ich mich weiter in den Fall hineinwühlen konnte. Die 160 € für das Labor würde ich dann wie immer eiskalt meiner Klienten auf die Rechnung knallen.

Der Waffenwart des Schießstands als sogenannte ‚verantwortliche Aufsichtsperson‘ schaute mich verstohlen aus den Augenwinkeln an, als er meine Treffer begutachtete. Ein Ring weniger, und ich hätte das Ganze wiederholen müssen. Ich trollte mich erleichtert von dannen. Schließlich kosten Patronen auch Geld. Als ich dann bei meiner Klientin eintraf, war ich doch etwas erstaunt, denn mich begrüßte kurz hinter der Tür eine Katze. Ich konnte mir die Bemerkung nicht verkneifen: „Sie haben sich aber schnell getröstet". Ergrida blickte mich nicht gerade freundlich an: „Erstens ist der Tod von Sumitra schon ganze fünf Wochen her, und zweitens brauche ich Nyima für die Wettervorhersage". Ich konnte ein leicht spöttisches Lächeln nicht unterdrücken: „Sie sehen also die Katze an, und wissen danach, was morgen für ein Wetter wird". Jetzt war es an ihr, spöttisch zu lächeln: „Sie werden es nicht glauben, aber so ist es. Katzen streichen oft um Stuhlbeine oder Schränke. Oder auch um meine Beine. Dabei wird ihr Fell statisch aufgeladen. Das ist so ähnlich, wie wenn man einen aufgeblasenen Luftballon an den Haaren reibt. Anschließend stehen einem dann die Haare zu Berge. Bei Katzenhaaren ist das ganz genauso, aber Katzen mögen das nicht leiden. Bei hoher Luftfeuchtigkeit wird allerdings die Ladung über die Luft schnell abgeleitet und alles ist wieder gut. Ist die Luft jedoch trocken, dann beginnt die Katze damit, sich intensiv abzulecken, um ihre Haare anzufeuchten. Trockene Luft bedeutet aber meistens, dass am nächsten Tag höchstwahrscheinlich die Sonne scheint. Ich schaue also meine Katze an, und ich weiß, ob es schönes Wetter wird oder nicht. Glotzen Sie nicht so blöd! Ich habe schon mal gesagt, dass ich keine Hexe bin. Und den Kadaver von Sumitra bringen Sie bitte zum Abdecker! Ich bezahle das dann zusammen mit ihrem Honorar".

Mein Tagesbeginn war unerwartet glimpflich abgelaufen. Ich hatte mir lediglich die kleine Zehe an einem Stuhlbein gestoßen. Warum mir das immer ausgerechnet mit meinem kleinen Zeh passiert, war mir zwar etwas schleierhaft, hielt mich aber nicht davon ab, über meinen Fall nachzugrübeln. Ich hoffte, dass ich heute den Laborbericht in meinem Geschäftsbriefkasten vorfinden würde. Was ich aber unternehmen sollte, wenn der Bericht nicht aussagekräftig war, schwebte noch nebulös in ferner Zukunft. Auf dem Weg ins Büro war ich so in Gedanken, dass ich an einer roten Ampel etwas zu spät bremste. Die Stoßstange meines Autos ragte deswegen über die Haltelinie hinaus. Bei meinem Glück musste natürlich ein Polizist in der Nähe stehen, der das Ganze beobachtet hatte. Dieser Freund und Helfer knöpfte mir an Ort und Stelle 10 € Verwarnungsgeld wegen eines sogenannten Haltelinienverstoßes ab. So ein Korinthenkacker! Wegen ein paar Zentimeter! Hätte ich gewusst, dass es einen Bußgeldkatalog gibt, in dem derartige Krümelkackerei anzutreffen war, hätte ich schnell noch meine Stoßstange abmontiert. Aber meine Laune besserte sich bereits, als ich am Büro ankam. Der Laborbericht war tatsächlich da. Ich hastete die Treppe hoch, schloss das Büro auf, und zerrte das Schreiben aus dem Umschlag. Ha! Da war der Hinweis, auf den ich gehofft hatte. Der Mensch, dessen Hände sich um den Hals des Katers gelegt hatten, litt unter dem Prader-Willi-Syndrom. Und das ist gekennzeichnet durch ungehemmte Nahrungsaufnahme. Wer doch gelacht, wenn es im Umfeld meiner Klientin nicht einen reizenden Dickwanst gäbe.

Es regnete in Strömen, und vor dem Haus meiner Klientin war selbstverständlich Parkverbot. Und genauso selbstverständlich war die Tatsache, dass ich keinen Regenschirm mitführte. Das Wasser lief mir den Rücken hinunter bis zu einer gewissen Kimme. Am Abend zuvor hatte ich mit meiner Klientin telefoniert, und sie erzählte mir, dass in ihrer Nachbarschaft ein ziemlich dicker, junger Mann lebte, der Katzen hasste. Fall gelöst! Jetzt würde ich mir mein verdientes Honorar abholen, wenn auch in einer nassen Unterhose. Außerdem fror ich wie ein Schneider. Meine Laune machte sich verständlicherweise auf den Weg zum absoluten Nullpunkt. Als die Schamanin sah, dass ich völlig vom Regen durchnässt war, meinte sie: „Ich habe gestern Abend schon gewusst, dass es heute regnen würde". Durch diese dumme Bemerkung wurde ich dann erst richtig sauer: „Wahrscheinlich, weil sich Ihre blöde Katze gestern Abend nicht am Arsch geleckt hat". Und schon hatte sich die Gruppe meiner ganz speziellen Freunde wieder einmal um eine Person erweitert.

Reinlich

Ich heiße Edgar Reinlich, aber ich bin das genaue Gegenteil. Also das Gegenteil von reinlich. Meine leidgeprüften Eltern schlugen jedes Mal Hände und Füße über dem Kopf zusammen, wenn sie mein Kinderzimmer betraten. Dabei war es noch nicht einmal das Schlimmste, dass ich mit Mamas Lippenstift die Wände bemalte. Wir wohnten im Parterre, und es war mir im Alter von acht Jahren ein

Leichtes, nach draußen zu klettern und mit einer Hand voll Schlamm wiederzukommen. Was meine Eltern allerdings sehr beunruhigte, das war mein Hang, allen Teddys die Köpfe abzureißen, auch wenn sie noch so fest angenäht waren. Als Jugendlicher traf dann der abgedroschene Spruch auf mich zu, dass man bei mir vom Fußboden essen konnte, weil da genügend Essensreste zu finden seien. Als ich Achtzehn wurde, zogen meine Eltern die Notbremse und warfen mich aus dem Haus. Und das, obwohl wir alle streng katholisch sind. Meine Mutter sagte, es wäre nötig, weil sie den Gestank einfach nicht mehr aushalten würde. Es dauerte fast ein Jahr, bis mein ehemaliges Zimmer durchgelüftet war, und als Gästezimmer hergerichtet werden konnte. Aber insgeheim denke ich, meine Eltern wollten mich aus dem Haus haben, weil sie den Verdacht hegten, dass ich der Grund für das ungewöhnlich häufige Verenden von Haustieren in der Nachbarschaft war. Wie sehr sie mich loswerden wollten erkennt man daran, dass sie freiwillig die Miete meiner neuen Wohnung übernahmen. Meine Jeans und Shirts hatte ich selbstverständlich alle mitgenommen, und das bisschen Essen konnte ich mir leicht zusammenklauen. Die Supermärkte schlagen doch sowieso eine gewisse Diebstahlsrate auf ihre Preise auf. Also habe ich nicht einmal irgendjemandem weh getan, sondern nur die Erwartungshaltung der Händler erfüllt. Bedauerlich an meiner neuen Wohnung war jedoch, dass es in der Nachbarschaft weder Katzen noch Hunde gab. Als ich dann rein zufällig ein Mädchen in meinem Alter im Park beim Spazierengehen kennenlernte, nahm ich sie mit zu mir nach Hause. Sie mokierte sich lautstark über den Schmutz in meiner Wohnung. Das konnte ich mir doch nicht einfach so gefallen lassen. Also klappte ich mein Taschenmesser auf, und schnitt ihr von hinten den Hals durch. Das war eine Sauarbeit. Ich nahm mir vor, demnächst ein etwas größeres Messer zu klauen. Den leblosen Körper konnte ich in der Dunkelheit im städtischen und recht tiefen Weiher entsorgen. Natürlich hatte ich etliche große Steine an das Mädchen gebunden. Was mich aber fürchterlich ankotzte, das war die Tatsache, dass ich danach das ganze Blut aus der Wohnung entfernen musste. Ich heiße nun mal bloß Reinlich und bin es nicht. Ergo nahm ich mir vor, zukünftig nur noch in anderen Wohnungen zu agieren. Da kam mir die Wohnung meiner Eltern gerade recht. Schließlich hatten die ja ihr eigen Fleisch und Blut vor die Tür gesetzt. Das musste bestraft werden. Zu Anfang dachten sie, ich wolle sie bloß einmal kurz besuchen. Ich wusste gar nicht, dass meine Mutter so laut schreien konnte. Die beiden wurden erst vierzehn Tage später entdeckt. Da waren aber ihre Kreditkarten schon lange verschwunden, und das Konto bis auf einen kleinen Rest leergeräumt. Schließlich habe ich ja als bedauerliches Waisenkind niemanden, der in Zukunft meine Miete bezahlt. Das Schönste aber an der ganzen Sache ist mein Glaube. Nach jeder Schandtat ging ich bußfertig zur Beichte. Dem Pfarrer stellten sich zwar jedes Mal die Nackenhaare auf, wenn er meine Person im Beichtstuhl erkannte, aber ich ging anschließend mit absolut reinem Gewissen nach Hause. Man sagt ja, für eine perfekte Beichte müssen ganze fünf Voraussetzungen

168

gegeben sein: Gewissenserforschung, Reue, guter Vorsatz, Bekenntnis und zum Schluss Wiedergutmachung. Also erforschte ich mein Gewissen, fand aber nichts. Dann bereute ich. Und zwar, dass ich nicht noch mehr Missetaten vorzuweisen hatte. Folglich fasste ich den Vorsatz, künftig noch eifriger zu sein. Meine Taten hatte ich ja bereits gegenüber dem Pfarrer bekannt, blieb also nur noch die Wiedergutmachung. Dementsprechend nahm ich mir vor, das nächste Mal auch wieder alles gut zu machen. Zum Beispiel bei meinem Vermieter. Der erdreistete sich doch unverschämterweise mir vorzuhalten, dass es aus meiner Wohnung heraus mächtig stinke. Alle anderen Mieter des Hauses hätten sich schon beschwert. Ich bat ihn herein, um sich selbst zu überzeugen, aber er hielt sich die Nase zu und lehnte ab. Das ist nicht nur unhöflich, das ist verletzend. Also habe ich ihn verletzt. Nur ein bisschen auf den Kopf geschlagen. Er sollte ja nicht bluten. Dass der Mann dermaßen empfindlich ist und gleich einen Herzinfarkt bekommt, kann doch kein Mensch ahnen. Ich habe den Armen dann aus seinen Verkrampfungen mit einem zweiten Schlag erlöst. Glauben Sie mir, es ist ein schweres Stück Arbeit, einen leblosen Vermieter zwei Treppen hoch zu schleppen. Da er mir ja bereits vor seinem Dahinscheiden sagte, dass sich alle Mieter über mich beschwert hatten, wusste ich gleich, was demnächst zu tun war. Nachdem zwei Mietparteien aus unserem Haus auf den Friedhof umgesiedelt waren, wurde die Polizei auf mich aufmerksam. Aber während ich auf der Wache verhört wurde, geschah zu meinem Glück wieder ein Mord in unserem Haus. Damit war ich aus dem Schneider. Gott hatte schützend seine Hand über mich gehalten. Nur gut, dass ich immer fleißig zur Beichte gegangen war. Irgendwann eröffnete mir dann jedoch mein Pfarrer, dass meine Beichten sein Gewissen über alle Gebühr belasten würde. Entweder sollte ich zukünftig nicht mehr zu ihm kommen, oder er müsse zur Polizei gehen. Dann versuchte er auch noch, mir mit dem fünften Gebot ins Gewissen zu reden. Aber da heißt es ja ‚Du sollst nicht töten‘ und nicht etwa ‚Du darfst nicht töten‘. Nun drückt ja das Wort ‚sollen‘ laut Duden lediglich einen Wunsch oder eine Absicht aus. So nach dem Motto ‚was solls‘. Aber wissen Sie was wirklich schlimm ist? Wenn sich eine Gemeinde an ihren alten Pfarrer gewöhnt hat, und plötzlich ist ein neuer da. Und nur weil man den alten einfach nicht mehr auffinden kann. Im Moment bin ich übrigens der einzige Mieter in meinem Haus. Mir wird aber trotzdem nicht langweilig, weil mich auf Schritt und Tritt ein Zivilfahnder beschattet, und auf dem Dach des Nachbarhauses sitzt seit einiger Zeit ein Beamter mit einem Richtmikrofon. Dem versaue ich aber jeden Abend das Geschäft, indem ich meine Matratze zwischen Rollo und Fensterscheibe quetsche. Bei dieser Tätigkeit öffnete sich eines Tages plötzlich meine Tür und ein Mann trat ein. In der Hand hielt er einen gefährlich aussehenden Revolver. Ich nahm mir vor, zukünftig stets die Tür abzuschließen, konnte diesen Vorsatz aber nicht mehr ausführen. Als das Mündungsfeuer aufblitzte hatte ich als guter Katholik nur einen einzigen Gedanken: Hoffentlich geht der Kerl anschließend zur Beichte.

Sörenfried

Während die Mitarbeiter der Dienststelle an dem großen Konferenztisch saßen, hatte Hauptkommissar Hohlbach die Hände hinter dem Rücken zusammengelegt, und schritt in dem Büro auf und ab: „Ich habe Sie alle hierher gebeten, weil ich Ihnen ein paar Neuigkeiten verkünden wollte. Als erstes möchte ich erwähnen, dass es demnächst in unserer Dienststelle einen Bauch weniger geben wird". Kommissar Bohrmann platzte heraus: „Sie wollen doch nicht tatsächlich Kommissar Riemer feuern?" Hohlbach blieb kurz stehen: „Nein, aber Kommissar Hausknecht wird uns noch diese Woche verlassen. Er geht auf eigenen Wunsch in den Vorruhestand". Hausknecht meldete sich: „Wobei ich betonen möchte, dass es hier jemanden gibt, der einen noch größeren Bauch hat". Er wendete sich grinsend zu Riemer: „Ich will ja keinen angucken!" Werner Riemer sagte gelassen: „Das ist kein Bauch, das ist einfach nur meine Figur". Hohlbach unterbrach die beiden: „Natürlich werden wir unseren langjährigen Mitarbeiter ersetzen müssen. Eigentlich sollte ja die Stelle mit einer weiteren Frau besetzt werden, aber unsere vorgesetzte Dienststelle hat uns wieder einen Mann zugeteilt". Frauke Wiegand rief: „Hört, hört!" Hohlbach fuhr fort: „Der Anwärter Sörenfried Bierbach, dessen Bruder, wie Sie alle wissen, in Ausübung seines Dienstes getötet wurde, dieser Bierbach eben, der hat nun seine Prüfung bestanden, und zwar mit Bravour. Er wird im nächsten Monat bei uns als gleichberechtigter Kommissar eingesetzt". Kommissar Schimmler ließ seinen Kopf auf die Tischplatte sinken: „Nicht dieser Sörenfried, bitte nicht! Das halten meine Nerven nicht aus". Kommissar Riemer tätschelte ihm freundschaftlich die Schulter: „Keine Angst, mir geht der Kerl auch auf die Nerven. Und du weißt doch wie man sagt: Geteiltes Leid ist halbes Leid".

Der Computer wollte wieder einmal nicht so, wie sich das Kommissar Riemer vorgestellt hatte. Fluchend zog der Kommissar die linke Schublade seines Schreibtisches auf, entnahm einen Schokoriegel, entfernte akribisch die dünne Umhüllung der Köstlichkeit, und biss herzhaft hinein. Genau in diesem Moment schlug lautstark das Diensttelefon an. Noch kauend meldete sich der Kommissar: „Was gibt's?" Sein Chef sagte gedehnt am anderen Ende der Leitung: „Riemer, langsam gebe ich es auf. Sie sollen sich doch mit Name und Dienstgrad melden!" Werner Riemer schluckte den Schokoladenbrei hinunter und antwortete: „Mir wäre es lieber, wenn Sie nicht langsam sondern schnell aufgeben. Und soweit ich mich erinnern kann, melden Sie sich ja auch nicht vorschriftsmäßig!" Es entstand eine kurze Pause, dann quetschte Hohlbach hervor: „In Mein Büro!"

Als Riemer eintrat, saß Sörenfried Bierbach bereits vor Hohlbachs Schreibtisch. Der Chef deutete auf den Stuhl daneben, und Riemer ließ seinen massigen Körper auf das arme Möbelstück fallen. Hohlbach lehnte sich etwas zurück und blickte Riemer streng an: „Wir haben einen neuen Fall. Einen Mann ohne Kopf. Gerade kam der

Anruf herein, und ich möchte, dass Sie den frischgebackenen Kommissar an Ihre Seite nehmen. Sie werden also gemeinsam den Fall bearbeiten. Und wenn ich sage gemeinsam, dann meine ich gemeinsam. Ich weiß genau, dass Sie immer alles an sich reißen wollen, aber diesmal nicht, klar?"

Der Tote lag in seiner Garage. Der Boden war abschüssig, und so lief sein Blut in Richtung des kleinen Abflusses an der hinteren Wand. Der Mann war mit Turnschuhen, Jeans und einem T-Shirt bekleidet, das vom Halsansatz abwärts jede Menge Blut aufgesaugt hatte. Vom Kopf des Opfers war nirgends etwas zu sehen. Riemer befürchtete, dass Bierbach möglicherweise Probleme bekäme, weil das sein erster verstümmelter Leichnam war. Aber der frischgebackene Kommissar ging in die Hocke, beguckte sich den Toten von allen Seiten, und meinte dann: „Was für eine Verschwendung. Der hätte vor seinem Tot noch Blut spenden können". Dann blickte er zu Riemer hoch: „Ich habe mal gehört, dass ein Kerl dermaßen mit Alkohol abgefüllt war, dass sich seine Blutprobe verflüchtigt hat, bevor man sie untersuchen konnte". Riemer griff sich stöhnend an die Stirn: „Weiter solche blöden Gags, und Ihnen fehlt auch bald der Kopf". Der Gescholtene erhob sich: „Waren wir nicht schon beim Du? Erinnerst du dich nicht mehr, als wir zwei beiden den fröhlichen Umtrunk hatten? Wegen der Idee mit dem Skopolamin?" Riemer winkte ab: „Von mir aus. Dann wird eben ‚dir' bald der Kopf abgerissen".

Frauke Wiegand hatte es sich auf dem Sofa bequem gemacht, während Kommissar Riemer das Abendbrotgeschirr abräumte. Als er aus der Küche zurückkam, fragte Frauke ganz nebenbei: „Weiß deine Exfrau überhaupt, dass du zu mir gezogen bist?" Riemer hielt inne: „Ich denke mal nicht. Geht sie ja auch nichts an. Wie kommst du jetzt darauf?" Kommissarin Wiegand antwortete, ohne ihren Werner anzusehen: „Glaubst du nicht, dass deine Tochter Claudia ihr das schon erzählt hat?" Riemer setzte sich neben sie: „Was soll der Quatsch? Kommst du jetzt vielleicht wieder mit dem Thema Heirat um die Ecke? Ich habe dir schonmal gesagt, dass ich nicht vorhabe nochmal zu heiraten. Ein gebranntes Kind scheut das Feuer". Frauke rutschte etwas von ihm ab: „Ach, und du denkst, dass du dir an mir die Finger verbrennst?" Der Kommissar stand auf: „Nein, aber überleg doch mal! Ich bin wesentlich älter als du. Kann sein, dass ich ein Pflegefall werde, während du noch in der Blüte deines Lebens stehst. Ich möchte nicht, dass du dich dann nur um mich kümmerst, weil wir verheiratet sind!" Die Kommissarin wurde sauer: „Ich möchte bloß wissen, was du heimlich rauchst, um so einen Blödsinn zu verzapfen. Aber lassen wir das! Was macht eigentlich dein aktueller Fall?" Riemer setzte sich wieder: „Dieser Bierbach macht mich wahnsinnig. Der hat mir erzählt, dass er künftig einen Ohrring tragen müsste. Und als ich frage warum, sagt der Kerl, weil seine Frau den im Ehebett gefunden hätte. Und soll ich dir was sagen, der Mensch ist überhaupt nicht verheiratet. Der Kerl macht mich wahnsinnig. Dem muss mal jemand einen Scherzschrittmacher einsetzen". Frauke Wiegand hakte ein: „Ich will nichts über den neuen Kollegen wissen, sondern was sich in dem Fall ergeben hat". Werner Riemer fuhr sich mit dem Zeigefinger unter der Nase durch: „Nicht viel. Den Kopf haben wir immer noch nicht gefunden. Und einen Durchsuchungsbeschluss konnten wir bisher nicht kriegen. Ich erwarte mir allerdings einige Erkenntnisse von der Autopsie. Gleich morgenfrüh werden wir unsere Gerichtsmedizinerin löchern".

Als Riemer und Bierbach die Pathologie betraten, drehte sich die Gerichtsmedizinerin, Dr. Martina Mertens, ruckartig um: „Das kann doch wohl nicht wahr sein! Jetzt schleppt mir der dicke Riemer auch noch seine Kumpels mit hier rein. Ihr könnt einfach die Zeit nicht abwarten!" Sörenfried Bierbach trat an den Seziertisch mit dem nackten Toten heran: „Der wurde erhängt, oder er hat sich selbst erhängt". Riemer kratzte sich im Genick: „Hä? Wie willst du das ohne Kopf feststellen?" Bierbach zeigte auf den Bauch der Leiche: „Das Strumpfhosenphänomen. Leichenflecken die aussehen wie eine Strumpfhose auf der Haut. Sie entstehen ringförmig um den Bauch herum und bis zu den Füßen herunter. Und zwar meistens, wenn ein Mensch durch Erhängen gestorben ist". Die Gerichtsmedizinerin bekam ein Leuchten in den Augen: „Das nenne ich mal einen Kommissar. Der hat wenigstens Ahnung. Nicht wie bestimmte andere Kommissare. Die Todesursache muss tatsächlich ein gewaltsames Abschnüren der Kehle gewesen sein. Der Kopf wurde wahrscheinlich nur abgetrennt, um die charakteristischen Male am Hals zu verschleiern. Außerdem habe ich noch festgestellt, dass der arme Mann Krebs hatte. Alles voll lymphogener Metastasen". Bierbach grinste: „Sagt der Arzt: Gut, dass Sie sich an mich gewandt haben. Sonst hätten Sie lustig drauflos gelebt und wären alt geworden, ohne zu ahnen, dass Sie ein todkranker Mann sind". Kommissar Riemer schlug sich beide Hände seitlich an den Kopf: „Irgendwann werde ich nochmal zum Mörder", was Dr. Mertens etwas schmunzelnd kommentierte: „Aber dann hoffentlich zum Selbst-Mörder".

Bierbach saß vor Riemers Schreibtisch: „Ihre Ideen, wo ich recherchieren sollte, waren hervorragend. Ich denke, mit den Fakten könnten wir zum Staatsanwalt gehen". Riemer hob den Zeigefinger: „Von wegen ‚wir'. Wenn hier einer geht, dann bin ich das, und dann auch nur zu Hohlbach. Und was hast du Streber nun herausgefunden?" Sörenfried Bierbach zückte sein Smartphon und wischte ein paarmal darauf herum: „Also, Die Gattin unseres Toten besitzt seit Langem einen sogenannten Kettensägen-Schein. Sie hat nämlich früher mal in einem Forstbetrieb gearbeitet. Die Dame hätte also ohne Mühe den Schädel mit einer Motorsäge vom Rest des Körpers trennen können. Man könnte also sagen, er hat wegen ihr den Kopf verloren". Riemer verzog das Gesicht: „Scherz lass nach! Und was für ein Motiv steckt deiner Meinung nach dahinter?" Bierbach steckte sein Handy wieder ein: „Ich habe mit seinem Arzt gesprochen. Der Mann hatte aufgrund seiner Krebserkrankung starke Schmerzen und bekam Morphium. Er hatte schon mehrmals Selbstmord-gedanken ausgesprochen. Ich denke, irgendwann hat er es dann nicht mehr ausgehalten und sich erhängt". Riemer zog die Augenbrauen zusammen: „Aber was war denn nun das Motiv für die Frau, ihrem Mann das Haupt abzusäbeln?" Bierbach hob nun seinerseits den Zeigefinger: „Die Pathologin hatte recht. Es ging darum die Zeichen für das Erhängen zu beseitigen. Der Mann hatte nämlich eine richtig hohe Lebensversicherung abgeschlossen. Allerdings mit der Klausel, dass die Versicherung bei Suizid nicht zahlen muss". Riemer stand auf: „Ich gehe damit jetzt zum Alten, und lasse ihn einen Durchsuchungsbeschluss für die Wohnung der Frau erwirken. Du wartest hier!" Bierbach protestierte: „Ach so, nachdem ich die ganze Arbeit gemacht habe". Riemer ging zur Tür: „Vergiss nicht, das Hohlbach nur gesagt hat, dass ich dich an die Seite nehmen soll! Ich bin bei unserem Fall der Boss, Herr Streber". Bierbach rief ihm nach: „Aber er hat auch gesagt, dass du nicht immer alles an dich reißen sollst". Und Riemer antwortete: „Dann sei froh, dass ich nicht deinen Kopf an mich reiße!"

Nach dem Abendessen stellte Frauke Wiegand zwei Weingläser, eine Flasche Rotwein und ein Glas mit Salzstangen auf den Tisch: „Unser Sörenfried war heute in meinem Büro, um mich zu fragen, ob du immer so bist. Angeblich würdest du dich mit fremden Federn schmücken". Kommissar Riemer grinste über das ganze Gesicht: „Der wird sich wundern. Morgen wird er nämlich von Hohlbach vor versammelter Mannschaft gelobt. Ich hab heute dem Alten erzählt, dass Bierbach ganz allein und ohne mein Zutun den Fall gelöst hat. Dass ich den Kerl dabei erst auf den richtigen Weg geschubst habe, habe ich verschwiegen. Ich bin gespannt, ob Sörenfried Bierbach morgen vor Staunen immer noch Witze reißen kann". Frauke lächelte: „Der Schriftsteller Wilhelm Raabe hat mal gesagt: ‚Gott sei Dank, dass der Spaß nicht totzukriegen ist in dieser so sehr mürrischen Welt'. Und dass du selbstlos auf ein Lob verzichtet hast, rechne ich dir hoch an. Weißt du was? Du bekommst deine Belohnung heute Nacht von mir. Auch wenn wir nicht verheiratet sind".

Nie mehr arbeiten

Seit meiner frühesten Jugend habe ich das Gefühl, dass man mich nicht für voll nimmt. Vielleicht liegt das auch an meinem Namen. Ich heiße nämlich Glaubrecht Fitlibor. Als ich das Erwachsenenalter erreicht hatte, wollte ich dann meinen Namen standesamtlich ändern lassen. Dabei begegneten mir aber zwei hässliche Probleme. Zum einen muss es in unserem Land einen wichtigen Grund für den Namenswechsel geben, zum anderen hätte mich das für Vor- und Nachnamen zusammen etwa 1.300 € gekostet. Das Geld hätte ich vielleicht noch aufgebracht, aber dass mein Name seltsam klingt, wurde nicht als Argument anerkannt. Das war ein weiterer Schlag gegen mein Selbstbewusstsein. Vielleicht war das auch der Grund dafür, dass ich zurzeit nervlich nicht in der Lage bin, meinen Lebensunterhalt durch meiner Hände Arbeit aufzubringen. Wenn es nach mir ginge, würde ich nie mehr im Leben arbeiten gehen wollen, sondern nur Geld durch patentverdächtige Ideen verdienen. Leider ist es aber so, dass in meinem näheren und weiteren Umfeld bisher kein Mensch meine Ideen zu schätzen wusste. Und ich habe viele Ideen. Nur mal so als Beispiel: Wir empfinden doch die schnelle Bewegung von Atomen und Molekülen als Wärme. Ohne die beschleunigte Kollision dieser Teilchen könnten wir ja auch in der Mikrowelle keine Mahlzeiten erhitzen. Außerdem kann man mittels Reibung Wärme erzeugen, da durch diese Art der Friktion ebenfalls Moleküle zum Schwingen angeregt werden. Bereits 1842 hat Robert Mayer in einem Experiment Wasser über einen längeren Zeitraum geschüttelt und dadurch ein wenig erwärmen können. Auch wenn sich Gegenstände schnell durch die Luft bewegen, wird durch die Reibung an den Luftmolekülen Wärme erzeugt. Meine Schlussfolgerung daraus war nun, die Höchstgeschwindigkeit von Autos auf 45 km/h zu drosseln, um so die Begrenzung der Erderwärmung bis zu einem gewissen Grad mit zu unterstützen. Kein Schwein hat sich dafür interessiert. Ich hatte, wie bereits gesagt, auch noch weitere, bahnbrechende Ideen auf dem Gebiet der Physik. Wissenschaftler sprechen doch von Raum und Zeit. Albert Einstein zog die Begriffe sogar zusammen zur sogenannten Raumzeit. Ich hingegen behaupte, es gibt gar keine Zeit. Die Zeit wurde von uns Menschen erfunden, einfach nur, um eine Maßeinheit für die

Veränderung des Raumes zu haben. Alles, was einen Raum einnimmt, ändert sich ständig. Jede Zelle unseres Körpers altert, jegliches Material verrottet, und sogar unser Universum lässt Sterne entstehen und vergehen. Um nun diese Änderungen der Materie verfolgen zu können, sowie die einzelnen Phasen des Veränderns effektiv zu dokumentieren, musste man sich zwangsläufig eine Maßeinheit ausdenken. Und das war eben die Zeit. Deshalb kann man auch nicht in die Vergangenheit oder in die Zukunft reisen, weil halt die Zeit einfach nur ein gedankliches Konstrukt der Menschen ist. Keiner hat mir diese Theorie abgenommen. Vielleicht außer meinem Kumpel Adrian. Wir haben als Kinder manchmal miteinander gespielt. Übrigens war Adrian damals der einzige, der mit mir gespielt hat. Möglicherweise lag es daran, dass auch kein anderes Kind seinerseits mit Adrian spielen wollte. Selbsternannte Streber sind nun mal nicht unbedingt von allen gern gesehen. Heute ist mein ehemaliger Spielkamerad so etwas wie ein Wissenschaftler, und er arbeitet in einem kleinen Labor. Kurz nach dem Abi hatte er erfolgreich sein Chemiestudium abgebrochen, dann versucht Physik zu studieren, und zum Schluss hat er auch noch sein Biologiestudium hingeschmissen. Er hat jedoch seltsamerweise den Ruf eines Angebers und Außenseiters. Aber er ist eben der einzige, der sich mit meinen skurrilen Ideen wenigstens hin und wieder auseinandersetzt. Vor kurzem habe ich ihm meine neuste Idee präsentiert. Es ist ja so, dass wir Menschen bereits Atomkraftwerke gebaut haben, in denen die Kernspaltung für Energie sorgt. Im Moment bastelt die Menschheit jedoch an der Kernfusion. Im französischen Forschungszentrum Cadarache baut man zum Beispiel einen sogenannten Tokamak mit dem Namen ITER. Dort will man später eine gewisse Menge Energie einsetzen, um danach das Zehnfache an Power herauszubekommen. Mein Vorschlag war nun, die Spaltungsenergie eines winzigen Atomkraftwerks als Quelle für einen großen Fusionsreaktor zu verwenden. Damit hätte man ein geschlossenes System, und bräuchte keine Energie mehr von außen zuzuführen. Außerdem könnte man ja das gespaltene Material des kleinen Kraftwerks in dem großen Reaktor wieder zusammenfügen, um es dann erneut in der kleinen Anlage zu spalten. Wer sagt denn, dass man ausgerechnet immer nur Wasserstoff zu Helium vermanschen muss. Adrian hat das mal durchgerechnet, und ist dann damit zur Forschungseinrichtung seiner ehemaligen Universität gegangen. Das Ergebnis war für mich absolut zufriedenstellend. Seitdem brauche ich nie wieder im Leben zu arbeiten. Nur das Genöle von Adrian, dass er wegen mir in der geschlossenen Anstalt sitzt, geht mir manchmal gehörig auf den Wecker.

Zehn Meter

Sie waren eine kleine Gruppe. Sieben Personen. Melanie, Kati, Celina, Inge, Jasper, Axel und Samu. Sie hatten sich den Namen „Seitsemän" gegeben. Das kam aus dem Finnischen und bedeutete „Sieben". Auf der ganzen Erde gab es nur noch solche kleinen Gruppen. Es gab ja auch keine großen Städte mehr. Alle Gebäude, die höher als zehn Meter waren, existierten nicht mehr. Ihre Substanz und ihre Bewohner waren systematisch und erbarmungslos vernichtet worden. Die Raumschiffe der Fremden hatten aus einer Art bizarr geformten Mund gleißend helle Kugeln ausgespien, welche langsam herabsanken, und in einer Höhe von etwa zehn Metern unerwartet geräuschlos explodierten. Sie gebaren hunderte von schwarzen Scheiben, die dann ihrerseits mit Überschallgeschwindigkeit nach allen Seiten auseinander spritzten, um alles in Schutt und Asche zu legen, was ihnen im Weg stand. Dieses Inferno endete erst nach zwei Wochen. Ab diesem Zeitpunkt gab es keine funktionierende Infrastruktur mehr, keinen Funk und kein Fernsehen, keine Warenproduktion und keine Krankenhäuser. Nur noch Ruinen, Baracken und kleinere Anwesen. Die Drei Männer und die vier Frauen der Gruppe Seitsemän lebten in dem flachen Gebäude eines Supermarktes. Dort wollten sie bleiben, bis alle Vorräte verbraucht wären, oder bis sie eine andere der vielen marodierenden Gruppen gewaltsam verdrängen würde. Samu Müller-Hantikainen hatte als Kind einer finnischen Mutter und eines deutschen Vaters vor neunundzwanzig Jahren das Licht der Welt auf deutschem Boden erblickt. Irgendwie hatte er sich als Anführer seiner Gruppe herauskristallisiert. Samu hatte das nicht angestrebt, aber die anderen vertrauten ihm. Es war auch seine Idee gewesen, solange zusammen durch die Gegend zu streifen, bis sie einen noch unbesetzten Supermarkt finden würden. Zuerst hatten sie die Tiefkühlkost verbrauchen müssen, da ohne Strom keine der Gefriertruhen mehr funktionierte. Samu achtete auch darauf, das schwerverderbliche Lebensmittel, wie zum Beispiel harte Wurst, zunächst nicht angerührt wurden. Nach etwa zwei Wochen ihres Aufenthalts in dem Supermarkt hatten vier Männer versucht, sie aus ihrem Refugium zu vertreiben. Axel und Melanie waren dabei verwundet worden, aber Kati hatte die beiden wieder zusammengeflickt. Kati war Ärztin. Sie hatte mit Zahnseide und Wattepads aus dem Kosmetikregal die Wunden genäht und abgedeckt, und anschließend mit Paketband aus der Büroabteilung fixiert. Zwei Angreifer wurden getötet, während die anderen beiden schwer angeschlagen die Flucht ergriffen hatten. Samu ordnete danach an, die beiden Toten im nahegelegenen Park zu begraben. Der junge Jasper hatte zwar protestiert, weil er nicht gewillt war, für Leute, die ihm nach dem Leben getrachtet hatten, auch noch eine Grube auszuheben. Aber Samu überredete ihn mit dem Argument der Hygiene und dem zu erwartendem Gestank verwesender Körper. Oft genug waren sie bei ihrer damaligen Wanderung an ungeschützt herumliegenden, menschlichen Kadavern vorbeigekommen. Seltsamerweise machte sich in den nächsten Tagen nach dem abgewehrten Überfall so etwas Ähnliches wie Alltag breit. Es war, als würde das Leben der Gruppe immer so weiter vor sich hin plätschern. Lediglich Jasper hatte mehrmals versucht bei Inge zu landen, war aber ständig abgeblitzt. Während der ganzen Zeit kreisten Samus Gedanken unablässig um die seltsamen zehn Meter. Was, wenn es kein Zufall war, dass alles unter dieser Grenze noch existierte? Er blickte sich nach Jasper um. Der saß auf dem kalten Boden mit dem Rücken an eine leere Tiefkühltruhe gelümmelt, und hatte seine Hände tief in den Hosentaschen vergraben. Samu setzte sich neben ihn: „Hör mal, Kumpel! Mir ist da eine ziemlich verrückte Idee gekommen. Du bist doch Gärtner. Hab ich zumindest aus deinen Gesprächen geschlussfolgert. Liege ich da richtig?" Jasper drehte seinen Kopf langsam zu Samu: „Ich wollte Landschaftsgärtner werden. War im zweiten Jahr. Aber dann sind diese Arschlöcher von Aliens gekommen, und haben alles platt gemacht. Jetzt ist es scheißegal welchen Beruf jemand hat. Hauptsache man findet was zu fressen". Über Samus Gesicht huschte ein kurzes Lächeln: „Eben nicht. Einmal erworbenes Wissen kann dir keiner nehmen. Man muss es nur richtig einsetzen. Und das hat mit meiner Frage an dich zu tun. Warum mäht man eigentlich den Rasen?" Jasper blickte ungläubig: „Sag mal, hast du keine anderen Probleme, als über Gras zu schwafeln?" Samu legte seine Hand auf Jaspers Arm: „Ich erkläre es gleich. Aber zuerst beantworte bitte meine Frage!" Jasper zog seine rechte Hand aus der Tasche und beschrieb mit ihr eine waagerechte Geste: „Na, regelmäßiges Mähen stärkt einfach den Rasen. Allerdings sollte man nie mehr als ein Drittel der Höhe kürzen. Warum fragst du?" Samu nickte wissend: „Und jetzt eine zweite Frage. Wie entstanden in der fernen Vergangenheit eigentlich die Länder mit ihren Grenzen?" Jasper nahm auch noch die zweite Hand aus der Hosentasche: „Das weiß ich doch nicht". Samu fuhr fort: „Irgendwann hat sich irgendwer auf ein Stück Land gesetzt und gesagt: ‚Das gehört jetzt mir'. Daher auch der Name Besitz. Und wenn er es erfolgreich gegen andere verteidigen konnte, dann gehörte es ihm auch. Und er begann es zu nutzen. Er errichtete seine Hütte darauf, baute Gemüse an, oder er barg dort Bodenschätze. Das Prinzip hat sich bis heute nicht geändert. Mit der Ausnahme, dass heute die Menschen auch Flächen nur so zum Spaß belegt haben. Ein gutes Beispiel ist da der englische Rasen. Sein Pflegeaufwand ist sehr hoch, weil Zierrasen durch den starken Anteil an sogenannten Rotschwingelpflanzen sehr oft zum Verfilzen neigt und auch krankheitsanfällig ist. Trotzdem hält man ihn sich. Einfach nur zu Repräsentationszwecken. Oder vielleicht, weil er einfach schön aussieht". Jasper war nicht klar, was Samu damit sagen wollte. Er grunzte: „Und ich frage dich erneut, hast du keine anderen Probleme?" Samu beachtete den Einwand überhaupt nicht: „Aber Käfer, Ameisen und Würmer können in so einem Rasen überleben. Oder auch tief im Erdreich. Es gibt leider einige Lebewesen, welche die Mähvorgänge mit ihrem Leben bezahlen müssen. Was hälts du nun von dem Gedanken, dass es eklatante und durchgeknallte Aliens gibt, die sich Planeten halten, und diese regelmäßig mähen, damit dort das Leben nicht überhandnimmt?" Jasper stand auf: „So ein Gedanke läuft hinter mir durch, um nicht zu sagen, er geht mir am Arsch vorbei. Wer solche Gedanken hat, sollte sich von Kati auf seinen Geisteszustand untersuchen lassen!" Doch Samu ließ sich nicht von seiner Idee abbringen. Er rief die Gruppe zusammen, erläuterte den Mitgliedern seine These und machte folgenden Vorschlag: „Wir werden weißen Stoff zusammentragen, zum Beispiel unsere Unterhemden, daraus Fahnen basteln und uns trennen. Jeder geht in eine andere Richtung, bis er auf eine neue Gruppe trifft. Die Fahnen lassen uns als Unterhändler erkennen, und so können wir die Idee auch anderen bekannt machen. Wenn wir uns alle konsequent unterhalb von zehn Metern Höhe bewegen, können wir eine neue und funktionierende Zivilisation aufbauen". Die Mitglieder von Seitsemän waren nach kurzem Zögern damit einverstanden. Bis auf Jasper. Während sich seine Freunde mit ihren kurios anzusehenden Fahnen voneinander verabschiedeten, blieb er alleine im Supermarkt zurück. Nachdem er fast den gesamten Alkoholvorrat ausgetrunken hatte, erstickte er an Erbrochenem.

Axel kam nach ein paar Tagen völlig ausgehungert und ohne etwas erreicht zu haben zurück. Er hatte Hohn und Spott erdulden müssen, und ihm wurde auch Gewalt angedroht. Nachdem er Jasper gefunden hatte, brach er völlig erschöpft in Tränen aus. Er aß erst hastig ein paar Bissen, dann beerdigte er den Toten. Anschließend suchte er nach ein paar Kerzen und fand eine Packung Teelichter. Aber er hatte keine Streichhölzer. Nachdem er eine Weile gesucht hatte, fand er im ehemaligen Kassenbereich zwei eingeschweißte Gasfeuerzeuge. Er entzündete die Teelichter, um danach im Kerzenschein vor sich hin murmelnd seines Freundes zu gedenken. Erst nach Stunden entschloss er sich, eine anständige Mahlzeit zu sich zu nehmen. Kurz danach brach eine Gruppe Frauen in den Supermarkt ein. Sie waren mit Baseballschlägern bewaffnet und prügelten Axel hinaus ins Freie. Der Geschlagene schleppte sich unter Schmerzen weiter, um ein neues Domizil zu finden. Seit diesem Zeitpunkt hat niemand wieder etwas von ihm gehört oder gesehen.

Samu erging es noch schlechter. Bereits bei der ersten Gruppe, die er von seiner Idee überzeugen wollte, schlug ihm jemand von hinten ein Stahlrohr über den Schädel. Dann schleppten zwei Männer den Ohnmächtigen zu dem naheliegenden Fluss, und warfen ihn lachend hinein. Drei Tage später wurde seine Leiche an einer Flussbiegung angeschwemmt.

Die vier Frauen hatten weit mehr Glück. Ob es an ihrem Geschlecht oder der besseren Diplomatie lag, war zweitrangig. Auf jeden Fall begannen verschiedene Gruppen sich zu einem größeren Verband zusammen zu schließen. Dann stießen nach und nach weitere Gruppen zu dieser Vereinigung. Letztlich gründeten die Menschen eine neue Stadt und nannten sie entsprechend des Vorschlags von Celina ‚Metropole Samu'. Die findigsten Köpfe bastelten aus herumliegenden Ersatzteilen eine Art Turbine und nutzten den nahen Fluss um Strom zu erzeugen. Damit konnten unter Katis Leitung die wenigen medizinischen Geräte betrieben werden. Andere errichteten aus alten Ziegelsteinen Backöfen und produzierten mit den noch verbliebenen Zerealien Brot. Ein paar wenige Enthusiasten bestellten die angrenzenden Äcker, um später auch weiterhin Weizen und Gerste zu haben. Damit gelegentlich aufflackernde Streitereien objektiv geschlichtet werden konnten, wählten sich die Menschen eine Gerichtsbarkeit und eine kleine Polizeitruppe. Langsam normalisierte sich das Leben in der Stadt. Das wurde auch außerhalb der Metropole bekannt, und es bildeten sich weitere Kommunen. Gelegentlich wollte sich der eine oder der andere nicht an die Zehn-Meter-Grenze halten, und setzte seinem Gebäude eine zusätzliche Etage obenauf. Doch sofort kamen die seltsamen Raumschiffe, und mähten die überstehenden Bauwerke ab. Die Menschen der Erde arrangierten sich Stück für Stück mit diesem Umstand. Da nach dem ersten Angriff der Fremden viele Menschen den Tod gefunden hatten, reichten kleine und flache Häuser aus, um allen einen Wohnraum zu bieten. Außerdem wurde die sogenannte Einkindfamilie propagiert, wie sie in der Volksrepublik China von 1979 bis 2015 galt. Im Laufe der Zeit kam es natürlicherweise zu einem Generationswechsel. Die Neugeborenen kannten nichts anderes als zehn Meter Höhe. Auch das hin und wieder fremdartige Raumschiffe am Himmel kreuzten, war inzwischen zur Normalität geworden. Menschen gewöhnen sich eben an alles.

Sport

Frauke Wiegand hatte bereits ihre Sportkleidung angelegt und streifte sich nur noch schnell das Schweißband über den Kopf: „Werner, willst du nicht doch mit zum Joggen kommen? Das würde dir wirklich gut tun". Kommissar Riemer verzog das Gesicht: „Gut tun? Weißt du wie stark mein Gewicht die Knie belastet? Das würde meinen Gelenken alles andere als gut tun". Frauke gab noch nicht auf: „Aber wer Sport treibt, der lebt länger". Werner Riemer winkte lässig ab: „Das mit dem längeren Leben ist eine Mogelpackung. Genauer gesagt, eine Doppelmogelpackung. Denn erstens verlängert sich das Leben genau um die Zeit, in der man Sport treibt. Und da man beim Sporttreiben nichts anderes machen kann als Sport, verschiebt man lediglich alle anstehenden Tätigkeiten nach hinten. Und zweitens wird ja das Leben nicht im Moment des Sporttreibens verlängert, sondern hinten hinaus. Also wenn man alt und gebrechlich ist. Ich will aber nicht, dass ich im hohen Alter länger vor mich hin siechen muss, als unbedingt nötig. Also jogge man ruhig alleine. Sei aber bitte pünktlich zum Abendessen wieder da! Und jetzt ab mit dir!" Frauke stemmte ihre Arme in die Hüften: „Sag mal, gibst du hier neuerdings die Kommandos? Das ist immer noch meine Wohnung, und hier wird das gemacht, was ich sage, und nicht das, was ein dicker Kommissar will!" Riemers Gesicht verfinsterte sich: „Ach? Sollte ich etwa nur bei dir einziehen, damit du mich hier nach Lust und Laune kujonieren kannst?" Die Kommissarin ließ die Arme sinken: „Kujonieren? Was soll das denn bitte sein?" Riemer richtete seinen Zeigefinger auf die Frau: „Na triezen, schikanieren, unwürdig behandeln". Frauke Wiegand schüttelte den Kopf und ging zur Tür: „Dich sollte auch mal jemand behandeln, aber ein Arzt!"

Kommissar Reiner Schimmler betrat Riemers Büro eigentlich in der Absicht, seinen Freund zum Mittagessen in die Kantine zu begleiten. Doch der Anblick von Riemers Gesicht ließ ihn verharren: „Mensch Werner, du machst ja ein Gesicht wie ein Erdferkel nach drei Wochen Diarrhö. Was ist Fase?" Riemer ließ seinen Blick extrem langsam zu seinem Freund schweifen: „Weißt du, ich habe irgendwie das Gefühl, seit ich bei Frauke eingezogen bin, nölen wir uns nur noch gegenseitig voll. Es ist einfach nicht mehr wie früher. Wenn ich nicht meine alte Wohnung aufgegeben hätte, dann würde ich wahrscheinlich dahin zurückziehen. Kannst du mir vielleicht sagen, was ich machen soll?" Reiner Schimmler rückte sich einen Stuhl vor Riemers Schreibtisch: „Eine Frage: Wann hast du ihr das letzte Mal Blumen mitgebracht? Wann seid ihr das letzte Mal ausgegangen? Wann habt ihr euch das letzte Mal mit Freunden getroffen? Und wann ward ihr zuletzt im Theater?" Werner Riemer blies die Backen auf: „Das war nicht eine Frage, das waren vier. Und du weißt selbst, dass wir hier in letzter Zeit ziemlich eingespannt waren. Schließlich haben wir alle jede Menge Überstunden angehäuft. Du doch auch". Schimmler stand auf: „Also wenn du mich fragst, dann würde ich an deiner Stelle erstens deine liebe Frauke zu einem Wochenendtrip einladen, zweitens würde ich den Chef bitten, dass ihr nicht mehr zusammen Fälle bearbeiten müsst, damit ihr euch nicht ständig seht, und drittens würde ich jetzt mit mir zusammen Mittagessen gehen!" Riemer erhob sich schwerfällig: „Punkt eins und drei lasse ich mir noch gefallen, aber wenn ich nicht mehr mit Frauke zusammenarbeiten würde, dann stellt mir doch der Alte garantiert den Bierbach an die Seite. Und diesen

Dummschwätzer halte ich einfach nicht aus. Der Kerl hat doch Sprechdurchfall".

Egal ob es der große Blumenstrauß war, die Pralinen oder das klärende Gespräch, jedenfalls endete der Abend von Frauke und Werner bei Kerzenschein und Sekt. Als beide dann nach getaner Liebe selig aneinander gekuschelt eingeschlafen waren, wurde die nächtliche Idylle durch den nervigen Ton von Riemers Handy unterbrochen. Vorsichtig nahm Riemer Fraukes Arm von seiner Brust und drückte das Gerät ans Ohr: „Wen darf ich diesmal wegen Störung der Nachtruhe erschießen?" Die Frau von der Zentrale schien nicht für Scherze empfänglich zu sein. Jedenfalls blieb ihr Ton absolut sachlich und kalt: „Herr Kommissar, im Nachbarort Littmanshausen, in der Ludwig-Uhland-Straße 23, dritter Stock, wurde ein Toter Mann aufgefunden. Sie müssen sofort los!" Riemer setzte sich im Bett auf, wodurch Frauke ebenfalls wach wurde. Der Kommissar fragte ungehalten: „Und wieso gerade ich? Was ist mit der Bereitschaft?" Die Antwort lautete: „Die Bereitschaft ist nicht über ihr Handy erreichbar. Entweder eine technische Störung, oder das Smartphon wurde entgegen den dienstlichen Richtlinien ausgeschaltet". Kommissar Riemer war nun endgültig stinksauer: „Und wer, wenn ich fragen darf, hat heute Bereitschaft?" Kommissarin Wiegand legte ihm die Hand auf den Arm: „Ich".

Als Frauke Wiegand und Werner Riemer im dritten Stock des Mietshauses ankamen, mokierte sich Riemer schnaufend, dass nicht in allen Gebäuden Fahrstühle eingebaut waren. Der Uniformierte, der seit einiger Zeit die Wohnungstür bewachte, musterte akribisch die Ausweise, dann meinte er lakonisch: „Na schön, wenn die Kripo da ist, kann ich mich ja verkrümeln. Das Opfer liegt auf dem Bett und hat ein Loch in der Brust, welches wohl eher nicht dahin gehört". Er tippte noch kurz an den Schirm seiner Dienstmütze und trollte sich von dannen. Nach dem Betreten der Wohnung beugte sich Riemer im Schlafzimmer sofort über den Toten, während Kommissarin Frauke Wiegand die restliche Wohnung in Augenschein nahm. Plötzlich knackte es vernehmlich hinter dem Kommissar. Riemer erhob sich vorsichtig. Im gleichen Moment sprang ein Mann aus der rechten Tür des Kleiderschranks und rannte aus der Wohnung. Riemer rief laut: „Da türmt einer!" und nahm die Verfolgung auf. Bereits auf dem Treppenabsatz der zweiten Etage hatte ihn Kommissarin Wiegand überholt. Riemer verpustete sich kurz auf einer Stufe, und stieg dann langsam zurück zur Wohnung. Er kam gerade recht, als sich ein zweiter Mann mit einer Sporttasche auf leisen Sohlen behutsam zur Bodentreppe schlich. Beim Anblick von Riemers Waffe wurde er einsichtig, ließ sich ohne Gegenwehr Handschellen anlegen, und kam lammfromm mit vor das Haus. Riemer verfrachtete ihn in den Fond des Wagens. Kurz darauf trudelte auch Frauke mit dem anderen Verdächtigen ein, welcher ebenfalls eisenhaltige Armbänder trug. In der Dienststelle wurden dann beide in getrennte Verhörräume verfrachtet.

Der Tag ging zur Neige. Riemer hatte den Abendbrottisch abgeräumt, schaltete den Fernseher ein, und machte es sich mit einem Schälchen kandierter Erdnüsse auf dem Sofa bequem. Frauke stellte zwei Gläser und eine Flasche Rotwein auf den Tisch, und kuschelte sich an Riemers Seite. Sie legte behutsam ihren Kopf an die Schulter des Kommissars und blickte zu ihm hoch: „Siehst du, Werner, wenn du nun mehr Sport treiben würdest, dann hättest du den Schützen fangen können. So hat mich aber Hohlbach vor versammelter Mannschaft gelobt, und nicht dich". Riemer senkte den Kopf und blickte ihr in die Augen: „Auf ein Lob von dieser Affenfresse bin ich weiß Gott nicht scharf. Außerdem hätten wir nie das Raubgut sicherstellen können, wenn ich nicht zurückgegangen wäre. Und nicht zu vergessen, dass du so schnell warst, dass der Flüchtige nicht einmal seine Waffe wegwerfen konnte. Deshalb denke ich wohl zu Recht, wir sind als Team einfach unschlagbar". Die Kommissarin legte ihre Hand auf seinen Oberschenkel und schnurrte: „Und wie wäre es, wenn du ‚als Team' in ‚intim' ändern würdest?" Am nächsten Morgen erschienen beide zu spät zum Dienstantritt.

Darrell

Alle nannten ihn Darrell. Die Nachbarn im Haus, die Leute in der näheren Umgebung, die Frau vom Gemüseladen, und auch sein Frisör. Alle dachten, es wäre sein

Vorname. Er ließ die Menschen in diesem Glauben, denn er konnte seinen Vornamen nicht besonders gut leiden. Adalbert Darrell arbeitete in Teilzeit drei Tage die Woche als Apotheker in der Nachbarstadt, und in seiner Freizeit spielte er Saxophon in einer kleinen Amateurband, die sich dem Jazz verschrieben hatte. Mit Hannelore, der Pianistin der Band, verband ihn eine sogenannte „Freundschaft Plus". Die beiden passten im Bett recht gut zueinander, hatten aber außer der Musik ansonsten keinerlei übereinstimmenden Interessen. Adalbert hätte also mit seinem Leben im Großen und Ganzen zufrieden sein können, wenn nicht dieser ganz bestimmte Tag im Juni gewesen wäre.

Es war Freitag, und Adalbert hatte frei. Er übte ein wenig auf seinem Instrument, da am Samstag wieder einer der seltenen Auftritte seiner Band anstand. Es war recht warm für die Jahreszeit, trotzdem war der Himmel mit dicken, dunklen Wolken bedeckt. Adalbert hatte das Fenster geöffnet, aber kein Luftzug brachte die erhoffte Kühlung in sein Wohnzimmer. Stattdessen schwebte ein gleißend heller Kugelblitz in der Größe eines Apfels durch das offene Fenster bis in die Mitte des Zimmers, und verharrte auf Kopfhöhe des Musikers. Adalbert war dermaßen erschrocken, dass er sich flach auf den Boden warf. Irgendwann hatte er gelesen, das Kugelblitze tödlich sein können. Das Saxophon erhielt eine kleine Beule, als es lautstark unter den Couchtisch polterte, während der Erschrockene sein Gesicht fest an den Boden presste. Etwa drei Sekunden später gab es einen Knall, und im kompletten Zimmer wirbelte eine Art weißer Staub umher. Nachdem es eine ganze Weile still gewesen war, traute sich der am Boden liegende Angsthase seinen Kopf zu heben. Die Möbel waren allesamt mit einem dichten, weißen Niederschlag verziert, und auch auf seinem Körper fand sich eine große Menge dieser Substanz. Nach dem sich Adalbert mental ein wenig erholt hatte, stopfte er zunächst seine Klamotten in die Waschmaschine, um danach stundenlang mit Lappen und Staubsauger sein Wohnzimmer wieder auf Vordermann zu bringen. Dann duschte er ausgiebig und zog schon immer mal seinen Pyjama an. Während des anschließenden Abendbrotes ärgerte er sich, dass er vergessen hatte, das Ganze zu fotografieren.

Am Samstagmorgen saß Adalbert gut gelaunt am Frühstückstisch. Durch eine kleine Unachtsamkeit schob er das Buttermesser über die Tischkante. Reflexartig fasste er nach dem fallenden Besteckteil. Aber sein Griff erfolgte unterhalb der Stelle, an der sich das Messer gerade befand. Adalbert kam es so vor, als hätte irgendetwas den Vorgang des Fallens kurzzeitig aufgehalten. Etwa eine Minute später hatte er das aber schon wieder vergessen. Am Abend spielte dann Adalbert mit einem leicht angeschlagenen Saxophon. Er nahm sich vor, am Montag einen Instrumentenbauer für Blechblasinstrumente zu kontaktieren, um die Beule wieder herausdengeln zu lassen. Ärgerlich über das dafür notwendige Geld, warf er einigermaßen verdrossen sein Instrument in den zugehörigen Instrumentenkoffer. Wieder schien es ihm, als verharre das Saxofon kurz in der Luft, bevor es dann passgenau in den Koffer fiel. Adalbert nahm sich vor, wenn ihm eine derartige Erscheinung noch einmal vor Augen käme, einen Arzt aufzusuchen. Hannelore bemerkte, dass ihren Saxophonspieler etwas bedrückte: „He, Darrell, was ist los? Bleibt es dabei, dass du heute mit zu mir kommst?" Adalbert nickte ein brummiges: „Ja".

Am Sonntagnachmittag saß Adalbert in der Küche vor einer Tasse Kaffee und einem Stück Marmorkuchen, als sein Handy, das auf dem Wohnzimmertisch lag, lautstark klingelte. Er stand ruckartig auf, was den Stuhl nach hinten wegkippen ließ. Aber kurz bevor die Stuhllehne auf den Boden schlug, verharrte das Möbel in einer unnatürlichen Schräglage. Adalbert schloss verwirrt die Augen. Genau in diesem Moment kippte der Stuhl doch noch um. Adalbert war völlig mit den Nerven fertig. Zitternd hob er die Sitzgelegenheit hoch und bemerkte, dass diese jetzt etwa zwei Zentimeter über dem Boden schwebte. Vorsichtig drückte der Zitternde auf die Sitzfläche, worauf der Stuhl wieder ordnungsgemäß auf dem Boden stand. Adalbert schob sich ganz langsam rückwärts aus der Küche in das Wohnzimmer. Das Handy war inzwischen verstummt. Er setzte sich auf das Sofa und hielt seinen Kopf mit beiden Händen. Hätte er Alkohol im Haus gehabt, hätte er sich wahrscheinlich sinnlos betrunken. Immer noch völlig benommen stand er auf, zog Jacke und Schuhe an, und wollte gerade das Haus in Richtung Stammkneipe verlassen, als sich das Handy erneut meldete. Zögerlich hielt er sich das Gerät ans Ohr: „Darrell!

Wer spricht?" „Hier ist Hanne. Kannst du ganz schnell zu mir kommen? Seit du gestern hier warst schwebt der Läufer vor meinem Bett in der Luft. Ungefähr fünf Millimeter über dem Boden. Zuerst hatte ich das gar nicht bemerkt, dann dachte ich es wäre nur eine optische Täuschung. Du musst unbedingt herkommen und mir sagen, dass ich nicht durchgedreht bin!"

Es war so, wie Hannelore gesagt hatte. Die Teppichbrücke hielt sich entgegen den Regeln der Schwerkraft kurz über dem Boden in der Luft. Nachdem sie Adalbert berührt hatte, legte sie sich wieder brav so hin, wie es sich gehörte. Hannelore war völlig durch den Wind: „Was ist hier los? Spinne ich, oder bist du ein Superheld? Ich hab Angst. Darrell, nimm es mir nicht übel, aber ich habe Angst vor dir. Sag mir, dass das nur eine Halluzination ist, bitte!" Obwohl innerlich aufgewühlt, riss sich Adalbert so gut es ging zusammen, und sagte dann mit einigermaßen ruhiger Stimme: „Du hast Recht, das war bestimmt nur eine kurzzeitige Halluzination. Hanne, du bist einfach überarbeitet. Komm, wir gehen irgendwohin und trinken ein Glas Wein zusammen. Du wirst sehen, danach geht es dir garantiert wieder besser".

Adalberts Arbeitszeit endete montags immer kurz nach 18:00 Uhr. Gegen 19:00 Uhr war er dann zu Hause. Sofort begann er mit mehreren Gegenständen herumzuexperimentieren. Ob Stuhl, Zahnbürste, Obstschale oder Fernsehgerät, alles erhob sich durch einen kurzen Wink in die Luft, und verharrte dort solange, bis er seine Hand wieder nach unten senkte. Inzwischen war es draußen dunkel geworden. Adalbert ging vor die Tür, und setzte seine Experimente im Schutz der Dunkelheit fort. Nachdem er mehrere Autos um einige Zentimeter angehoben und wieder abgesenkt hatte, ging er mit zwiespältigen Gefühlen zurück ins Haus. In der Nacht zum Dienstag schlief er nur gegen Morgen ein paar wenige Minuten. Seine Gedanken kreisten ständig um die Möglichkeiten, die ihm seine neue Fähigkeit eröffnen könnten. Auf Arbeit wirkte er dann etwas unruhig, und seine Augenringe waren auch nicht von schlechten Eltern. Nach Feierabend wollte er weiter mit einigen Gegenständen herumspielen, war aber viel zu müde, und ging erst einmal zu Bett.

Zwei Wochen waren vergangen, und Adalbert beherrschte die Kunst des Schwebenlassens nun aus dem sprichwörtlichen ‚Effeff '. Er schaute sich auf einschlägigen Internetseiten die verschiedensten Videos von Magiern an, und studierte, wie diese ihre Shows aufgebaut hatten. Dann wagte er sich das erste Mal mit seiner Fähigkeit auf eine Bühne. Durch die Arbeit mit der Band kannte er bereits einige Veranstalter, und einer davon, der ein Faible für die Magie hatte, gab ihm die Möglichkeit, seine angeblichen Zaubertricks vor Publikum zu demonstrieren. Adalbert war unheimlich nervös, denn es gibt keine zweite Chance für einen ersten Auftritt. Er hätte aber gar nicht aufgeregt sein müssen. Seine Darbietung war eine Sensation. Zuerst ließ Adalbert zwei Stühle nacheinander bis auf eine Höhe von einem Meter schweben, um sich danach selbst etwa einen halben Meter in die Höhe zu erheben. Das Publikum war dermaßen perplex, dass der Applaus erst nach einer langen Minute einsetzte.

Wie erwartet hatte sich Adalberts Auftritt herumgesprochen. Gegen entsprechende Gage engagierten nun selbst große Häuser den bedeutenden „Mister Levitation". Der hatte seine Arbeit in der Apotheke gekündigt, und baute Schritt für Schritt seine Darbietung weiter aus. Jetzt ließ er beispielsweise auch einen Freiwilligen aus dem Publikum auf die Bühne kommen, und erhob diesen langsam in die Luft. Am Schluss seiner Vorführung flog er als Höhepunkt auch noch einen Kreis über den Köpfen der Zuschauer. Mehrere Institute baten darum, seine seltsame Fähigkeit untersuchen zu dürfen, aber Adalbert lehnte beharrlich ab. Wenn jemand tatsächlich dahinterkäme, wie das Ganze funktioniert, wäre er seinen Sonderstatus los. Das würde bestimmt Einbußen bei seiner Gage bedeuten. Inzwischen bestritt der große Meister der Schwebekunst auch die verschiedensten Freiluftveranstaltungen, bei denen er meist in schwindelerregender Höhe gegen den Wind anflog. Er schraubte nicht nur seinen Körper, sondern auch seine Gage in ungeahnte Höhen. Bald war er in allen Ländern der Erde unterwegs. Er schwamm im Geld, wurde hochnäsig, und blickte im wahrsten Sinne des Wortes von oben auf alle anderen herunter. Aber bereits im Alten Testament heißt es im 16. Kapitel, Vers 18: „Hoffart kommt vor dem Sturz und Hochmut kommt vor dem Fall".

Und der Fall kam. Es war ein ziemlich tiefer Fall. Mehrere Fernsehsender verfolgten den Absturz mit ihren Kameras. Adalbert schwebte gerade im US-Bundesstaats Arizona über dem berühmten Grand Canyon in einer Höhe von ungefähr 1.500 Metern, als ihn seine Kraft schlagartig verließ. Er stürzte mit rasender Geschwindigkeit dem Boden entgegen. Kurz vor dem Aufschlag klingelte sein Handy. Adalbert erwachte schweißnass und brauchte einige Momente, bevor er erkannte, dass er im Bett lag. Er fischte das Handy vom Nachttisch und meldete sich schläfrig. Es war Hannelore. Bevor sie noch etwas sagen konnte, fragte Adalbert: „Du willst mir aber nicht sagen, dass dein Teppich schwebt, oder?" Hannelore stutzte kurz, dann sagte sie vorsichtig: „Darrell, was faselst du da? Bist du vielleicht betrunken?" Der Verschlafene musste kurz lachen: „Nein, nein! Ich habe nur einen richtig blöden Traum gehabt. Aber sag mal, weshalb rufst du eigentlich so früh an?" In Hannelores Stimme schwang erkennbare Freude mit: „Einem Musikmanager ist am vergangenen Samstag unsere Band aufgefallen. Er hat auch gleich für uns einen Auftritt im Fernsehen vermittelt. Außerdem bekommen wir dafür die höchste Gage, die wir je hatten. Was sagst du?" Adalbert ließ sich kurz Zeit mit seiner Antwort. Dann meinte er vergnügt: „Ich komme mir vor, als würde ich schweben".

Der tote Vater

Langsam aber sicher werde ich faul. Ich bügle meine Taschentücher nicht mehr. Und ich bringe meine Hemden in die chemische Reinigung. Das verschleißt den Stoff weniger, als das Waschen in meiner rumpelnden Waschmaschine. Was jedoch viel wichtiger ist, sie werden von dem Personal in der Reinigung auch noch gebügelt. Und ich gebe zu, ich wechsle meine Bettwäsche im Winter, wenn ich nicht so sehr schwitze, auch nicht mehr jede Woche. Außerdem treibe ich viel seltener Sport. Das merke ich ganz besonders dann, wenn ich die Treppe zu meinem Büro hochgestapft bin. Früher, als ich noch ins Fitnessstudio ging, brauchte ich danach nicht einmal schneller zu atmen. Da aber ein guter körperlicher Zustand für meinen Beruf als Privatdetektiv durchaus zuträglich ist, beschloss ich, den Auffrischungskurs für Selbstverteidigung, der mir mehrmals angeboten wurde, doch noch zu belegen. Auch wenn mein Bankkonto deswegen dicke Tränen weinen würde. Zunächst hatte ich aber keine Lust zu Garnichts. Ich saß in meinem Büro und hoffte, dass niemand kommen würde. Außerdem ärgerte ich mich, dass ich beim Frühstück schon wieder einmal exorbitant gekleckert hatte. Ich musste das Oberhemd wechseln, weil es aussah wie der gefleckte Hals einer Giraffe. Als sich meine Tür nach einem kurzen Anklopfen öffnete, schwebte eine Frau mit einer Aura herein, wie man sie nur auf Gemälden alter Meister sehen konnte; attraktiv, einnehmend, aber auch ein wenig geheimnisvoll. Ich dachte sofort im Stillen, dass ihr

Lächeln in der Antarktis ziemlich gefährlich wäre, denn es würde wahrscheinlich zur kompletten Eisschmelze führen. Sie trug ein sandfarbenes Midikleid aus Rippstrick mit einer seitlichen Knopfleiste, die zur Hälfte aufgeknöpft war, und somit ihre Knie preisgab. In der Hand hielt sie eine längliche, farblich passende Citytasche aus PU-Leder. Spätestens in dem Moment, in welchem sie ihren schlanken Körper auf meinem lederbezogenen Besucherstuhl niederließ, wurde mein Gehirn mit speziellen Fantasien durchflutet, die allesamt nichts mit der Realität zu tun hatten. Männer sind halt sehr einfach gestrickt. Das ist von Natur aus so gewollt. Man könnte es theoretisch auch mit der Tatsache vergleichen, dass sich entkräftete Menschen nach vorn beugen. Auch das hat die Natur wohlweißlich so vorgesehen, damit unser erschöpftes Herz das Blut nicht ganz so hoch pumpen muss, um das Gehirn richtig zu versorgen. Und meine Natur war sicherlich auch der Grund, warum ich eine Weile mit offenem Mund da saß, ohne etwas zu sagen. Als ich mich dann endlich wieder gefangen hatte, stammelte ich den Standardsatz aller Dienstleistenden: „Was kann ich für Sie tun?" Sie nestelte in ihrem Täschchen herum, und legte dann eine alte Fotografie auf meinen Schreibtisch: „Das ist ein Jugendbild meines Vaters. Aber eigentlich verdient er diese Bezeichnung gar nicht. Er steckte lediglich bei der Zeugung im Unterleib meiner Mutter. Kurz nach der Eheschließung hat er sich davon gemacht. Bald darauf trudelten von allen Seiten finanzielle Forderungen bei meiner Mutter ein. Fast täglich gaben sich bei uns die Gläubiger die Klinke in die Hand.

Mein sauberer Herr Erzeuger hatte massenweise die Unterschrift meiner Mutter gefälscht, und in vielen Fällen verdonnerte das Gericht meine Mutter zur Zahlung. Nachdem meine Mama ihn wegen Betrugs und Urkundenfälschung angezeigt hatte, suchte ihn die Polizei, jedoch zunächst ohne Erfolg. Als man ihn dann doch ausfindig gemacht hatte, ging kurz vor der Verhaftung sein Haus in Flammen auf. Laut eines Sprechers der Feuerwehr soll er dort bis zur Unkenntlichkeit verbrannt worden sein. Und obwohl die Leiche nicht vollständig identifiziert werden konnte, wurde er nach einiger Zeit amtlicherseits für Tod erklärt. Allerdings glaube ich ihn vor Kurzem im Fernsehen in der Tagessschau gesehen zu haben. Bei einem Bericht eines Autounfalls auf der A17. Er stand im Hintergrund bei den Gaffern". Sie kramte erneut in ihrer Tasche: „Hier, auf dem USB-Stick ist die Aufzeichnung der Sendung. Hab ich mir aus der Mediathek des Senders runtergeladen. Wollen Sie mal schauen?" Ich nahm den Stick und steckte ihn in meinen Laptop. Sie stand auf und trat hinter mich, um mir auf dem Bildschirm ihren angeblichen Vater zu zeigen. Als sie sich aus diesem Grund nach vorn beugte, berührte sie leicht meinen Rücken. Ich fand, dass es plötzlich ziemlich warm in meinem Büro war. Um ein Haar hätte ich vergessen, einen Screenshot zu erstellen. Erst ihre Bemerkung: „Wollen Sie sich das nicht ausdrucken?" brachte mich wieder zur Besinnung, und auch zu der Frage: „Was erwarten Sie nun von mir?" Sie ging wieder zum Stuhl und nahm erneut Platz: „Sie sollen ihn auffinden und dingfest machen, damit er seiner gerechten Strafe zugeführt werden kann. Soviel ich weiß, dürfen auch Zivilpersonen eine Festnahme durchführen. Die Polizei will nämlich nichts mehr unternehmen, da er offiziell tot ist". Ich wiegte meinen Kopf hin und her: „Na ja, laut § 127 Strafprozessordnung kann jedermann einen anderen vorläufig festnehmen, wenn er beispielsweise der Flucht verdächtig ist. Aber ein Toter kann ja formell gar nicht flüchten. Und da Ihr Vater nun mal für tot erklärt wurde, kann eine derartige Festnahme ziemlich unangenehme Konsequenzen im rechtlichen Sinne nach sich ziehen". Sie nickte: „Gut, dann finden Sie halt nur heraus, ob und wo er lebt. Um das Restliche kümmere ich mich danach persönlich. Was kostet das?" Ich sagte leise: „Zweihundert pro Tag plus Spesen. In so einem Fall kann das schon ganz schön teuer werden". Sie überlegte kurz, dann sagte sie energisch: „Gut, ich veranschlage dafür fünftausend. Das bedeutet, das nach fünfundzwanzig Tagen das Geld aufgebraucht ist. Sollten Sie bis dahin keinen Erfolg gehabt haben, dann betrachten Sie bitte den Auftrag für beendet. Allerdings bin ich nicht im Geringsten gewillt, irgendwelche Spesen zu akzeptieren. Wünschen Sie unter diesen Umständen den Auftrag trotzdem anzunehmen?" Das Geldgierzentrum meines Gehirns legte mir das Wort „Ja" in den Mund. Ich fingerte ein Auftragsformular aus meinem Schreibtisch und befüllte es mit ihren Angaben. Sie hieß Yvette Pfeiffer und war von Beruf Flugbegleiterin. Jedenfalls sagte sie das so. Nachdem sie mit ihrer linken Hand unterschrieben hatte, schwebte sie genauso zauberhaft von hinnen, wie sie gekommen war.

Man mag es nicht glauben, aber mir passieren Dinge, die sind bei normalen Menschen undenkbar. Ich besitze beispielsweise einen weinroten Waschlappen, der schon mindestens sieben Mal durch meine Waschmaschine gegangen ist. Nie ist etwas passiert. Aber plötzlich hat sich dieser hinterhältige Fetzen dazu entschlossen, alles um sich herum großflächig einzufärben. Das stellte mich vor die Entscheidung, entweder neue Unterwäsche zu kaufen, oder unter Hemd und Hose blassrosa gekleidet zu sein. Mein Bankkonto überredete mich zu Letzterem. Übrigens, falls Sie es noch nicht wussten, noch im Jahr 1918 war in dem amerikanischen Frauenmagazin »Ladies' Home Journal« die ernstgemeinte Formulierung zu finden: „Die allgemein akzeptierte Regel ist Rosa für Jungen und Blau für die Mädchen". Also warte ich jetzt einfach darauf, dass Rosa wieder Mode für Männer wird. Angeblich kommt ja in Sachen Kleidung früher oder später alles wieder. Aber hoffentlich nicht die Mode von Adam und Eva. Mein Umfeld wäre zutiefst in Mitleid getaucht.

Bisher mochte ich Frisöre. Immer wenn ich einen Fall hatte und Auskünfte aus dem Umfeld meiner Zielperson brauchte, begab ich mich zu einem in der Nähe befindlichen Frisörsalon. Dort brauchte ich nur die mir zugeteilte Haarkünstlerin in ein Gespräch zu verwickeln, bzw. den Gesprächen anderer Kunden zu lauschen, und schon waren mir jede Menge Informationen zugeflogen. Seit gestern hat sich jedoch meine Einstellung zum Barbierhandwerk geändert. Nach dem mich die Dame mit Maschine,

Schere und Kamm von einem Teil meines Haarbewuchses getrennt hatte, verbesserte sie mit einem Rasiermesser die Konturen meines Haarschnitts. Allerdings ritzte sie dabei auch die Oberfläche meiner linken Ohrmuschel an, was zum Austritt mehrerer Blutstropfen führte. Zwar brachte die adstringierende Wirkung eines Alaunstiftes die Blutung sofort zum Stillen, aber ich habe trotzdem diesmal kein Trinkgeld gegeben. Frisch gestylt bestieg ich dann mein Auto und fuhr zu der Unfallstelle, von welcher der Fernsehbericht gehandelt hatte. Ich parkte in der Stadt Pirna, die am dichtesten an der Unfallstelle lag, und belästigte mit meinem ausgedruckten Bild jeden, der mir über den Weg lief. Keiner kannte den Mann. Wenn ich Pech hatte, und ich habe nicht selten Pech, stammte er aus einer ganz anderen Gegend und war nur rein zufällig am Unfallort gewesen. Am späten Nachmittag nahm ich mir vor, nur noch einen einzigen Passanten zu fragen, denn ich wollte auch noch dem DDR-Museum einen Besuch abstatten, und wusste nicht genau, wie lange dort die Öffnungszeit war. Eine Frau kam auf mich zu und wollte mir gerade ausweichen, aber ich hielt ihr den Ausdruck vor die Nase. Sie stoppte abrupt: „Hoppla, das ist mein Ex. Woher haben Sie das?" Ich antwortete wahrheitsgemäß: „Von einem Fernsehbericht. Können Sie mir sagen, wo ich den Herrn finden kann?" Sie zuckte mit den Schultern: „Weiß nicht so genau. Er ist schon vor einer ganzen Weile bei mir ausgezogen. Ich hab mal gehört, dass er in der Barbiergasse wohnen soll, nahe dem Historischen Marktplatz. Aber ich muss weiter, ich hab noch einen Termin". Sie schob sich an mir vorbei und verschwand um die nächste Ecke. Ich fragte mich schnell noch zur Rottwerndorfer Straße durch, nur um festzustellen, dass das Museum bereits 16:00 Uhr geschlossen hatte. Also auf zur Barbiergasse. Natürlich hatte dort keine Sau den Mann auf meinem Ausdruck erkannt. Als es dunkel wurde musste ich mich entscheiden, ob ich mir ein Hotel suchen sollte, oder lieber nach Hause fahren. Die lange Fahrt war allerdings keine gute Alternative. Mein Smartphon empfahl mir eine Pension, die nur 59 € für eine Nacht verlangte. Als ich dort vorfuhr, wies mich ein Schild erbarmungslos darauf hin, dass zurzeit kein Zimmer mehr frei sei. Ziemlich verärgert hatte ich keine Lust mehr, mir eine andere Unterkunft zu suchen. Also wendete ich mein Auto und brauste gen Heimat. Schließlich hatte ich ja alle Informationen, die meine Klientin haben wollte. Ihr Vater lebte und wohnte in Pirna in der Barbiergasse. Fall abgeschlossen.

Kurz nach meinem Anruf traf meine Klientin im Büro ein. Sie war diesmal sportlich gekleidet und trug einen kleinen, dunkelgrünen Rucksack, als käme sie direkt von einer Wanderung. Ich teilte ihr meine Erkenntnisse mit und fragte, was sie nun zu tun gedenke. Sie blickte mich streng an: „Ziehen Sie sich aus!" Ich erstarrte: „Wie bitte?" Sie wiederholte mit Nachdruck: „Ausziehen!" Dann kam sie auf mich zu und riss mein Oberhemd auf. Dieser Umstand überredete zwei Knöpfe, sich von ihrem angestammten Platz zu verabschieden. Irgendwie mogelte sich ein hoffnungsschwacher Gedanke in mein Hirn, dass diese Göttin von Frau etwas von mir wollte.

Als sie dann aber meine rosa Unterwäsche sah, begann sie zu lachen: „Sie sind bestimmt nicht verkabelt. Aber warum haben Sie gefragt, was ich vorhabe?" Ich zuppelte mein lädiertes Hemd, so gut es ging, wieder zurecht, während ich versuchte mir eine einigermaßen plausible Antwort auszudenken: „Weil es seltsam ist, dass Sie einen teuren Privatdetektiv beauftragen, obwohl es Fernsehsender gibt, die kostenlos nach Verwandten suchen, um krampfhaft ihre Sendezeit zu füllen". Sie lächelte: „Mal abgesehen davon, dass nicht alle Gesuche von den Sendern bearbeitet werden, durfte in dem vorliegenden Fall nichts an die Öffentlichkeit gelangen. Der Kerl sollte einfach nicht vorgewarnt werden. Genügt Ihnen die Antwort?" Ich setzte mich: „Aha! Gehe ich richtig in der Annahme, dass es sich gar nicht um Ihren Vater handelt, und dass Sie mir nur Märchen erzählt haben? Ich hätte spätestens dann hellhörig werden müssen, als sie behaupteten, sich einen Film aus der Mediathek heruntergeladen zu haben. Das kann nämlich kein Normalsterblicher. Stimmt doch, oder?" Sie antwortete: „Ich hätte ebenso gut Onkel oder Cousin sagen können. Wichtig war nur, dass eine Privatperson Erkundigungen eingezogen hat, und nicht die offiziellen Stellen. Mehr darf und will ich nicht sagen". Sie kramte in dem Rucksack herum und holte ein kleines Bündel Geldscheine hervor: „Ihr Honorar. Und sogar noch etwas mehr als Sie verlangt haben. Damit Sie sich mal ordentliche Unterwäsche zulegen können. Im Übrigen war ich nie hier, und habe Ihnen auch keinen Auftrag erteilt". Dann schwebte sie aus der Tür. Am nächsten Tag erblickte ich beim Frühstück in der Morgenzeitung ein Foto, das mir äußerst bekannt vorkam. Eine Organisation in Sachsen hatte einen lang gesuchten Industriespion festgenommen. Welche Organisation das gewesen war, stand leider nicht in dem Artikel. Nur, dass sie anschließend die ausgesetzte Belohnung in der Höhe von 10.000 € kassieren konnten. Mann, das hätte eine Menge Unterwäsche für mich Riesenrindvieh gegeben.

Meine Sorgen

Es ist nicht meine Schuld, dass andere Menschen um mich herum blass vor Neid werden. Ich kann auch nichts dafür, dass mein Familienname Hauptmann lautet. Meine blöde Nachbarin vom Grundstück gegenüber hat sogar protestiert, dass ich den Namen auf das Klingelschild an meiner Villa geschrieben habe. Bloß weil ihr Macker es nur bis zum Stabsgefreiten gebracht hat. Vor Kurzem standen zwei Jugendliche vor meiner Tür, die für irgendwelche Flüchtlinge gesammelt haben. Sie meinten, nur weil ich das Glück gehabt hätte, ein Vermögen von meinem Vater zu erben, müsste ich auch etwas davon für Ärmere abgeben. Ich habe die zwei davon gejagt. Wenn die auch irgendwann mal das Glück hätten, an eine große Summe zu kommen, beispielsweise im Lotto zu gewinnen, würden die ja auch nicht auf die Straße gehen und ihr Geld an Fremde verteilen. Im Artikel 14 Absatz 2 des Grundgesetzes steht: »Eigentum verpflichtet. Sein Gebrauch soll zugleich dem Wohle der Allgemeinheit dienen«. Wenn ich nun mein Eigentum für ein paar spezielle Flüchtlinge hergebe, kann es dann ja wohl nicht mehr für die restlichen Menschen der Allgemeinheit dienen. Also würde ich doch gegen das Grundgesetz verstoßen, sollte ich mein Geld sogenannten wohltätigen Organisationen in den Rachen werfen. Außerdem finde ich es großartig, dass andere neidisch auf mein vieles Geld sind. Leuten wie mir geht es nun mal so gut, dass sogar beim Kacken Gold in den Trichter rieselt. Morgens vor dem Spiegel bin ich manchmal sogar neidisch auf mich selbst, weil mir die steigenden Benzinpreise einfach am Arsch vorbei gehen. Für mein gutes Geld kann ich mir jederzeit alles kaufen. Sogar die Übertretung der zugelassenen Geschwindigkeit. Andere Leute jammern, weil sie schlecht bezahlt werden. Ich frage mich da immer, wer ist denn schuld? Keiner wurde doch gezwungen in der Altenpflege zu arbeiten. Gut, wer kein Geld hat, um sich einen privaten Luxuspfleger zu leisten, der ist halt in den Hintern gekniffen, wenn es später mal keine Altenpfleger mehr gibt. Aber was geht mich das an? Einen Bettler interessiert es ja auch nicht, ob sich ein Millionär an Kaviar verschluckt. Man muss immer beide Seiten sehen. Auch ich habe schließlich meine Probleme. Zum Beispiel, wie ich es anstelle, dass das Finanzamt nicht herausfindet, wie ich meine Putzfrau bezahle. Oder wo ich meine geliebten goldenen Zahnbürsten herbekomme. Darüber muss sich ein einfacher Arbeiter am Fließband eben keine Sorgen machen. Angeblich geht ja die Schere zwischen arm und reich immer weiter auseinander. Ist mir aber scheißegal. Halt, falsch! Das ist mir nicht egal. Wenn ich nämlich auf Sardinien Urlaub mache, möchte ich ja schließlich nicht, dass mir dauernd irgendwelche Proleten vor der Nase herumlaufen. Wer nur so wenig Geld hat, dass er in seinem Schrebergarten Urlaub machen muss, der will ja auch nicht, dass ständig irgendein Millionär durch seine Beete trampelt. Neulich hat einer zu mir gesagt, dass zweiundvierzig Megamilliardären genauso viel gehört, wie der Hälfte der restlichen Weltbevölkerung. Dabei hat dieser Mensch geguckt, als wäre das etwas Schlimmes. Ich finde das im Gegenteil sehr erstrebenswert. Wenn morgen einer der ständig klagenden Geringverdiener plötzlich mehrere Milliarden geschenkt bekäme, würde er das garantiert auch nicht ablehnen. Da könnte ich wetten. Man sagt ja auch, wenn die Supereichen alles Geld, was über einer Milliarde vorhanden ist, ausgeben würden, nicht etwa um es zu verschenken oder zu spenden, nein, um sich etwas dafür zu kaufen, dann würde die Armut auf der ganzen Welt ausgerottet werden. Na prima! Ich soll also mein teuer ererbtes Geld hergeben, nur damit die Arbeitsscheuen etwas davon haben. Die brauchen sich doch, im Gegensatz zu mir, keine Sorgen um die Aktienkurse zu machen. Arme Leute können schließlich keine Millionen an der Börse verlieren. Die haben Glück. Und glauben Sie etwa, ich könnte mit einem Kleinwagen durch die Gegend fahren? Das würde doch meinen Ruf völlig ruinieren. Für meine Mobilität muss schon ein Lotus Evija her. Aber 2,25 Millionen Euro reißen auch bei mir ein kleines Loch in den Geldbeutel. Da kann ich nicht darauf achten, wie mein ökologischer Fußabdruck ist. Zumal in den teuren italienischen Schuhen. Irgendein selbstgerechter Naturschützer hat mir mal vorgeworfen, dass ich gelegentlich Thunfisch zu mir nehme. Beim Fischen dieser Tiere kämen unnötigerweise Delphine als Beifang ums Leben. Als ich sagte, dass ich dann halt in Zukunft Delphine essen würde, war er auch nicht damit einverstanden. Als Reicher kannst du es den Armen einfach nicht recht machen. Genauso ist das auch mit meinen Häusern. Keiner, der zur Miete wohnt, hat Ahnung, was man als Unternehmer alles veranstalten muss, um ungestraft den Mietzins zu erhöhen. So eine Renovierung ist nun mal schweineteuer. Besonders dann, wenn die Mieter während der ganzen Zeit weiterhin in ihren Wohnungen verbleiben. Neulich, also eigentlich war es überneulich, hat einer mal zu mir gesagt, ich könnte doch in einem meiner Häuser auch mal Sozialwohnungen einrichten. Hallo? Bin ich das Sozialamt? Wer schenkt mir denn was? Soviel könnte ich gar nicht saufen, dass mir der Gedanke an eine soziale Einrichtung durch den Kopf gehen würde. Und was ich trinke ist ja auch nicht gerade billig. So eine Flasche Remy Martin Louis XIII Magnum kostet schließlich mehr als achttausend Euro. Und mein Falcon SuperNova Pink Diamond iPhone schlägt sogar mit mehr als dreißig Millionen zu buche. Nur weil es auf der Rückseite so einen teuren Diamanten angebracht hat. Dieser Stein hat aber nicht einmal Einfluss auf das Telefonieren. Darüber muss sich die Unterschicht glücklicherweise keine Gedanken machen. Aber ich! Dabei ruft mich sowieso keiner an. Schließlich habe ich keine Familie und keine

Freunde. Denen müsste ich ja nur zum Geburtstag irgendwelche Geschenke machen. Aber nur wer kein Geld ausgibt, der hat auch welches. Außerdem brauche ich ja den größten Teil der Kohle für meinen Psychiater.

Der hellsehende Bruder

Es war wieder einmal Sonntag. Kommissarin Wiegand hatte soeben den Frühstückstisch abgeräumt, und strich noch vorsichtig ein paar Restkrümel über die Tischkante in ihre hohle Hand. Das Piepsen von Riemers Handy ließ sie innehalten: „Bitte nicht schon wieder ein Sonntagseinsatz!" Werner Riemer sagte erstaunt: „Das war eine SMS von meinem Bruder. Ach Gott!" Frauke Wiegand säuberte sich die Hände über der Spüle, wobei sie nach hinten sah: „Ach Gott? Wieso ,Ach Gott'?" Kommissar Riemer legte das Smartphon auf den Küchentisch: „Mein großer und nerviger Bruder wurde vorige Woche von seiner Frau verlassen. Wahrscheinlich, weil beide seit einiger Zeit Rentner sind und sich nun den ganzen Tag gegenseitig auf den Docht gehen konnten. Jetzt fühlt sich mein Bruderherz einsam und bittet mich, ein paar Tage zu ihm zu kommen. Mal abgesehen davon, dass ich keine Lust habe mir seine Spinnereien anzuhören, wird mir Hohlbach garantiert keinen Urlaub bewilligen". Frauke Wiegand setzte sich: „Und ich habe meinerseits keine Lust, dich für mehrere Tage außer Sichtweite zu lassen. Ich bin nämlich froh, dass du bisher ganze vier Kilo abgenommen hast. Bei deinem Bruder isst du bloß wieder unkontrolliert. Dir fehlt nämlich ohne meine Unterstützung der nötige Durchhaltewille". Werner Riemer protestierte: „Nun mal langsam! Du musst mich nicht immer so schlecht machen. Wir Dicke haben schließlich auch Gefühle". Die Kommissarin stand auf: „Ja, Hunger! Aber ich will nicht zwischen dir und deinem Bruder stehen. Lass ihn einfach für ein paar Tage hierher zu uns kommen. In meinem Arbeitszimmer steht doch die Campingliege. Da kann er nachts schlafen, ohne dass er uns stört. Was sagst du?" Riemer verzog den Mund: „Nachts schon. Aber was macht er den ganzen Tag über? Und vor allem am Abend? Da nervt er uns bestimmt mit seinem blöden Aberglauben und seinem dämlichen Hellsehen". Kommissarin Wiegand setzte sich auf Riemers Schoß: „Ein paar Tage wirst du das schon aushalten. Und wir werden abwechselnd ein paar Überstunden abfeiern. Dadurch kann immer einer früher zu Hause sein, und sich um deinen Richard kümmern. Und wenn du jetzt einen Kuss willst, darfst du mir nicht mehr widersprechen!"

Kommissar Riemer saß an seinem Schreibtisch und rang Minute um Minute mit sich selbst, ob er die linke Schreibtischschublade aufziehen sollte, oder vielleicht lieber doch nicht. Der Drang nach den herrlich süßen Dingen in der Lade stand leider in harter Konkurrenz mit seinem stabilen Bauchumfang. Außerdem könnte ja zufällig Frauke ins Zimmer kommen und ihn erwischen, wie er sich gerade etwas Nussschokolade in den Mund stopfte. Seine Gedanken wurden durch den Kollegen

Sörenfried Bierbach unterbrochen, der fröhlich lächelnd hereinschneite: „Herr Kollege, ich erlaube mir am Samstag 19:00 Uhr in der Kneipe hier unten an der Ecke einen kleinen Umtrunk auszurichten. Sozusagen als Feier zu meiner bestandenen Prüfung und Aufnahme in das hiesige Kollektiv. Ich möchte dazu alle Kollegen der Dienststelle einladen, und somit logischerweise auch Sie. Bei den anderen war ich schon. Aber vergessen Sie es bitte nicht! Übrigens, kennen Sie das? Kommt ein Mann zum Arzt und sagt: Ich vergesse neuerdings alles. Sagt der Arzt: Seit wann haben Sie das? Fragt der Patient: Was denn?" Riemer schnaufte: „Hören Sie bloß auf mit Ihren dummen Gags, sonst werfe ich Ihnen mein Telefon an den Kopf! Und jetzt raus hier!" Noch im Gehen grinsend fragte der Witzbold frohgemut: „Kommissarin Wiegand habe ich bisher noch nicht angetroffen. Wissen Sie vielleicht, wo die Dame ist?"

Frauke Wiegand saß vor Hohlbachs Schreibtisch, und blickte genervt abwechselnd von links nach rechts, und von rechts nach links. Der Hauptkommissar trabte nämlich ständig in seinem Büro hin und her: „Hören Sie, Frau Kommissarin, Sie sollen wissen, dass ich nur zustimme, weil kein anderer im Moment greifbar ist. Also nehmen Sie Ihren Riemer, und machen Sie sich zum Tatort auf. Das nächste Mal arbeiten Sie aber wieder mit einem anderen Kollegen zusammen. Oder Sie heiraten ihren Liebhaber! Ich bestehe auf Ordnung in meiner Dienststelle!" Die Kommissarin stand brüskiert auf: „Sie sollten sich ein Bärenfell umhängen, denn Sie leben scheinbar noch in der Steinzeit! Und wenn Sie platzen, unser Privatleben geht Sie einen feuchten Furz an! Sollten Sie sich noch einmal in dieser Form äußern, haben Sie eine Dienstaufsichtsbeschwerde am Hals. Merken Sie sich das!" Frauke Wiegand stand auf und schritt an dem verdatterten Vorgesetzten vorbei in Riemers Dienstzimmer. Dort ließ sie sich auf einen Stuhl fallen: „Werner wir müssen los! In einem Mietshaus in der Ritterstraße wurde die Leiche einer Frau gefunden. Eine gewisse Lena Willert. Und zwar fand sie ein Streifenpolizist, der ebenfalls seit einiger Zeit in diesem Haus wohnt. Die Tür zur Wohnung der Toten stand auf, und die Frau lag auf dem Boden. Er hat gleich alles abgesperrt, und anschließend unsere Abteilung angerufen. Ich schlage vor, du redest mit dem Polizisten, und ich schaue mir den Tatort an. Ist das für dich OK?" Werner Riemer nickte: „Von mir aus".

Als die zwei eintrafen, hatte Frau Dr. Mertens das Opfer bereits freigegeben. Zwei schwarz gekleidete Männer eines Bestattungsunternehmens trugen den Sarg umständlich die Treppe hinunter, gefolgt von der Gerichtsmedizinerin. Frauke betrat die Wohnung. Das Wohnzimmer wies deutliche Kampfspuren auf. Eine Standleuchte lag auf dem Boden, ein Sessel war ebenfalls umgeworfen worden, und die meisten Bücher lagen vor dem Regal auf dem Boden. Was die Kommissarin jedoch seltsam fand, war die Tatsache, dass in der Küche ein Spiegel senkrecht in einer Halterung mitten auf dem Küchentisch stand. Inzwischen hatte Kommissar Werner Riemer am Fuß der Treppe mit dem Streifenpolizisten gesprochen.

Die Tote hatte zu Lebzeiten als Rechtsanwaltsgehilfin gearbeitet, war stets freundlich und pflegte auch immer das eine oder das andere Wort mit ihren Nachbarn zu wechseln. Von Feinden oder Streitereien wusste der Streifenpolizist nichts. Inzwischen trat oben zum Erstaunen von Kommissarin Wiegand eine Frau in die Wohnung. Sie blickte sich erstaunt um: „Was ist denn hier los?" Die Kommissarin zückte ihren Dienstausweis: „Wer sind Sie, und was machen Sie hier?" Die Frau antwortete unsicher: „Ich bin die Lebensgefährtin von Lena Willert. Wir wohnen hier zusammen. Ist ihr was passiert?" Die Kommissarin steckte ihren Ausweis wieder ein: „Ich muss Ihnen leider mitteilen, dass Ihre Gefährtin getötet wurde. Sehen Sie sich in der Lage ein paar Fragen zu beantworten?" Die Angesprochene ließ sich auf einen Stuhl sinken und nickte. Frauke Wiegand fuhr fort: „Ist Ihnen bekannt, dass Ihre Freundin bedroht wurde?" Die Frau schüttelte nur wortlos den Kopf. Frauke fragte weiter: „In der Küche steht aus irgendeinem Grund ein Spiegel vertikal auf dem Tisch. Können Sie mir vielleicht sagen warum?" Die Befragte schüttelte wiederum nur ihren Kopf. „Na gut", äußerte die Kommissarin, „dann brauche ich jetzt noch Ihren Ausweis, um zweifelsfrei Ihre Identität feststellen zu können!"

Als es am Abend klingelte, öffnete Werner Riemer missgelaunt die Tür. Wie von ihm erwartet stand davor, einen Koffer in der linken Hand haltend, sein Bruder Richard. Statt ihn zu umarmen, wie es meist bei Brüdern üblich ist, fragte der Kommissar lediglich: „Wie lange haben wir uns nicht gesehen?" Richard Riemer antwortete leise: „Seit deine Tochter geheiratet hat. Darf ich eintreten?" Der Kommissar ging zur Seite, Richard stellte seinen Koffer gleich hinter der Tür ab und hängte seinen Mantel an die Flurgarderobe. Dann betrat er die Wohnstube und reichte Frauke Wiegand die Hand: „Ich bleibe nicht lange. Nur ein, zwei Tage. Und ich werde euch so wenig wie möglich zur Last fallen. Aber im Moment kann ich einfach nicht alleine sein". Frauke nötigte ihn zum Sitzen, dann sagte sie freundlich: „Ist schon gut. Du kannst gern bleiben. Magst du ein Glas Wein?" Als Richard nickte, holte sie eine Flasche und drei Gläser aus der Küche. Werner Riemer hatte sich inzwischen auch gesetzt: „Und, Richard, betätigst du dich immer noch als Hellseher? Aber dass dir deine Frau weglaufen würde, hast du nicht vorausgesehen, oder?" Frauke unterbrach ihn von Ferne: „Muss das jetzt sein? Wie wärs, wenn wir das Thema wechseln?" Richard legte demonstrativ seine Hand aufs Herz und blickte Frauke zugetan an: „Danke! Vielleicht könnt ihr mir etwas über eure Arbeit erzählen? Das würde mich ablenken. Ihr habt doch gerade einen Fall zu bearbeiten, stimmts?" Werner Riemer verlieh seiner Stimme einen spöttischen Ton: „Schau an, unser Hellseher hat wieder erbarmungslos zugeschlagen. Das war aber auch wirklich schwer zu erahnen, bei unser beider Beruf". Frauke fuhr energisch dazwischen: „Lass das!" Richard hob unbeirrt den Zeigefinger: „Ich habe nämlich gestern geträumt, dass am kommenden Samstag euer Fall gelöst werden wird. Aber dann werde ich nicht mehr hier sein. Ich reise nämlich schon am Freitag ab".

Werner Riemer griente breit: „Die erste gute Nachricht, die ich seit Langem gehört habe".

Bierbach hatte einen Tisch für sechs Personen bestellt. An der linken Längsseite saßen Wiegand und Riemer, an der rechten Seite Bohrmann und Straubinger, und an der Stirnseite Bierbach. Der sechste Stuhl war leer, denn Hohlbach hatte abgesagt. Er soll geäußert haben: „Wenn Riemer dabei ist, komme ich nicht". Das hatte den Einladenden ein wenig gekränkt. Der frisch gebackene Kommissar stand auf und klopfte mit dem Dessertlöffel an sein Glas: „Vielen Dank, dass Ihr meiner Einladung gefolgt seid. Ich möchte hiermit meinen Einstand geben, und hoffe auf gute Zusammenarbeit. Leider ist unser Chef nicht anwesend. Das bringt mich zu folgender Frage: Was ist der wesentliche Unterschied zwischen dem Eifelturm in Paris und unserer Dienststelle? Na? Weiß es keiner? Beim Eifelturm sind die großen Nieten unten". Nachdem sich das Gemurmel gelegt hatte, ergänzte er ironisch: „Und in unserer Dienststelle gibt es keine Nieten. Oder was habt Ihr gedacht? Und jetzt heißt es Essen bestellen. Prost!" Nachdem der Kellner die einzelnen Bestellungen aufgenommen hatte, entwickelte sich eine lebhafte Unterhaltung. Frauke erzählte Bierbach von dem Aktuellen Fall, besonders von dem Spiegel und der Lebensgefährtin, die auch nicht wusste, was das zu bedeuten hatte. Der neue Kommissar faltete die Stirn: „Sag mal, haben vielleicht Uniformierte vor der Haustür gestanden?" Frauke Wiegand entgegnete: „Nur der Polizist, der die Leiche entdeckt hatte. Warum fragst du?"

Bierbach fuhr unbeirrt fort: „Und hatte die Tote vielleicht eine Armamputation?" Jetzt schaltete sich Riemer ein. Er beugte sich zu dem Fragenden hin: „Ja, die Gerichtsmedizinerin hatte mir das gleich mitgeteilt. Aber woher weißt du denn das?" Bierbach antwortete immer noch nicht auf die Fragen seiner Kollegen, sondern setzte seine eigene Fragestunde stoisch fort: „Habt ihr die Personalien von der Lebensgefährtin?" Riemer wurde es zu bunt: „Ja, zum Teufel, Frauke hat die Personalien logischerweise aufgenommen. Aber jetzt sag endlich, was du denkst, sonst reiße ich dir den Kopf ab!" Bierbach lehnte sich zurück: „Die angebliche Lebensgefährtin ist höchstwahrscheinlich die Mörderin. Als sie nach dem Mord verduften wollte, stand ihr ein Polizist im Wege. Also ist sie sicherheitshalber umgedreht, und hat sich als Freundin der Toten ausgegeben, um einen triftigen Grund vorweisen zu können, warum sie in der Nähe des Tatortes war". Frauke Wiegand fragte skeptisch: „Aber woher willst du wissen, dass es nicht wirklich die Lebensgefährtin war?" Bierbach grinste: „Wegen des Spiegels. Nach Amputationen treten manchmal sogenannte Phantomschmerzen auf. Dem Amputierten tut dann die Hand weh, obwohl sie gar nicht mehr da ist. Um in diesem Fall das Gehirn zu überlisten, stellt man einen Spiegel auf und hält die gesunde Hand davor. Da diese sich dann spiegelt, sieht es so aus, als wäre das verlorengegangene Glied noch vorhanden. Dieses Phantomglied kann nun über das gesunde gezielt bewegt und beeinflusst werden. Beispielsweise kann der Phantomkörperteil aus einer imaginären und schmerzhaften Position in eine angenehmere

Stellung gebracht werden, was den Phantomschmerz dadurch lindert. Eine Freundin oder eine Lebensgefährtin hätte das hundertprozentig gewusst". Kommissar Riemer brachte seinen Oberkörper zurück in die Senkrechte, und Frauke Wiegand boxte ihn gegen den Oberarm: „Mensch Werner, Sörenfried hat unseren Fall gelöst. Ist das nicht prima?" Werner Riemer blickte zur Seite und murmelte: „Klugscheißer!" Doch Frauke war noch nicht fertig: „Und dein Bruder hatte recht, als er vorausgesagt hat, dass heute der Fall aufgeklärt wird". Riemer stand auf: „Ich muss erstmal an die frische Luft, sonst platze ich noch. Und ihr wollt dann bestimmt nicht die Riesensauerei aufwischen!"

Die Verdächtige hatte sich anscheinend verkrümelt, denn weder in ihrer Behausung noch auf ihrer Arbeitsstelle war sie anzutreffen. Kommissarin Wiegand leitete eine landesweite Fahndung ein. Zwei Tage später wurde die Gesuchte auf einem Bahnhof festgenommen. Sie gab zu Protokoll, dass die Ermordete Schuld an der Verurteilung ihres Mannes gewesen sei, weil sie eine Akte falsch abgelegt hatte, und diese dadurch der Verteidigung nicht zur Verfügung stand. Sie gab außerdem zu, wäre sie nicht verhaftet worden, hätte sie liebend gern einem gewissen Richard Riemer das Licht ausgeblasen. Der hatte nämlich das Verschwinden der Akte vorausgesagt.

Das Märchen von der Gans

Nein, meine Süße, kommt nicht in Frage! Das letzte Mal, als ich dir ein Märchen erzählt habe, hast du anschließend geweint. Natürlich sind glühende Schuhe unmenschlich, aber das Märchen ging nun mal so. Bitte? Ein Märchen ohne glühende Schuhe. OK! Wie wäre es mit dem Wolf und den sieben Geißlein? Was? Ja sicher werden die Geißlein erstmal gefressen, aber sie werden doch am Schluss auch gerettet. Ohne Wolf? Wie soll das gehen? Ein süßes Häschen, spinnst du? Das Häschen und die sieben Geißlein? Du hast doch 'n Rad ab! Nun heul doch nicht gleich! Warte, ich weiß ein Märchen mit einer kleinen süßen Gans. Sogar mit einer goldenen Gans. Nein, nicht durch und durch. Nur die Federn des Gänschens haben golden geschimmert. Wieso Rasse? Was weiß ich. Eben eine Goldgans. Na sicher gibt's die! Also hör zu! Ein Mann hatte drei Söhne. Was? Seine Frau natürlich auch. Weiter! Einer der Söhne hieß Dummling. Hoppla, pass ja auf! Ich komme in dem Märchen nicht vor. Die Eltern schickten den ersten Sohn zum Holzmachen in den Wald. Ja, von mir aus, Holzfällen klingt besser. Und die Mutter gab ihm Eierkuchen und Wein mit. Dem Sohn begegnete ein altes, graues Männlein. Ich hab dir schon mal gesagt, dass ich in dem Märchen nicht vorkomme! Der Alte forderte auch ein Stückchen Eierkuchen, aber der Sohn wollte alles alleine essen. Kurz darauf hat er sich dann in den Arm gehackt. Mensch, das ist ein Märchen. Die hatten früher keine Arbeitsschutzkleidung. Jetzt ging der zweite Sohn in den Wald. Und die Mutter gab ihm auch Eierkuchen und Wein mit. Da kam wieder das Männlein und wollte mitessen. Bitte? Was weiß ich, ob der Alte dafür bezahlt hätte. Jedenfalls mochte auch der zweite Sohn nichts abgeben. Kurz darauf hackte er sich ins Bein. Da sagte der Dummling, dass er jetzt in den Wald gehen wolle, um Holz zu hauen. Ja gut, um Holz zu fällen. Aber der Vater hielt ihn dafür viel zu dumm. Moment mal, ich habe dich damals nicht für zu dumm gehalten! Es gibt ein Gesetz, dass Sechsjährige nicht Auto fahren dürfen. Also weiter. Die Mutter gab dem Dummling einen alten, schmutzigen Kuchen und saures Bier mit. Was? Nein, im Märchen gibt es kein Verfallsdatum. Und auch dem Dummling begegnete das Männlein. Bereitwillig teilte der sein Essen und Trinken mit dem Alten. Wie bitte? Na und? Abgelaufenen Jogurt kann man getrost noch essen. Ja, Onkel Walter frisst sowieso alles zusammen, wenn er uns besucht. Ich persönlich hätte den Jogurt lieber weggeworfen. Aber das gehört nicht hierher. Jedenfalls hat der Alte dem Dummling als Belohnung gesagt, dass er unter einem bestimmten Baum etwas Wertvolles finden würde. Was soll das? Ich werde dich nie als Belohnung einen Baum fällen lassen. Im Märchen gibt es nun mal keine Taschengelderhöhung. Weiter! Der Dummling hackte den Baum um und fand eine goldene Gans. Nein, er wollte sie nicht braten. Was weiß ich, vielleicht war er Vegetarier. Dann ging er in ein Wirtshaus, um dort zu übernachten. Bitte? Vielleicht hat er sich einfach nicht nach Hause getraut, weil er dachte, die nehmen ihm die Gans weg. Also, der Wirt dort hatte drei Töchter. Jede wollte der Gans eine Feder ausreißen.

Sie blieben aber alle drei seltsamerweise daran kleben. Ja doch, genau wie damals meine Finger mit dem Superkleber an der Fliese im Bad. Am nächsten Tag ging der Dummling mit seiner Gans davon, und alle drei Mädchen mussten mitgehen. Sie begegneten einem Pfarrer, der die Mädchen zurückziehen wollte, aber da blieb er auch an den Mädchen kleben und musste ebenfalls mit. Der Küster wollte den Pfarrer befreien, blieb aber auch hängen. Was? Ein Küster ist so etwas wie ein Messner. Bitte? Woher kennst du in deinem Alter den Reinhold Messner? Aber weiter! Drei Bauern versuchten die Angeklebten zu befreien, blieben aber auch haften. Nun kamen alle in eine Stadt, da herrschte ein König, dessen Tochter nie lachte. Darum hatte der König ein Gesetz erlassen, wer seine Tochter zum Lachen bringen würde, dürfte sie anschließend heiraten. Nein, Mutti hat früher auch manchmal gelacht. Als nun der Dummling das von der Königstochter hörte, ging er mit den sieben angeklebten Menschen zu ihr hin. Kaum, dass die Tochter des Königs die zusammengeleimte Menschenkette sah, fing sie an überlaut zu lachen, und wollte gar nicht wieder aufhören. Woher kennst du denn den Begriff hysterisch? Was? Ich würde sowas nie zu Mami sagen. Jedenfalls hatte der König was gegen den Dummling und sagte, dass er erst einen Mann herbringen sollte, der den ganzen Weinkeller leertrinken könne. Nein, zum Kuckuck! Ich komme in dem Märchen nicht vor! Also ging Dummling in den Wald, um das graue Männchen zu suchen. Er fand aber einen Mann, der riesigen Durst hatte. Den nahm er mit, und der trank den Keller des Königs bis auf den letzten

Tropfen leer. Der König war stinksauer und verlangte nun, dass der Dummling jemanden herbringen sollte, der einen ganzen Berg Brot aufessen könnte. Nein, keinen Elefanten, sondern einen Mann. Ja schon wieder einen Mann. Lass dir von Mutti ja nicht einreden, dass es auch mal eine Frau sein sollte. Der König hatte inzwischen vom ganzen Mehl des Reiches einen riesengroßen Haufen Brot backen lassen. Natürlich fand Dummling den entsprechend hungrigen Mann, der dann die Riesenmenge Brot aufgegessen hat. Nein, ich komme nicht in dem Märchen vor! Der König stellte aber noch eine dritte Bedingung, weil er seine Tochter keinem Dummling geben wollte. Bitte was? Darüber reden wir, wenn du groß bist! Wie bitte? Nein, keine Angst, ich werde dich keinem Dummling geben. Den suchst du dir dann schon selber aus. Also weiter! Der König wollte, dass der Dummling ein Schiff herschaffen sollte, dass gleichermaßen auf Wasser und auf dem Land fahren konnte. Bitte? Ja, das haben wir dieses Jahr im Urlaub auch schon gemacht. Aber damals, im Märchen, da kannte man noch keinen Hovercraft. Der Dummling ging also wieder in den Wald. Und da traf er das alte Männlein. Hör auf zu meckern! Das war doch ein Märchenwald. Da trifft man eben Hungrige, Durstige und Männlein genau in dem Moment, wenn man sie braucht. Das Männlein gab dem Dummling so ein Schiff, dass zu Wasser und zu Lande segeln konnte, und der König musste ihm nun schlussendlich doch seine Tochter zur Frau geben. Bitte was? Vielleicht ist dem König keine vierte Bedingung mehr eingefallen. Er war halt ein bisschen blöde. Nein, zum allerletzten Mal, ich komme nicht in dem Märchen vor. Was aus dem Hochzeitspaar geworden ist? Na ja, wenn sie nicht gestorben sind, dann leben sie heute noch. Bitte? Langweilig? Na gut, das nächste Mal erzähle ich dir dann von dem armen Mädchen mit den Schwefelhölzchen, welches am Ende jämmerlich erfriert. Und fang bitte nicht schon wieder an zu heulen!

Schnupfen

Es war eigentlich kein richtiger Schnupfen. Aber meine Nasenlöcher waren halt dicht. Alle beide. Und leider auch gleichzeitig. Nun ist zwar ein näselnder Privatdetektiv nicht gerade sexy, aber mein Ego hätte das sicher eine Weile verkraften können. Weit schlimmer war allerdings der Umstand, dass ich mit verstopfter Nase einfach nicht richtig schlafen konnte. So entschloss ich mich eines Mittwochs, eine der zahlreichen Apotheken unseres Städtchens zwecks Erwerb eines nasenschmeichelndes Medikaments aufzusuchen. Ich betrat gegen 17:30 Uhr den Verkaufsraum einer Heilsubstanzen verhökernden Einrichtung. Ich hatte gerade mal den ersten Fuß in die Gesundheitsfiliale gesetzt, als die elektronisch unterstützte Ladenglocke anschlug. Und zwar laut. Sehr laut. Genauer gesagt, wahnsinnig laut. Ich war so erschrocken, dass ich unwillkürlich leicht in die Knie ging. Mein Kleinhirn konnte sich momentan noch nicht zwischen Flucht und leichtem Herzkammerflimmern entscheiden,

226

und so verharrte ich erst einmal regungslos an Ort und Stelle. Ein freundlich dreinblickender Apotheker kam aus seinem Hinterzimmer und bemerkte beiläufig: „Sie sehen blass aus. Soll ich Ihren Blutdruck messen?" Ich hatte mich inzwischen wieder etwas gefangen, und antwortete mit vom Schreck belegter Stimme: „Nein danke!" Er blickte traurig: „Schade. Wirklich schade. Die meisten Leute lassen bei mir ihren Blutdruck überprüfen". Ich richtete mich auf: „Das kann ich mir bei dieser Ladenglocke lebhaft vorstellen. Muss die so laut sein?" Er begann zu grinsen: „Wissen Sie, die meisten Leute erschrecken sich dadurch dermaßen, dass sie meist bereit sind, sich von mir mal kurz ihren Blutdruck testen zu lassen. Da Sie augenscheinlich nicht zu diesen Menschen gehören, kann ich es Ihnen ja verraten. Ich verlange anschließend einen Euro für diese Dienstleistung. Nichts in der Welt ist ja umsonst. So komme ich in guten Monaten auf bis zu 100 € zusätzlicher Einnahmen. Heutzutage muss jeder sehen, wo er bleibt. Und was kann ich für Sie tun?" Während sich das Geldzentrum meines Gehirns mit dem Gedanken herumschlug, ob ich vielleicht auch eine ähnliche Dienstleistung in meinem Büro anbieten könnte, sagte mein Mund: „Ich brauche Nasentropfen!" Der clevere Pharmazeut hob den Zeigefinger: „In unserer modernen Zeit verwendet der Herr von Welt keine Tropfen mehr, sondern Nasenspray". Wenn ich geahnt hätte, dass so ein Spray knapp einen Euro mehr kostet als die Tropfen, hätte ich mich von dem Kerl wahrscheinlich nicht zum Kauf der durch mehrfaches Pumpen zugänglichen Nasenmedizin überreden lassen. Er gab mir dann noch einen gut gemeinten Tipp mit auf den Weg: „Aber nicht länger als zehn Tage verwenden, falls Ihnen Ihre Nasenschleimhaut etwas bedeutet!" Erst als ich schon zu Hause war, kam mir die Absurdität dieser Aussage richtig zu Bewusstsein. Was bedeuteten denn diese ominösen zehn Tage? Hieß das, zehn Tage innerhalb eines Jahres? Oder vielleicht sogar innerhalb eines ganzen Lebens? Vielleicht auch nur innerhalb eines Monats? Und wenn damit bloß gemeint war, dass man das Zeug lediglich zehn Tage am Stück verwenden sollte, wieviel Tage musste ich dann aussetzen, bis ich erneut zum Spray greifen durfte? Einen Tag, eine Woche, einen Monat, oder was? Das Ganze erinnerte mich an bestimmte Reden unserer Politiker. Erst hört sich alles sehr vernünftig an, wenn man dann allerdings ein wenig über das Gesagte nachdachte, musste man schmerzlich erkennen, dass entweder die Worte ganz nach Belieben zu der einen oder zu der anderen Seite ausgelegt werden konnten, oder dass sich hinter den Worthülsen keinerlei Inhalt verbarg. Leider beschäftigen sich halt nur wenige Leute mit den Aussagen unserer Volksvertreter. Sei es wie es sei, jedenfalls konnte ich in dieser Nacht endlich wieder mit einer freien Nase durchschlafen.

Am nächsten Tag kleckerte ich wie üblich beim Frühstück, war gegen Neun im Büro, trank ein Schlückchen Bourbon aus meiner versteckten Büroflasche, und dachte intensiv darüber nach, ob ich nicht doch den verstaubten Schreibtisch meines verstorbenen Freundes Max aus dem Büro entfernen sollte. Wie immer konnte ich mich aber nicht dafür entscheiden. Mitten in meinen Gedanken betrat ein bemitleidenswerter Mann das Büro. Rotunterlaufene Augen, entzündete Nase, Schweißperlen auf der Stirn und gebückte Haltung. Er hustete wie der falsch eingestellte Zweitaktmotor eines Oldtimers. Um ein Haar hätte ich ihm mein teures Nasenspray geschenkt. Er setzte sich ungeschickt und sah mich heftig blinzelnd mit seinen entzündeten Augen an: „Ich heiße Konrad Lochner. Ich bin Landwirt und wohne in Krogsdorf. Und ich frage mich, ob Sie mir helfen können". Meine Antwort gipfelte in der Frage: „Sind Sie erkältet?" Daraufhin sah er mich ziemlich entgeistert an: „Nein, ich habe gern Husten und Schnupfen. Und gelegentlich lade ich mir auch etwas Fieber aus dem Internet herunter. Sie nicht?" Ich bekam einen roten Kopf: „Entschuldigen Sie bitte! Das war blöd von mir. Aber bei Erkältungen kann ich wohl nicht helfen. Da müssen Sie schon zu einem Arzt gehen!" Er holte ein rotkariertes Herrentaschentuch hervor und schnäuzte sich kräftig: „Für einen Privatdetektiv sind sie ziemlich dämlich. Ich werde wohl mein Geld zu einem anderen tragen müssen". Und schon machte es wieder einmal ‚Klick' in meinem strapazierten Gehirn. Wenn es um Geld ging, übernahm nämlich stets das Gierzentrum meine Handlungen und Aussagen. Ich versuchte mich irgendwie aus der peinlichen Situation herauszureden: „Das war doch nur als Scherz gemeint. Also womit kann ich Ihnen helfen?" Er schnäuzte sich erneut: „Sie sollen meine Tochter beschatten. Sie ist zwar volljährig, aber sie benimmt sich in letzter Zeit seltsam. Kommt manchmal mehrere Tage nicht nach Hause, und sie telefoniert heimlich von einem zweiten Handy. Was würde mich eine eventuelle Überwachung kosten?" Ich leierte meinen Standardsatz herunter: „Zweihundert pro Tag plus Spesen". Er stand konsterniert auf: „Das kann doch kein Mensch bezahlen. Tut mir leid, aber ich muss da wohl zu einem anderen gehen!" Dann verließ er mit hängendem Kopf mein Büro. Ich hörte ihn noch zweimal auf dem Flur niesen.

Als ich am nächsten Morgen meine Augen aufschlug, zierte ein breites Grinsen mein Gesicht. Meistens konnte ich mich beim Erwachen nicht daran erinnern, was mir nächtens so durch die Murmel kreist. Diesmal schon. Ich hatte geträumt, dass Rapunzel in Wahrheit eine Perücke trägt, und als der Prinz an ihrem Haar hochklettern wollte, rutschte die falsche Haartracht vom Kopf, und der Kletterkünstler fiel mit einem lauten Platsch auf die Fresse. Schadenfreude, und wenn sie auch nur im Traum vorkommt, ist doch immer noch die schönste Freude. Soviel ich weiß, haben die Professorin Mina Cikara und die Sozialpsychologin Susan Fiske die Theorie aufgestellt, dass Schadenfreude eng mit Neid verknüpft ist. Da frage ich mich doch, wieso ich auf ein Märchen neidisch sein sollte. Ich fand's lustig. Aber als ich dann am Frühstückstisch saß und meine Morgenzeitung lesen wollte, fiel meine Laune schlagartig in den Keller. Ich hatte meine Brille im Büro vergessen, und ohne Sehhilfe kamen mir die Buchstaben völlig zermatscht vor. Also klemmte ich mir die Zeitung unter den Arm, und fuhr zu meiner Geschäftsstelle.

In meinem schmucklosen Büro angekommen, trank ich zunächst ein Schlückchen und breitete dann die Zeitung aus. Auf der zweiten Seite angekommen, rieselte es mir eiskalt den Rücken hinunter. Unter der Überschrift ‚Unbekannter tot aufgefunden' sprang mir das Konterfei meines schnupfenbehafteten Freundes ins Auge. Als pflichtbewusster Bürger unseres Staates griff ich zum Telefon und teilte der Polizei mit, wer der Tote war. Die hatten allerdings schon lange die Identität des Erkälteten herausgefunden, aber die Presse fand es wohl interessanter, das Opfer als unbekannt darzustellen. Weiter passierte nichts Aufregendes an diesem Tag. Zumindest nicht in meinem Büro. Aber als ich am Abend vor meinem trauten Heim aus dem Auto stieg, knallte es plötzlich, ich verspürte einen Luftzug, und von dem Baum neben mir splitterte eine Menge Borke ab. Dann quietschten Reifen und eine Limousine mit getönten Scheiden raste davon. Das Kennzeichen des Wagens konnte ich nicht mehr sehen, da ich inzwischen mit dem Gesicht im Dreck lag.

Hätte ich Blödmann nur im Geringsten geahnt, dass man mich in Schutzhaft nehmen würde, hätte ich doch niemals die Bullen benachrichtigt. Vier tagelang mit drei weiteren Glückssternen in einer Art Aufenthaltsraum von der Polizei zu verbringen, das war schon immer der Traum meines armseligen Lebens. Das trockene Frühstück hatte seinen Namen in keinster Weise verdient, und das Mittagessen hätten wahrscheinlich selbst die Tiere eines Tierheims angewidert abgelehnt. Dann am Abend, beim Abendbrot, war nicht ganz klar, was sich am meisten gewellt hatte; die Wurstscheiben oder anschließend mein Magen. Zum Glück durften wir uns am dritten Tag Pizza bestellen. Auf meine drei Leidensgenossen waren übrigens auch Anschläge verübt worden. Wir hatten alle in irgendeiner Form Tuchfühlung mit dem verschnupften Konrad Lochner gehabt. Neben Lochner hatten zwei weitere Personen angeblich den Kontakt mit ihm leider mit ihrem Leben bezahlt. Dieser Umstand ließ uns den Versuch vergessen, sich vielleicht gegen den Willen der Polizei nach Hause zu verkrümeln. Am fünften Tag jedoch durften wir dann endlich gehen. Vorher wurden wir noch über die ungewöhnlichen Umstände des Ganzen aufgeklärt. Lochners Tochter war als verdeckte Ermittlerin unterwegs gewesen, um einen Rauschgiftring zu unterwandern, und war aufgeflogen. Sie konnte zwar noch fliehen, aber alle die mit ihr oder mit ihrem Vater in Kontakt gekommen waren, sollten eliminiert werden. Diese Personen hätten ja theoretisch über brisante Informationen verfügen können. Inzwischen hatte man aber die Kerle aufgrund der Hinweise von Lochners Tochter hoppgenommen, und wir waren außer Gefahr. Ich hätte wieder meine Detektei öffnen können, wenn, ja wenn ich nicht mit Fieber und einer ausgewachsenen Erkältung meine arme Bettdecke vulkanartig vollniesen würde.

Der andere Steffen

Das Wetter hielt sich in Lünnstadt nicht an den Kalender. Trotz Winter zeigte keine Schneeflocke gesteigerte Lust, die Wolken in Richtung Erde zu verlassen. Lünnstadt war kein besonders großer Ort, aber groß genug, um einen hauptamtlichen Bürgermeister zu beschäftigen. Sonst befand sich kaum etwas Erwähnenswertes in diesem kleinen Ort. Es wäre wohl nie ein Tourist in die Stadt gekommen, wenn nicht die Villa Bärmann den Rand der Stadt geziert hätte. Steffen Bärmann war in jungen Jahren ein Weltenbummler gewesen, der jede Menge Kunstschätze von allen Kontinenten käuflich erworben hatte. Die gesamte untere Etage seiner Villa war zu einem Museum umgewandelt worden, das man eintrittsfrei besuchen konnte. Der Besitzer hatte genug Geld, um sich das leisten zu können, da er ein außerordentlich stattliches Vermögen von seiner Mutter geerbt hatte. Jetzt, im Alter, war er an den Rollstuhl gefesselt und hatte kaum mehr Möglichkeiten, sein Geld auszugeben. Auch mehrere Operationen an seiner Wirbelsäule hatten ihm nicht die erhoffte Beweglichkeit zurückgebracht. In letzter Zeit machte sich zusätzlich noch eine vererbte Muskelschwäche bemerkbar, die sich in immer stärkeren Schluck- und Sprechbeschwerden manifestierte. Sein Diener Johann, der eigentlich Bernhard hieß, aber von niemandem so gerufen wurde, kümmerte sich aufopferungsvoll um den Alten, denn er hatte die berechtigte Hoffnung, nach dem Ableben seines Herrn eine gute Stange Geldes zu erben. Steffen Bärmann dachte jedoch keineswegs daran, demnächst den Löffel abzugeben. Seine Tochter Adele hatte Medizin studiert, und forschte seit einigen Jahren ruhelos aber auch erfolgreich auf dem Gebiet der Transplantation von Gehirnen. Bärmann wollte in einen neuen, gesunden Körper umziehen.

Es war an einem sonnigen Tag im Frühjahr. Johann hatte den alten Bärmann gerade mit seinem Rollstuhl auf die Terrasse geschoben, als Adele aufgeregt das Anwesen betrat: „Paps, ich glaube ich bin soweit. Bei Schimpansen ist es mir bereits gelungen das Großhirn des einen in den Kopf des anderen zu verpflanzen. Wenn du das Risiko eingehen willst, könnte ich es auch bei Menschen versuchen. Hast du denn schon jemanden gefunden, in dessen Körper du schlüpfen willst? Allerdings kann ich dir nicht versprechen, dass es sich dann wie dein jetziges Ego anfühlen wird. Das Kleinhirn muss nämlich verbleiben. Außerdem, bevor die Lebewesen ein Gehirn entwickelten, waren früher Verdauungssysteme die ersten Gebilde aus aktiven Nervenzellen, kombiniert mit Muskeln, Schleimhäuten und Immunzellen. Man spricht deshalb nicht umsonst vom Darm-Gehirn. Vielleicht geht ja auch bei dem heiklen Prozess dein Gedächtnis verloren, und du bist dann gar nicht mehr du selbst, sondern nur noch er. In so einem Fall hast du nichts mehr von deinem bisherigen Leben. Du kannst dich dann an nichts erinnern. Möglicherweise erkennst du deine eigene Tochter nicht mehr. Wo ist übrigens der andere?" Der Alte sagte mit Mühe: „Der ist im letzten Moment abgesprungen. Ich hatte ihm drei Millionen zugesagt, damit seine Kinder versorgt sind, aber nun ist seine Exfrau unerwarteter Weise wieder zu ihm zurückgekommen. Blöde Weiber!" Adele legte die Stirn in Falten: „Überlege lieber mal, was du da sagst. Ich bin schließlich auch eine Frau. Was also willst du nun unternehmen?" Bärmann rief cholerisch: „Ich lasse mir schon etwas einfallen. Johann! Johann! Schieb mich sofort zurück ins Haus! Und beeil dich! Ich muss nachdenken".

Die Dämmerung senkte sich über die kleine Stadt. Normalerweise würde jetzt auch Steffen Bärmann um diese Zeit etwas vor sich hin dämmern. Heute aber war er viel zu nervös dafür. Er drückte wiederholt den Klingelknopf, der seinen Bediensteten Johann herbeirufen sollte. Als dieser endlich erschien, schnaubte sein Herr: „Wo bleibst du denn? Ich habe da eine Idee. Du wirst an den Stadtrand gehen, dorthin wo die Obdachlosen immer herumlungern, einen von denen betäuben und in unseren Keller schleppen! So einen Kerl wird keiner vermissen. Danach rufst du meine Tochter an, damit sie die Operation vorbereiten kann! Verstanden?" Johann war entsetzt: „Das kann ich nicht machen. Ich bin Christ. Das widerstrebt meiner Achtung vor Lebewesen". Der Alte erboste sich: „Papperlapapp! Was die Menschen immer mit ihren blöden Religionen haben, egal mit welcher. Erst vor kurzem wurde wieder eine Moschee in unserem Land gebaut. Ich bin der festen Meinung, anstatt eine Synagoge, Moschee oder Pagode zu errichten, sollte man besser eine vorhandene Kirche einreißen. Man muss solcher religiöser Superstition einfach Einhalt gebieten. Nur Geld regiert die

Welt. Und ich will und werde mitregieren. Also, Johann, du solltest dich jetzt schnell und auch richtig entscheiden. Entweder bringst du mir einen jungen, gesunden Mann hierher, und wirst nach meinem angeblichen Ableben jede Menge Geld von mir erben, oder du fliegst morgen schon ohne einen Penny auf die Straße!" Und Johann, der panische Angst vor Armut hatte, tat wie ihm befohlen. Im Dunkeln, mit Chloroform und einer Taschenlampe bewaffnet, schlich er sich an einen jungen Mann heran, der etwas abseits der Obdachlosengruppe im Gras schlief. Ihn zu betäuben war nicht schwer. Ihn aber ungesehen nach Hause zu schleppen, das war schon etwas diffiziler. Im Keller der Villa angekommen, fesselte er den Chloroformierten, um sich dann ans Telefon zu hängen. Bärmanns Tochter fragte nicht lange. Sie setzte sich ins Auto, versetzte dem Schlafenden eine zusätzliche Narkosespritze, und ließ den Weggetretenen und auch ihren Vater in den Wagen bugsieren. In ihrem Institut begann sie sofort mit der Operation, wobei ihr Johann assistieren musste, dessen Magen es allerdings mehrmals anhob. Bereits schon am nächsten Tag gab Adele das Ableben ihres Vaters bekannt. Nach der Testamentseröffnung war Johann um eine mickrige Million reicher, währen Bärmanns Tochter den Rest des Geldes in Höhe von zwölf Millionen, sowie das Haus samt Grund und Boden, und ein dickes Aktienpaket erbte. Der Kranke hatte natürlich im Vorfeld mit ihr ausgemacht, dass der neue Bärmann als angeblicher Verwandter in das Haus einziehen würde, und auch die Verfügungsgewalt über das Vermögen übertragen bekommen sollte. Inzwischen waren die sterblichen Überreste von Steffen Bärmann beerdigt worden, der Obdachlose aber immer noch nicht aus seinem Koma erwacht. Johann hatte sich mit seinem Geld in die Karibik abgesetzt, während Adele tagtäglich hoffte, ihr neuer Vater würde endlich die Augen aufmachen.

Max Nepomuk Kerst konnte mit Fug und Recht als verkrachte Existenz bezeichnet werden. Seine Frau ließ sich von ihm scheiden, als er den größten Teil ihres gemeinsamen Kontos in verschiedene Spielhallen getragen hatte. Max nahm das als ausreichenden Anlass, neben der Spielsucht auch noch der Trunksucht zu verfallen. Als er seine Miete nicht mehr bezahlen konnte, zog er es vor auf der Straße zu leben, als irgendwelche Sozialeinrichtungen in Anspruch zu nehmen. Er schämte sich einerseits zu sehr für seinen labilen Charakter, andererseits hatte er Angst, dass der Kredithai, bei dem er jede Menge Schulden hatte, ihn auf diesem Weg aufspüren könnte. Das war wahrscheinlich auch der Grund, warum er mit den anderen Obdachlosen nicht so ganz richtig warm werden konnte. Er schlief meistens abseits von den Übrigen, konnte aber tagsüber nicht ohne ein paar menschliche Worte auskommen. Trotzdem vermisste ihn keiner, als er eines Tages einfach nicht mehr da war.

Als Max erwachte, glaubte er trotzdem noch zu träumen. Irgendjemand oder irgendetwas in seinem Hirn sagte ihm ständig, dass er jetzt nicht mehr Max sondern Steffen sei. Das bereitete ihm Kopfschmerzen. Außerdem kam ihm der Raum, in dem er lag, einerseits bekannt vor, andererseits schien er diese Umgebung noch nie gesehen zu haben. Das machte ihn schier verrückt. Eine junge Frau betrat das Zimmer. Max empfand sie als sehr sexy, obwohl er das unangenehme Gefühl hatte, sie dürfe ihm nicht auf diese Art gefallen. Die Frau legte ihm die Hand auf die Stirn: „Na Papa, bist du endlich aufgewacht. wie fühlst du dich?" Die Gedanken von Max spielten Karussell. Papa? Hatte er ein Kind? Er beschloss aus einem unerfindlichem Grund, erstmal nichts zu diesem Thema zu sagen: „Ich fühle mich schlapp. Und ich habe Hunger. Auch Durst". Die angebliche Tochter half ihm, sich aufzurichten: „Dann komm mit! Ich bin sicher, dass wir schon etwas schmackhaftes für dich finden werden. Wie wäre es mit pazifischen Austern? Die hast du doch immer so gerne gegessen". Max hasste Austern.

Es waren drei Monate vergangen. Max fühlte sich immer mehr wie Steffen. Es schien nun für ihn ganz logisch, dass Adele seine Tochter war. Die Einrichtung des Hauses gefiel ihm auch inzwischen richtig gut, obwohl er sie zuerst als viel zu dekadent empfunden hatte. Nur das Museum im Erdgeschoss mochte er gar nicht. Aber seiner Tochter zu liebe verzichtete er auf den Vorschlag, das ganze Gerümpel zu entsorgen. Er bestand jedoch darauf, dass der Besucherverkehr ein Ende zu nehmen hätte. Das empörte die Einwohner der Stadt und rief die Presse auf den Plan. Als dann ein bestimmter Geldverleiher das Bild von Max-Steffen beim Frühstück in der Morgenzeitung erblickte, griff er zu seinem Smartphon und rief einen zwielichtigen Freund an, der schon oft ein paar unrühmliche Dinge für ihn erledigt hatte. So kam es, dass ein gewisser Herr Bärmann zweimal beerdigt wurde. Erst sein Körper, und dann sein Geist. Dass zusätzlich ein gewisser Max Nepomuk Kerst ebenfalls unter der Erde lag, interessierte in diesem Zusammenhang keine Sau.

Evas Tagebuch

Kommissar Schimmler betrat schnellen Schrittes Werner Riemers Dienstzimmer, und ließ sich ostentativ auf den Polsterstuhl vor Riemers Schreibtisch plumpsen: „Schon gehört? Der Alte will wieder Glastüren für die Büros einbauen lassen. So wie früher. Wahrscheinlich hat er vergessen, dass die Dinger damals reihenweise zerbröselt sind, falls jemand eine Tür etwas forscher zugemacht hatte. Ich halte das für eklatante Verschwendung von Steuergeldern. Was meinst du?" Riemer ereiferte sich: „Na prima! Das macht die alte Affenfresse doch nur, damit er uns bei seinem sinnlosen Herumschleichen auf dem Flur besser kontrollieren kann. Und ich halte jede Wette, dass seine eigene Bürotür garantiert nicht ausgewechselt werden soll". Reiner Schimmler erhob sich genauso abrupt, wie er sich gesetzt hatte: „Gottseidank wird nicht alles auf dieser Welt so heiß gegessen, wie es gekocht wird. Ich erstelle erstmal eine Unterschriftenliste dagegen. Du unterschreibst doch auch?" Kommissar Riemer schüttelte den Kopf: „Nein. Das wird kaum etwas nützen. Ich schreibe lieber eine Beschwerde an das Innenministerium. Und auch gleichermaßen eine an das Finanzministerium. Wir brauchen seit Langem dringend ein neues Dienstauto, da bleibt kein Geld für die Gehirnfürze vom Alten".

Frauke Wiegand hatte sich mit einer Zeitschrift aufs Sofa gelümmelt, während Werner Riemer den Tisch deckte. Plötzlich hielt er inne: „Sag mal, wir hatten doch ausgemacht, dass du an ungeraden Tagen für das Abendbrot verantwortlich bist. Oder?" Die Kommissarin grinste: „Und als Verantwortliche delegiere ich es heute an dich. Du trägst das Abendbrot auf, und ich trage dafür die Last der Verantwortung. Als du vorige Woche erkältet warst, habe ich auch mehrere Tage hintereinander den Tisch gedeckt. Heute bummele ich halt mal einen Tag davon ab. Zufrieden?" Riemer brummte: „Nein, aber wie ich dich kenne, wird mir das auch nichts nutzen". Frauke legte die Zeitschrift beiseite: „Was war denn eigentlich heute auf der Dienststelle los? Bohrmann hat mir erzählt, du hättest dich wieder einmal mit dem Chef gezofft". Riemer griente: „Ich hab eine Beschwerde über die alte Affenfresse an die Ministerien geschrieben. Und die haben seine Idee von den Glastüren abgeschmettert. Jetzt wirft er mir vor, dass ich gegen ihn intrigiere, um selbst Dienstellenleiter zu werden. Dabei hat er doch schon lange unseren Schimmler als seinen Stellvertreter eingesetzt, und auch gesagt, dass dieser sein Nachfolger werden wird. Ich habe ihm daraufhin ein paar passende Worte an die Rübe geballert, und nun ist er wieder vierzehn Tage

krankgeschrieben. Wegen starker Migräne". Kommissarin Wiegand hob vorwurfsvoll den Kopf: „Wenn du so
weitermachst, dann wirst du irgendwann gefeuert. Glaub
ja nicht, dass ich dich dann durchfüttere!" Werner Riemer blickte ihr tief in die Augen: „Solange du mich in
dein Bett lässt, brauche ich kein Essen". Worauf Frauke
konterte: „Bei deinem Bauch sollten wir gleich damit anfangen. Ich gehe schon immer mal ins Schlafzimmer".

Als Riemers Telefon klingelte, dachte er, dass ihm Hohlbach wieder auf den Geist gehen würde. Aber der Chef
war ja krankgeschrieben. Also meldete sich der Kommissar mit einem: „Wer ist da?" Am anderen Ende der Leitung war die belustigte Stimme von Kommissar Schimmler zu vernehmen: „Na, Alter, sollst du dich nicht mit
Name und Dienstgrad melden?" Riemer prustete: „Nun
fang du auch noch damit an. Mir reichts schon, dass mich
der Alte immer mit dem Blödsinn nervt. Also was
gibt's?" Reiner Schimmler wurde ernst: „Aus dem hiesi-
gen Internat ist eine Schülerin verschwunden. Man hat
auf dem Flur vor ihrem Zimmer ihre Tasche gefunden.
Mit Schulbüchern und Bibliotheksausweis drin. Es besteht eventuell die Möglichkeit eines Tötungsdelikts.
Nimm dir Frauke und fahrt mal hin!"

Kommissarin Wiegand lenkte den Dienstwagen, während Riemer stur durch die Windschutzscheibe nach vorn
sah, ohne zwischendurch Frauke eines Blickes zu würdi-
gen: „Das mache ich nicht mehr lange mit. Ich habe Hunger. Einfach nur Hunger. Ab morgen frühstücke ich

wieder. Soll doch abnehmen wer will!" Frauke Wiegand antwortete lächelnd: „Ich glaube, gegen dein Übergewicht hilft leichte Gymnastik". Riemer schaute sie immer noch nicht an: „Du meinst Liegestütze und solches Zeug?" Die Kommissarin widersprach galant: „Nein, es genügt ein Kopfschütteln, wenn man dir etwas zu essen anbietet. Aber wir sind da. Beschäftigen wir uns lieber mit dem Fall".

Der Direx begrüßte sie mit einem kräftigen Händedruck: „Die Eva Manger war eine unserer besten und zuverlässigsten Schülerinnen. Die würde nicht einfach abhauen". Riemer zückte Notizblock und Kugelschreiber: „Ich gehe mal davon aus, dass ihre Eltern bereits verständigt wurden". Der Direktor nickte. Daraufhin fragte Frauke Wiegand: „Dürfen wir den Schülern in ihrem Internat ein paar Fragen stellen?" Der Schulleiter nickte wiederum eifrig: „Sie sollten vielleicht mit ihrer Mitbewohnerin anfangen. Eva teilte sich das Zimmer mit Angelika Weinhold. Es ist das Zimmer 102". Also begaben sich Werner Riemer und Frauke Wiegand zunächst zu der Unterkunft der Vermissten. Auf dem Weg dorthin sagte Frauke: „Hast du bemerkt, dass der Direx von ‚war die beste' und nicht von ‚ist die beste' gesprochen hat? Als wüsste er definitiv, dass die Ärmste tot ist". Riemer nickte: „Ist mir auch aufgefallen. Aber schau, dort ist das Zimmer 102 schon". Als Frauke auf die Tür zuging, wurde diese von innen geöffnet, und ein Mädchen trat heraus. Riemer nutzte geistesgegenwärtig die Gelegenheit: „Kriminalpolizei. Hast du was dagegen, dass wir das Zimmer durchsuchen?" Die Jugendliche antwortete: „Ich hab nichts dagegen. Aber ich muss dringend aufs Klo". Dann rannte sie den Gang hinunter. Riemer hatte befürchtet, dass es in dem Zimmer ungefähr so aussehen würde, wie im Kinderzimmer seiner Tochter, als diese noch ein Teenager war. Aber es war aufgeräumt und alles sah richtig ordentlich aus. Frauke griff nacheinander unter die Betten. Bei einem zog sie einen kleinen Koffer hervor. Darin befand sich ein Tagebuch. Laut erster Seite war es das Tagebuch von Eva Manger. Die Kommissarin blätterte ein wenig darin herum, und hielt dann mit großen Augen einen Eintrag vor Riemers Augen. Es war eine detaillierte Beschreibung, wie das Mädchen vor einigen Tagen von dem Direktor vergewaltigt worden war. Frauke rannte mit dem Buch unter dem Arm aus dem Zimmer, und Riemer stolperte ihr schnaufend hinterher. Sie erwischten den Direx gerade noch, als dieser mit seinem Auto verschwinden wollte. Während sich Riemer vor den Kühler stellte, zog die Kommissarin den Mann aus dem Wagen, und legte ihm, zur unverhohlenen Freude der herumstehenden Schüler, Handschellen an.

Kommissar Schimmler hatte die Eltern des Mädchens zusammen mit Werner Riemer und Frauke Wiegand in das zurzeit unbenutzte Büro von Hauptkommissar Hohlbach gebeten. Während die Frau ständig nur weinte, schrie der wütende Vater immer wieder: „Ich werde Sie verklagen. Die ganze Dienststelle werde ich verklagen. Jetzt kommt dieser perverse Kerl davon. Nur weil ihr ohne Durchsuchungsbefehl das Zimmer meiner Tochter

durchwühlt habt. Wie kann man nur so blöd sein".
Schimmler versuchte zu vermitteln: „Das ist doch noch
gar nicht raus, ob dieser Mensch davon kommt. Außerdem hätten die zwei gar keinen Durchsuchungsbeschluss
gebraucht, wenn die Erlaubnis der Mitbewohnerin vor-
gelegen hätte. Sie konnten doch nicht ahnen, dass es sich
um ein ganz anderes Mädchen gehandelt hat". Der Vater
wütete weiter: „Ach, und dass man auch mal fragen kann,
das lernt man wohl nicht auf der Polizeischule? Aber das
kann ich Ihnen verraten, wenn meine Tochter tatsächlich
nicht mehr am Leben ist, dann komme ich wieder und
räume hier mal richtig auf!" Dann zog er seine Frau hoch,
und beide verließen wortlos das Büro.

Frauke deckte noch im Negligé den Frühstückstisch. Als
Werner Riemer aus dem Badezimmer kam, deutete sie
mit einer ausladenden Handbewegung auf das Essen:
„Bitte schön, der Herr! Damit Euer Hochwohlgeboren in-
neres Gleichgewicht und äußeres Körpergewicht wieder
hergestellt werden kann. Wenn du keinen Hunger gehabt
hättest, dann wäre dir bestimmt eingefallen, das Mädchen vor dem Zimmer gleich nach ihrem Namen zu fragen". Riemer grummelte: „Verarschen kann ich mich alleine. Du tust ja grad so, als wärst du nicht auch dabei
gewesen. Wenn das Mädchen nicht wieder aufgetaucht
wäre, hätte ich mir ein Leben lang Vorwürfe gemacht.
Aber da sich zum Glück die Kleine von alleine aus dem
Keller dieses Mistkerls befreien konnte, und dann auch
noch den Mut hatte, vor Gericht gegen ihn auszusagen,
hat die Justiz gottseidank den Burschen am Kanthaken,

auch ohne das angeblich unzulässige Tagebuch". Frauke nickte: „Vielleicht sollte ich auch Tagebuch führen. Nur mal so für den Fall, dass du mir auch etwas antun willst". Kommissar Riemer tippte ihr mit dem Zeigefinger auf die Nase: „Sagen wir mal so, mein Schatz, falls du heute Abend wieder nur so ein dünnes Hemdchen anhast, dann brauchst du ein echt großes Tagebuch!"

Viecher

Sie waren plötzlich da. Eines schönen Tages waren sie einfach da. Einfach so. Obwohl sie über vier Füße verfügten, gingen sie aufrecht auf zwei Beinen. Mit Schuppen am ganzen Körper und einem langen, dünnen Schwanz muteten sie wie die Miniausgabe von Godzilla an. Allerdings schienen sie mit einer Körpergröße von einem Meter nicht unbedingt eine Gefahr für die Menschen darzustellen. Zunächst dachte man, es wäre nur ein einziges Exemplar. Später wusste man aufgrund mehrerer gleichzeitiger Sichtungen, dass es sich um mindestens drei von ihrer Sorte handeln musste. Einige Menschen meinten, dass es sich bei ihnen um die Gattung Amblyrhynchus cristatus handeln würde. Dementgegen stand, dass solche Meerechsen nur auf dem Galápagos-Archipel vorkommen, und dass diese Lebewesen auch nicht aufrecht umherwandeln. Als sich einmal ein unbeaufsichtigtes Kleinkind einem Tier näherte und es mit dem Zeigefinger anstupste, sprang das Exemplar zwei

Meter in die Höhe, und rannte quietschend davon. Fortan spalteten sich die Bewohner der Stadt in zwei Fraktionen. Die einen wollten, dass die Tiere eingefangen und in den Zoo gebracht werden müssten. Man wisse ja auch gar nicht, was diese seltsame Spezies fressen würde. Die anderen empfanden sie als putzig und wollten, dass man sie weiterhin durch die Stadt spazieren lassen sollte. Manche wollten sie sogar als Haustier mit nach Hause nehmen. Inzwischen hatte sich für ihre Rasse im Volksmund der simple Name ‚Viech' durchgesetzt. Es erschienen Tag für Tag immer mehr Exemplare. Wissenschaftler aus aller Herren Länder kamen in den Ort, um diese seltsame Erscheinung zu studieren. Das stellte sich aber als recht schwierig heraus, da bei einer Berührung die beobachteten Objekte sonstwohin sprangen. Es war also mehr als logisch, dass einer der Forscher versuchte, ein Exemplar mit einem Betäubungsgewehr außer Gefecht zu setzen. Doch kaum hatte der Narkosepfeil das Tier getroffen, als dieses zu wachsen begann. Nachdem es zum Schrecken der Anwesenden die Größe eines Menschen erreicht hatte, schlug es um sich, und zertrümmerte alles, was sich in seiner Nähe befand. Dann flüchtete es mit einem geschickten Sprung aus dem Fenster. Ab diesem Zeitpunkt legten die übrigen Vertreter seiner Rasse ebenfalls an Größe zu, und ein wesentlich aggressiveres Verhalten an den Tag. Sowie sich ihnen jemand näherte, schlugen sie mit Schwanz und Pfoten wild um sich. Das wiederum brachte auf Bitte des Rathauses einige Tierfänger auf den Plan. Doch die Viecher zerrissen einfach die Netze, und auf Betäubungspfeile reagierten sie mit beständigem

Wachstum. Inzwischen hatte sich die Landesregierung eingeschaltet. Teile der Armee wurden aktiviert, um die zur Gefahr gewordenen Tiere auszuschalten. Zunächst mit Handfeuerwaffen, später mit Panzerfäusten. Das einzige Ergebnis waren ein paar zerstörte Häuser. Keine der Echsen wurde auch nur ansatzweise verletzt. Ein Todesmutiger ging dann eines Tages mit einer Machete auf ein Exemplar los. Nachdem seine Waffe an der schuppigen Haut seines Ziels abgeprallt war, wurde er vor den Augen der Umstehenden aufgefressen. Das war der endgültige Auslöser für die Regierung, den Notstand auszurufen. Aus Sicherheitsgründen mussten alle Kinder zu Hause bleiben. Kindertagesstätten, Schulen und Gymnasien wurden auf unbestimmte Zeit geschlossen. Man musste, unter Androhung von Strafe bei Zuwiderhandlung, einen Mindestabstand von zwei Metern zu den unheilvollen Kreaturen einhalten. Inzwischen hatten sich erneut zwei feindlich gegenüberstehende Abteilungen in der Bevölkerung herausgebildet. Eine Vereinigung, welche die Echsen unter Naturschutz stellen lassen wollten, um sie damit unangreifbar wie heilige Kühe zu machen. Dem entgegen eine andere Gruppe, welche verlangte, die Tiere gnadenlos auszurotten, egal ob mit Gift, Panzern oder Hochleistungslasern. Und die zweite Organisation konnte sich letztendlich durchsetzen. Die Regierung legte einen Tag fest, an dem keiner sein Heim verlassen durfte. Fenster und Türen sollten fest geschlossen werden, da man das Militär mandiert hatte, von Hubschraubern aus flächendeckend Gift zu versprühen. Zunächst schien diese Maßnahme keinen Erfolg zu bringen. Doch dann, entgegen aller Erwartungen, schrumpften die Tiere Stück für Stück, bis sie schlussendlich nur noch die Größe eines Bakteriums hatten. Die Leidtragenden waren aber wie immer die Obdachlosen, die ihre Lager unter Brücken oder auf Parkbänken nicht vor dem Gift verschließen konnten. Wer von ihnen nicht starb, litt für die letzten paar Wochen seines Lebens unter quälendem Ausschlag und Durchfall. Dann zogen tagelang Wasserwerfer und Kehrmaschinen durch die Straßen, um das Gift wegzuspülen. Was keiner bedacht hatte, das war der Fakt, dass dadurch die Echsen-Bakterien ins Grundwasser gelangten. Durch die Brunnen der Stadt kamen also die kleinen Fremdlinge in das Trinkwasser der Menschen. Und wer beim Trinken einen der Schädlinge in den Magen bekam, verwandelte sich innerlich in eine Echse, obwohl man ihnen das äußerlich nicht ansah. Diese Menschen regieren heute unseren Staat.

Was, das glauben Sie nicht? Aber genauso hat es mir ein Bekannter erzählt. Er hat streng wissenschaftlich die verschiedensten Kommentare im Internet ausgewertet. Und wenn das alles bereits im Internet steht, dann muss es ja wohl wahr sein.

Fast tot

Kommissar Schimmler hatte beide Ellenbogen auf die Tischplatte gestützt und sein Gesicht verzweifelt in den Handflächen verborgen: „Mensch Bierbach, kannst du nicht einmal bei einer Weihnachtsfeier deine dummen Witze lassen? Ich würde mal sagen, dass lebenslänglich Gefängnis im Vergleich zu einer Stunde mit dir das reinste Vergnügen darstellt!" Hauptkommissar Hohlbach, der bereits den siebenten Grog schlürfte, protestierte lauthals: „Lasst den Sörenfried in … in Ruhe! Ich finde seine Sprüche l…lustig. B…Bierbach, fahren Sie fort!" Kommissar Riemer klinkte sich ein: „Wenn er nur fortfahren würde. Aber er ist ja leider hier". Sörenfried Bierbach blieb von allem unbeeindruckt: „Der Steward sagt zum Kapitän: ‚Wir haben einen blinden Passagier auf dem Schiff'. Sagt der Käpt'n: ‚Werft ihn über Bord!' Zehn Minuten später kommt der Steward wieder zurück: ‚Befehl ausgeführt. Was sollen wir jetzt mit dem Blindenhund machen?' Der Gag ist gut, stimmts?" Hohlbach prustete laut los, während sich Schimmler kopfschüttelnd auf die Toilette verkrümelte.

Frauke Wiegand drehte sich vor dem Spiegel im Badezimmer hin und her: „Werner, das ist mit Abstand das schönste Geschenk, dass du mir je gemacht hast. Du hast mich damit quasi an die Kette gelegt". Werner Riemer antwortete aus dem Wohnzimmer: „Hauptsache du tauscht die Halskette nicht wieder um, wie damals die Ohrringe. Aber jetzt komm endlich. Unsere Töchter warten bestimmt schon in ihrem Hotel auf uns!" Als Kommissarin Wiegand ins Wohnzimmer trat, klingelte Riemers Handy. Während der Kommissar in das Gerät lauschte, wurde sein Gesichtsausdruck immer finsterer. Als er das Smartphon wieder eingesteckt hatte, fragte

Frauke neugierig: „Was ist los? Du guckst ja wie vierzehn Tage Regenwetter". Werner Riemer verzog den Mund: „Das Verbrechen hält sich nicht einmal an Feiertage. Es war Hohlbach, die alte Affenfresse. Wahrscheinlich ist er immer noch von gestern Abend besoffen, denn er hat angeordnet, dass einer von uns beiden zum Leichenfundort muss. Ich schlage mal spontan vor, dass du das bist. Ich werde mich zum Hotel aufmachen, und du kommst dann später nach". Frauke Wiegand hielt den Kopf schief: „Was wird hier gespielt? Du, der Familienfeiern genauso hasst wie der Teufel das Weihwasser, du willst zu unseren Sprösslingen gehen, und lässt dir dafür von mir einen Fall vor der Nase wegschnappen? Das stinkt doch zum Himmel! An der Sache ist ein Haken, so groß wie der Mont Everest. Also raus mit der Sprache! Was ist hier los?" Riemer zierte sich noch etwas mit der Antwort, dann aber bekannte er leise: „Bierbach ist schon dort. Einer von uns muss mit ihm zusammenarbeiten, weil er eben noch nicht so viel Erfahrung hat. Bitte mach du das!" Seine Frauke entgegnete mit fester Stimme: „Das könnte dir so passen. Weißt du was? Wir spielen Schnick-Schnack-Schnuck. Der Gewinner darf zu unseren Kindern und Enkeln fahren. Einverstanden?" Was sie da leider noch nicht wusste war die Tatsache, dass sich Riemer bereits vor Jahren schon mit der Strategie von Stein-Schere-Papier befasst hatte. Es war ganz einfach. Nach einem Unentschieden nimmt man die nächsttiefere Spielfigur, nach einem Sieg die Spielfigur, die der Gegner soeben gewählt hatte, und nach einer Niederlage nimmt man die nächsthöhere Spielfigur als die, die der

Gegner gerade benutzte. Wer diese Strategie nicht kennt, der verliert zwar nicht immer, aber ziemlich oft. So kam es, dass sich eine einigermaßen frustrierte Kommissarin in Richtung Tatort begab, während ein heimlich grinsender Kommissar im Hotel bei Clara, Dennis, Ulrike, Claudia, Jens und Peter eintrudelte.

Als die Kommissarin aus dem Auto stieg, kam ihr die Gerichtsmedizinerin genervt entgegengelaufen: „Wozu ich eigentlich herkommen musste, weiß der Teufel. Euer neunmalkluger Bierbach hatte schon längst festgestellt, dass der Mann noch gar nicht richtig tot war, und hat die Rettungsstelle informiert. Als ich ankam war die angebliche Leiche bereits in dem Krankenwagen verstaut. Ihr halblustiger Kollege hat auch anhand der Fingernägel erkannt, dass der Mann vergiftet worden ist. Ich werde anscheinend in Zukunft nicht mehr gebraucht. Vielleicht sollte ich umschulen. Zum Kriminalkommissar. Die machen ja neuerdings auch noch ganz nebenbei die Arbeit der Forensiker mit". Frauke Wiegand versuchte die Aufgebrachte etwas zu beschwichtigen: „Wenn schon Umschulung, dann nicht zum Kommissar, sondern zur Kommissarin. Soviel Zeit muss sein. Und unser Neuer ist nun mal ein kleiner Streber. Das sollten Sie nicht zu ernst nehmen. Irgendwann schleift sich das schon ab". Frau Doktor Mertens polterte weiter: „Das Schlimmste sind seine blöden Sprüche. Fragt der mich doch, warum unser Opfer sowieso nicht in den Himmel gekommen wäre. Als ich keine Antwort wusste, sagte der Kerl, dass der Mann Handwerker wäre, und die kämen nicht in den Himmel, weil sie jede Anfahrt extra berechnen würden. Und als ich frage, woher er eigentlich wisse, dass der Kerl Handwerker ist, meinte er, dazu brauche eine geschulte Person nur einen einzigen Blick auf die Schwielen an seinen Händen zu werfen. Als ob ich überhaupt nur die geringste Möglichkeit gehabt hätte, den Gefundenen zu begutachten. Dieser Bierbach ist ein Angeber, wie er im Buche steht. Habe ich recht? Ja oder ja?" Dann stapfte sie zu ihrem Auto, stieg ein und fuhr mit quietschenden Reifen davon. Frauke trat an Sörenfried Bierbach heran: „Da hast du dir aber gerade eben nicht unbedingt eine Freundin gemacht. Hast du wenigstens den Namen und die Adresse des Abtransportierten ermittelt?" Bierbach nickte bedeutend: „So etwas werde ich doch nicht vergessen. Wusstest du übrigens, dass ein Pharmaunternehmen sein neues Mittel gegen Demenz mit dem Spruch bewirbt: ‚Vergessen Sie alles, was Sie bisher über Demenz wussten'. Fand ich lustig". Frauke schüttelte den Kopf: „Ich nicht. Wir werden uns jetzt mal die Wohnung des armen Kerls ansehen, um schnellstens herauszufinden, um welches Gift es sich handelt. Haben Sie die Schlüssel des Opfers?" Sörenfried Bierbach schüttelte den Kopf: „Nein, er hatte nur seine Brieftasche mit etwas Geld und mehreren Visitenkarten bei sich. Keine Schlüssel". Frauke sagte nachdenklich: „Dann müssen wir eben einbrechen. Ich rufe gleich mal die Kriminaltechnik an. Die müssen alle greifbaren Lebensmittel aus der Wohnung sicherstellen und überprüfen. Schließlich ist Gefahr im Verzug". Was Bierbach grinsend kommentierte: „Blödes

Juristengewäsch. Das würde doch heißen, wenn ich mich verziehe, dann wird's gefährlich".

Als Werner Riemer in das Hotelrestaurant trat, sah er bereits den Tisch mit seinen Lieben. Der kleine Peter und die nur wenig größere Ulrike verleibten sich gerade je eine Portion Vanillepudding ein, was deutlich um ihre Münder herum zu bemerken war. Claudia stand auf, und fiel ihrem Vater um den Hals: „Schade, dass Mutti nicht hier ist. Aber du willst sie ja sowieso nicht sehen". Clara hingegen guckte etwas bedröppelt: „Wo ist denn meine Mutter?" Riemer antwortete etwas mürrisch: „Die wurde zu einem Fall gerufen. Aber sie kommt bestimmt später nach". Dann gab der Kommissar Jens und Dennis die Hand, setzte sich an den Tisch und wollte die Kleinen begrüßen. Die würdigten ihn allerdings keines Blickes. Sie waren viel zu eindringlich mit ihrem Pudding beschäftigt. Während ihm der Kellner ein Schälchen Guacamole servierte, verlangte Riemer lieber ein Glas Wein. Es blieb nicht das einzige. Als dann etwas später die Kleinen zum Schlafen von ihren Müttern ins Hotelzimmer gebracht werden sollten, traf Frauke Wiegand ein. Sie konnte die Kinder gerade noch umarmen, bevor diese in die Falle mussten. Nachdem sich Frauke gesetzt hatte, servierte der Kellner der Nachzüglerin ebenfalls noch ein Schälchen Guacamole als ,Gruß aus der Küche'. Riemer mokierte sich: „Dann grüßen Sie mal zurück, und sagen Sie dem Koch, dass er etwas Anständigeres zu essen herrichten soll, als dieses bescheidene Amuse-Gueule. Das hat mich vorhin schon genervt". Während der Kellner leicht pikiert davon schlich, boxte Mehlmann seinen Schwiegervater und ehemaligen Kollegen in die Seite: „Benimm dich!" Dann wandte er sich aus beruflicher Neugier Frauke Wiegand zu: „Was ist denn das für ein Fall, der dich von deiner Familie ferngehalten hat?" Die Kommissarin ließ sich zunächst etwas Mineralwasser einschenken, dann berichtete sie: „Es wurde ein Mann mit Vergiftungserscheinungen aufgefunden. Täter und Motiv sind bisher noch unklar. Der Inhalt seines Kühlschranks wird gerade in unserem Kriminallabor überprüft. Bierbach hat übrigens in der Wohnung einen verborgenen Laptop aufgespürt, und anhand der Emails darauf eine Freundin des Opfers namens Elena Kurpa ermitteln können. Die werden Bierbach und ich morgen gleich nach der Dienstbesprechung aufsuchen". Riemer verzog angewidert das Gesicht: „Sörenfried Bierbach. Unser junger Streber. Ich wette, dieser behämmerte Sprücheklopfer wird zu guter Letzt auch noch den Fall lösen". Fraukes Gesicht verfinsterte sich: „Nur keinen Neid! Kann es sein, Werner, dass du heute schon einiges getrunken hast?" Worauf der Angesprochene in die Runde posaunte: „Komisch, wenn ich etwas getrunken habe, bemerkt es meine Gute sofort. Aber seltsamerweise bemerkt sie nie, wenn ich durstig bin".

Die wöchentliche Dienstberatung dauerte nie besonders lange. Keiner verspürte gesteigerte Lust, sich länger im Büro des Chefs aufzuhalten, als unbedingt nötig. Jeder informierte nur kurz über den Stand seiner Ermittlungen. Gerade war Kommissarin Wiegand an der Reihe: „Wie

Kollege Bierbach herausbekommen hat, hört der Aufgefundene auf den Namen Torsten Eiderbichler. Entsprechend den Beobachtungen von Kommissar Bierbach sowie auch Frau Dr. Mertens Meinung zeigt er deutliche Vergiftungserscheinungen. Der Mann liegt immer noch im Koma. Unsere Kriminaltechnik hat die ganze Nacht seine Lebensmittel auf alle möglichen Gifte untersucht, aber nichts gefunden. Wir wissen also noch nicht, wie ihm das Gift verabreicht wurde und was es eigentlich für ein Gift war. Leider können wir deshalb auch nichts über mögliche Täter oder Motive sagen. Nachher werden wir gleich seine Freundin aufsuchen". Auf einmal sprang Sörenfried Bierbach auf: „Ha! Ich weiß es! Mir war die ganze Zeit so, als hätte ich etwas übersehen. Und genauso war es auch! Er hatte an der linken Hand ein Pflaster. Wir müssen noch mal in die Wohnung und das Medizinschränkchen überprüfen. Das Gift ist sicher durch die Wunde am Finger in den Organismus gelangt". Kommissar Riemer kommentierte das abfällig mit dem Wort: „Streber!" Daraufhin legte ihm Kommissar Schimmler beruhigend die Hand auf den Unterarm: „Der Neue erinnert mich irgendwie an einen gewissen Werner Riemer mit seinen plötzlich aufblitzenden Gedanken".

Die Wohnung strahlte eine Art Nostalgie aus. Ein gut bestückter Barwagen, Lampenschirme mit Goldrand und weinrote Plüschsessel erinnerten an den Art-Déco-Stil der zwanziger Jahre. Elena Kurpa schien nicht besonders traurig zu sein: „Wir haben vor zwei Monaten Schluss gemacht. Der Mistkerl hatte eine andere". In diesem

Moment trat eine junge Frau ins Zimmer. In der Hand hielt sie eine kleine Schachtel. Als sie die beiden Besucher sah, erschrak sie: „Ich wusste nicht, dass du Besuch hast. Ich komme später wieder". Sörenfried Bierbach sprang auf: „Halt! Das in ihrer Hand ist doch eine Schachtel mit Wundpflastern, stimmts? Sie werden nirgendwo hingehen, und die Schachtel ist beschlagnahmt!"

Frauke Wiegand zog ihren Werner am Arm zu sich hinunter aufs Sofa: „Nun reg dich wieder ab! Du tust ja grad so, als ob du nicht auch manchmal die Gesetze nach deinem eigenen Gusto auslegen würdest. Freilich gab es in dem Moment keinen hinreichenden Grund, die Schachtel zu beschlagnahmen. Aber dadurch ist schließlich alles ans Licht gekommen. Du hast ja selbst vorausgesagt, dass Bierbach den Fall lösen würde. Die beiden Frauen hatten bemerkt, dass der Kerl Mutter und Tochter parallel begattete. Und weil die Tochter Apothekerin war, kam die Mutter auf die Idee mit dem Pflaster. Es sind dann aber immer noch zwei Monate vergangen, bevor sich dieser Torsten Eiderbichler endlich mal verletzt hatte. Ich kann die Frau verstehen". Riemer runzelte die Stirn: „Wieso das denn?" Frauke Wiegand antwortete ernsthaft: „Na wenn du zum Beispiel mit meiner Tochter …" Riemer unterbrach sie abrupt: „Mal abgesehen von der Tatsache, dass ich so etwas nie tun würde, wäre es das Todesurteil für deine zierliche Tochter. Ich würde sie doch mit meiner Körperfülle glatt erdrücken". Frauke blickte ihn fragend an: „Willst du damit sagen, dass ich zu stramm gebaut bin, weil ich dein Gewicht aushalte?"

Worauf Werner Riemer spitzbübisch lächelte: „Das könnten wir doch jetzt gleich mal testen!"

Stiefbrüder

Wissen Sie, was überhaupt nicht zueinander passt? Ich werde es Ihnen sagen! Eine gewisse Grundfaulheit und kurze Arme. Das Letztere ist daran schuld, dass mir bei vielen Oberhemden die Manschetten über die Handballen rutschen. Nun könnte man ja beim Händewaschen die Ärmel hochziehen, falls man eben nicht zu faul dazu ist. Im Endeffekt habe ich nach jedem Reinigen meiner Patschhändchen beidseitig einen nassen Rand rund um die Manschetten des jeweiligen Hemdes. Da dieses aber von allein wieder trocknet, und dazu eben keinerlei Aktivität von mir benötigt wird, laufe ich häufig mit feuchten Ärmeln herum. Das schien auch dem Mann aufgefallen zu sein, der am Montag mein Büro betrat: „Ihre Ärmel sind zu lang. Sie haben sich beim Händewaschen die Manschetten angenässt. Gestatten Sie übrigens, dass ich mich vorstelle. Ich heiße Erwin Schneider, und ich bin auch Schneider. Selbstständiger Herrenschneider. Mein Vater war auch schon Schneider. Von ihm habe ich auch unseren Betrieb übernommen. Wenn Sie wollen, kürze ich die Ärmel an all Ihren Hemden". Etwas vergnatzt, dass jemand meine Faulheit bemerkt hatte, sagte ich brummig: „Die Ärmel sind nicht zu lang. Nur meine Arme sind zu kurz. Aber Sie sind bestimmt nicht

hergekommen, um mit mir über meine Kleidung zu diskutieren". Ich zeigte wie immer auf meinen Besucherstuhl, und er setzte sich bedächtig. In meinen vorurteils-
behafteten Augen schien er der typische Schneider zu
sein. Hager, blass, und mit einem Bärtchen am Kinn. Er
schlug ungelenk seine Beine übereinander. Ein Verhalten, dass ich eher bei Frauen verortete als bei Männern.
Ich bin halt etwas altmodisch. Ich selbst setze mich stets
breitbeinig auf Stuhl, Bank, Sessel, Sitzball oder Sofa,
denn ich weiß aus mehreren Studien, dass das Überschla-
gen der Beine zu Krampfadern, abgeklemmten Nerven
oder Bluthochdruck führen kann. Mein Besucher zuppelte seine karierte Hose zurecht, und blickte mich eine
Weile erwartungsvoll an. Dann sagte er: „Darf ich Ihnen
jetzt den Grund meines Hierseins mitteilen?" Mein Gott,
war der förmlich. Ich nickte, worauf er fortfuhr: „Es geht
um meinen Bruder René. Den hat meine Stiefmutter mit
in die Familie gebracht. Es ist also genauer gesagt mein
Stiefbruder. Bei dem ist leider noch nie der Fahrstuhl bis
ganz nach oben gefahren, falls Sie wissen, was ich
meine". Ich wusste nicht. Meinem tapferen Schneiderlein war deutlich anzusehen, dass er mich für ziemlich
begriffsstutzig hielt: „Ich meine, er hat im Dachgeschoss
noch Zimmer frei, oder auch, er ist nicht die hellste Kerze
auf der Torte. Man könnte genauso gut sagen, er hat einen IQ wie ein Strauß Messingtürklinken. Geschnallt?
Das Einzige, was er wirklich gut konnte, war Stoffe Zuschneiden. Das ist nämlich auch für gelernte Schneider
nicht immer einfach. Wahrscheinlich war das bei René
so etwas Ähnliches, wie eine Inselbegabung. Aber es

passte natürlich ganz hervorragend zu unserem Betrieb. Manchmal hatte ich den Verdacht, dass dies der alleinige Grund war, warum sich mein Vater Renés Mutter zur Frau genommen hat". Ich unterbrach seinen Redefluss: „Und was hat das Ganze mit mir zu tun?" Mein Gast holte kurz Luft: „Sie sollen herausfinden, ob mich der Kerl verarscht! Wir hatten nämlich vor zwei Jahren einen Verkehrsunfall. Ein LKW hat uns bei einem Stau auf der Autobahn gerammt, und uns in den Lieferwagen vor uns geschoben. Mein Bruder lag drei Wochen mit einem Hirn-Schädel-Trauma im Koma. Seitdem kann er sich an nichts mehr erinnern. Das sagt er zumindest. Er hat auch angeblich vergessen, wie man zuschneidet. Nur essen und trinken kann er wie eh und je ganz hervorragend. Auf meine Kosten. Ich denke, der trickst mich aus, weil er mit einer gewissen Grundfaulheit ausgestattet ist. Verstehen Sie?" Ich verstand nur zu gut: „Hören Sie, ich werde Ihnen da kaum helfen können. Sie sollten für Ihren Stief-bruder besser einen professionellen Psychologen in An-spruch nehmen!" Er winkte ab: „Der Kerl ist doch in Be-handlung. Das bringt mir aber gar nichts. Sie sollen Ihn einfach nur beschatten, wenn er nicht mit mir zusammen ist. Vielleicht verrät er sich ja. Zum Beispiel, wenn er im Park spazieren geht, oder wenn er sich ein Eis kauft. Das macht er nämlich zu jeder Jahreszeit. Oder wenn er gele-gentlich in der Kneipe ein Bier trinkt. Inzwischen aber von meinem Geld. Er bekommt schließlich kein Kran-kengeld mehr. Das ist nämlich laut § 48 SGB V nach 78 Wochen ausgelaufen. So!" Ich holte ein Auftragsformu-lar und einen Kugelschreiber aus meinem Schreibtisch:

„Das kann für Sie aber auch ziemlich teuer werden. Ich verlange Zweihundert pro Tag plus Spesen". Er zog das Formular zu sich heran: „Gegenvorschlag. An Stelle der Spesen kürze ich Ihnen die Ärmel von Ihren Oberhemden. Heute habe ich keine Zeit mehr, aber wenn Sie morgen am frühen Abend mit Ihren Hemden bei mir vorbeikommen, können Sie auch meinen Stiefbruder ganz nebenbei kennenlernen!" Ich ließ ihn unterschreiben.

Das Frühstück am nächsten Morgen gestaltete sich genauso, wie an allen Tagen zuvor. Ich kleckerte. Dann machte ich mich mit meinem kleinen, roten Flitzer auf ins Büro. An der zweiten Kreuzung missachtete ein junger Mann die rote Fußgängerampel, und zwang mich somit zu einer haarsträubenden Vollbremsung. Solche Dinge erschrecken mich nicht nur, nein, sie verschieben meine ansonsten gute Laune erfahrungsgemäß für einige Stunden in den Keller. Natürlich fand ich auch an diesem Tag mit dieser Laune keinen Parkplatz in der Nähe meines Büros. Ich musste mein Gefährt auf einem kostenpflichtigen Parkplatz abstellen. So etwas hebt nicht gerade die Stimmung. Auf dem Gehweg durfte ich mich dann an einem stehenden Kinderwagen vorbeiquetschen, neben dem sich zwei Frauen angeregt unterhielten, während sich eine dritte zu dem Kind hinuntergebeugt hatte, und wiederholt den sehr intellektuellen Satz von sich gab: „Na wo isser denn?" Was mich dazu bewog, ungefragt einen Kommentar beizusteuern: „Na wo wird er wohl sein? Natürlich in Rom bei einer Papstaudienz".

Sofort konnte ich drei verdrossene Salzsäulen zu meinen neuen Freunden zählen.

Im Büro erwartete mich ein kleines, rotes Blinklicht. Es offerierte mir, dass die DVD meiner Überwachungskamera demnächst in ihrer Kapazität erschöpft sein würde, und gefälligst von mir zu wechseln sei. Wie erwartet hatte ich keinen Ersatz mehr vorrätig. Leise vor mich hin schimpfend trabte ich die Treppe wieder hinunter und trollte mich in Richtung Parkplatz, um zu dem nächsten Elektronikmarkt zu fahren. Als die drei Damen mit dem Kinderwagen meiner ansichtig wurden, verließen sie fluchtartig ihren Standplatz, jedoch nicht, ohne mich vorher mit eiskalten Blicken zu strafen. Im Markt waren selbstverständlich nur noch die teuren DVDs zu erwerben. Alles andere hätte mich an diesem Tag auch gewundert. Das einzig Gute war der Umstand, dass jetzt ein Parkplatz direkt vor meinem Büro frei war. Als ich dann mit meinem Päckchen oben ankam, stand schon ein Mann ungeduldig wartend vor meiner Tür. Ich schloss auf, bat ihn hinein, und leierte meinen Standardsatz herunter: „Was kann ich für Sie tun?" Er setzte sich: „Sagen Sie, als Privatdetektiv sind Sie doch zum Schweigen verpflichtet?" Ich unterbrach ihn kurz: „Moment! Ich muss hier erst etwas auswechseln". Nachdem sich die neue DVD pflichtgemäß im Gerät drehte, wandte ich mich wieder meinem Gast zu: „Jede Detektei ist zum Schweigen verpflichtet. Nur bei Kapitalverbrechen mache ich davon logischerweise keinen Gebrauch. Also, worum geht es?" Der Mensch fuhr sich mit dem Zeigefinger mehrmals unter der Nase durch: „Sie sollen etwas für mich herausfinden. Können Sie das?" Ich ahmte seine Bewegung nach: „Herausfinden ist mein zweiter Vorname. Ich finde überall heraus. Sogar aus einem ganz schwierigen Labyrinth". Sein Gesicht sagte deutlich aus, dass er meine letzte Bemerkung nicht gerade rasend komisch fand: „Sie sollen etwas ermitteln! Aber ich verlange Diskretion!" Ich antwortete in dem gleichen Tonfall: „Und ich verlange Geld! Zweihundert am Tag plus Spesen". Seine Mine verdunkelte sich: „Ich habe aber so gut wie keinen Zaster. Wie sieht es bei Ihnen mit pro bono aus?" Jetzt verfinsterte sich das Gesicht, welches seit langem mir gehörte: „Unbezahlt arbeite ich nur, wenn es dringend nötig ist. Also worum geht es bei Ihnen?" Er lehnte sich zurück und holte tief Luft: „Wir hatten einen Autounfall. Also mein Bruder und ich. Gefahren ist mein Bruder. Aber ich hatte eine Kopfverletzung, die mich ins Koma gebracht hat. Dreiundzwanzig Tage lang. Danach hatte ich kurzzeitig mein Gedächtnis verloren. Sogar meinen Namen wusste ich eine Zeit lang nicht mehr. Vor kurzem ist mein Krankengeld ausgelaufen, ich hatte aber immer noch keine rechte Lust zu arbeiten. Früher habe ich in der Schneiderfirma meines Bruders alle Stoffe zugeschnitten. Jetzt habe ich aber keine Lust mehr für ihn zu arbeiten. Zumal er nur mein Stiefbruder ist. Also habe ich beschlossen so zu tun, als hätte ich auch vergessen wie man zuschneidet. Der kann mich ruhig durchfüttern. Schließlich ist er damals gefahren. Er hätte ja nur dem Lieferwagen ausweichen müssen. Gestern habe ich dann rein zufällig aus einem

Gespräch mit seiner Frau entnehmen können, dass mein Bruder jemanden beauftragt hat, mich zu beschatten. Wohl in der Hoffnung, dass ich mich verrate. Und Sie sollen nun herausfinden, wen er mit dieser Aufgabe betreut hat, damit ich nicht aus Versehen ins offene Messer laufe!" In meinem Hirn liefen sofort zwei diametrale Gedanken hin und her. Der erste Gedankengang war, den Kerl abzukassieren, um dann zu verraten, dass ich derjenige welche war, der auf ihn aufpassen sollte. Zusätzlich hätte ich dann seinem Stiefbruder sagen können, dass der Bursche nur simuliert. Andererseits sagte mir eindringlich mein Gewissen, dass ich eigentlich demjenigen verpflichtet sei, der zuerst gekommen war, und dass ich dem zweiten so etwas wie Vertraulichkeit zugesichert hatte. Mein Gewissen behielt die Oberhand und befreite mich aus der Zwickmühle. Im Brustton der Überzeugung sagte ich: „Derartig schurkische Aufträge nehme ich nicht an!" Er stand ärgerlich auf: „Wenn Sie kein Geld brauchen, dann eben nicht. Es gibt ja noch mehr Privatdetektive!" Er verschwand, die Tür zuschlagend, aus meinem Büro, und ließ mich mit einer komplizierten Aufgabe zurück. Irgendwie musste ich dem ersten Bruder sagen, dass ihn sein Halbverwandter mächtig verarschte, ohne die Schweigepflicht dem zweiten gegenüber zu brechen. Also ging ich erstmal zum Bücherregal, wo hinter einem dicken Buch mein Bourbon wartete. Nachdem ich mich eine Weile mit der Flasche beraten hatte, kam mir dann die erlösende Idee. Ich holte die frisch bespielte DVD aus meiner Überwachungskamera heraus, und legte dafür eine jungfräuliche ein. Dann griff ich zum Telefon und rief meinen Schneider an: „Ich habe ihren Fall gelöst, kann Ihnen aber nicht das Ergebnis sagen. Zugegeben, das ist etwas kompliziert zu verstehen, aber ich muss Sie bitten, sofort in mein Büro zu kommen!"

Es verging eine reichliche Stunde. Inzwischen konnte ich mir ein paar verzweifelte Gedanken machen, ob denn mein Plan auch wirklich funktionieren würde. Was, wenn das Schneiderlein meine geplanten Andeutungen im Endeffekt doch nicht verstehen würde? Aber man sagt ja, wer den Teufel an die Wand malt, der muss sich später neue Tapete kaufen. Als dann mein Klient eintrat, hatte ich meine positive Einstellung wiedergefunden. Er setzte sich sichtlich neugierig auf meinen Besucherstuhl: „So, nun klären Sie mich bitte auf! Ich bin schon ganz gespannt". Ich stand auf: „Wegen meiner Berufsehre sowie den Strafgesetzen darf ich Ihnen nichts sagen. Aber wissen Sie, mein Büro verfügt über keine Toilette. Ein Büro mit integriertem Klo wäre viel zu teuer gewesen. Ich muss, wenn ich muss, leider stets eine Etage tiefer in die Gaststätte gehen. Dabei besteht immer die Gefahr, dass inzwischen aus meinem Büro etwas gestohlen wird. Zum Beispiel diese DVD da auf meinem Schreibtisch. Also, ich gehe jetzt mal austreten". Als ich zurückkam, war der Schneider verschwunden.

Der Richter hat die Klage wegen Verletzens der Schweigepflicht abgeschmettert. Schließlich habe ich ja nichts gesagt. Und dass ich mir die DVD absichtlich stehlen ließ, konnte man mir nicht nachweisen. Auch mein

Schneider kam wegen des Diebstahls unbeschadet davon, weil laut § 248a StGB der Diebstahl geringwertiger Sachen nur auf Antrag verfolgt wird. Und ich habe nun mal keinen Antrag gestellt. Mein Schneider hat übrigens seinen Stiefbruder rausgeschmissen, weil der aus Frust absichtlich beim Zuschneiden Fehler gemacht hat. Und ich werde nie wieder meine Hemden zu einem Schneider bringen. Jetzt sind nämlich alle Ärmel zu kurz. Die Welt ist ein Jammertal!

Über den Autor

Er lebt in der irrigen Annahme, dass er ein normaler Mensch sei, und im Laufe seines Lebens einiges an Fähigkeiten und Fertigkeiten erlangt hätte. In Wirklichkeit aber kann er 99% aller Dinge eben nicht. Und wer zehn Jahre lang seinen Lebensunterhalt als Zauberkünstler verdient hat, der kann einfach nicht normal sein. Übrigens ist er der Meinung, dass 99% aller Menschen ebenfalls nicht normal sind, was statistisch aber kaum möglich ist, weil ja dann so gut wie alle schon wieder normal wären.